紅《べに》ばらの夢《ゆめ》

横山美智子

ゆまに書房

はじめに

わたしは、まだ筆をとらないうちから、この作のやさしい女主人公葉子《ようこ》の悲しみに心をいため葉子のしずかな嘆《なげ》きと忍耐《にんたい》とを思って、いくども、深い吐息《といき》をもらしました。

それなのに、書きはじめると、わたしは、葉子を悲しい目にあわせた当《とう》の本人さかえに、おもいがけないほどの熱情を感じているのに気づきました。

これは、わたしの作品なのに、私自身にさえ、まったく葉子とさかえの切っても切れない愛情によって運ばれた、一篇の生きた物語のように思えます。

心の素直《すなお》な葉子を愛するとともに、皆《みな》さんが考えぶかく、さかえの心のうつりゆきに、注意してくださるならば、きっと、あなた方《がた》の生活に、さかえは、新しい力でふれてくることとおもいます。では、読者のみなさんが、どんな気持でお読みになったかを、お知らせくださるようにとおねがいして——。

横山美智子

目次

カバー絵
さし絵　山本サダ
カバーマーク　ソルボンヌK子

紅《べに》ばらの夢《ゆめ》
横山美智子

アルバイト

「葉子《ようこ》ちゃん、葉子ちゃん！」

さかえは、いつもするように、垣根《かきね》のところへ来て、いっぱいの夏菊《なつぎく》の花の中から、おとなりの葉子のうちのほうにむかって大きな声でよびかけた。

「はあい。いま行くわ」

葉子は、大いそぎで、サンダルをつっかけてとんで出てきた。少しでもおそくなると、さかえのきげんがわるくなり、うっかりすると、大きなかみなりになるからだ。

色あざやかな花のむこうとこっちとで、さかえと葉子は手をとりあった。さかえは、らんぼうなほどきつく葉子の手をとってつよくふりながら、

「葉子ちゃん、あたしの計画、大成功らしいのよ。すてきだわ。葉子ちゃん、行くでしょうね。二人で行くって話したわよ」

「え？　どこへ？」

葉子は、すぐには、さかえのいうことが何なのか、おもいつかなかったのだ。さかえは、いつも、葉子が、めんくらってしまうほど、いろいろの計画をもち出す。そして、どうしても、それに、葉子

がついて行かなければならないようにするのだった。

「あら、いやッ、そんなこころぼそい顔して、何いってるの？　二人で、この夏はアルバイトしようって、あんなに熱心に話しあったじゃないの」

「ええ」

「いやよ、葉子ちゃん、しっかりしてよ。*軽井沢《かるいざわ》の別荘へ、手伝いのアルバイトに行くっていったら、葉子ちゃんも、まあすてきっていったでしょ。お父さんの知合《しりあ》いのうちに話してもらったのよ。ちょうど、二けん、別荘に、来てほしいっていうんだって」

さかえがその話をしたとき、軽井沢へ行けたら、どんなにいいかしらとおもったのはほんとうだった。アルバイトをかんがえていることもほんとうだった。

さかえよりか、もっともっとさしせまった理由で、葉子は、働かなければならなかった。

お兄さんは、いつ*シベリアから帰ることができるかわからない。お母さんがひとりで働いて高等学校へあげてくださったのだけれど、夏がくるまえから、お母さんは、とうとう身体がわるくなっておしまいになった。お母さんが知合《しりあ》いの人たちのお仕事をして働いていらしったけれど、もう、葉子が働くよりほかにみちはない。

「さかえさん、あたし、軽井沢《かるいざわ》には行けないわ。ごめんなさい」

「あら、そんなのこまるわ。あなたがいかなきゃ意味はなくなるわ。つまらないわ。どうして行けないの？」

「お母さんがかげんがわるいのよ」

「だって、おきていらっしゃるじゃないの。お台所だってしていらっしゃるじゃないの」

「ええ、でも、弱っていらっしゃるの。だから、一人でおくのはむりだわ。心配なんですもの」

それはもっともだとおもっても、さかえのきもちはおさまらなかった。

「うちとはとなり同志《どうし》だから、うちのお母さんにたのんで行けばいいわ。きっとあなたのお母さんおゆるしになるわ。ね、だから、お願いなさいよ。どうしても行きたいって、ね。いいこと」

さかえだったらそうすることを、さかえは、葉子にもとめるのだ。

「ええ、でも」

「あら、まだ、でもなんて、でもはいやよ。でも、でも、でもって、何でもでもだから、葉子ちゃんはじれったくなっちゃうわ」

だいぶおこってきたさかえは、夏菊《なつぎく》の花を二つ三ついっしょにむしりとろうとしたが、ふと、それをやめて、やさしい顔になった。

「この花、夏になると、手《て》じなみたいに咲くんだねって、康夫お兄さん、おもしろいことおっしゃったわね」

康夫は、葉子の兄だったが、おとなしい葉子よりも、さかえのほうが、小さいときから、お兄さん、お兄さんといって、葉子をそっちのけにしてまつわりついた。

「葉子ちゃん、夏菊《なつぎく》の花が、さかえに、おこっちゃいけないって、康夫お兄さんみたいなこというから、きょうはおこらないわ。そのかわり、ちゃんときめないと、しょうちしないから。いいかい?」

わざとらんぼうな口調《くちょう》で、がむしゃらなことをいいながら、さかえは、また、花の垣根《かきね》のむこうの葉子の手をとってふった。

葉子にわかれてうちに入ると、さかえは、さっきとはまるでちがったさみしい顔になって、じっとかんがえこんだ。

(葉子ちゃんとあたしは、もう、なかよしにはなれなくなるかもしれないわ。そんな気がするわ)

葉子は、やっぱり軽井沢に二カ月も母をおいて行くことはできないとおもった。母の世話をしながらはたらく方法を考えるよりほかしかたがない。

とてもそのことはさかえにいいにくかったので、手紙にかいて、さかえのうちのポストに入れておいた。

さかえさん、ごめんなさい。

どんなに行きたいか、あなたは私の心をわかってくださるわね。でも、お母さんを一人ぼっちにして、もしものことがあったらとおもうと、わたし、行けません。

ほんとにごめんなさい。

おこらないでね、さかえさん。


葉子は、それから、まいにち、さかえが、声をかけてくれるかとおもって耳をすましたが、さかえは、あれっきり、花の垣根《かきね》にあらわれなかった。

そこに行って、なんべんも、ながいこと立っていたが、葉子は、どうしても声にだしてさかえをよぶことができなかった。

すると、ある日、おばさんが、窓からのぞいて葉子を見た。

「こんにちわ。おばさん、さかえさんは?」

葉子は、勇気をふるってきいた。

「おや、あなたにおしらせしなかったの? 葉子は、夏やすみになるとすぐ軽井沢《かるいざわ》に行きましたよ。けさも、たいへん、元気だって、おもしろい手紙をよこしましたよ」

ああ、それで、さかえの声がちっともしなかったのだとわかった。葉子のところへは、何のたよりもない。

あれだけのことで、さかえが、こんなにつめたくなってしまうとはおもえなかった。でも、二人とも、高等学校になってから、さかえは、新しい友達がたくさん出来《でき》、教会*にもいっしょに行かなくなり、牧師さんの奥さんにいっしょに英語を習いに行っていたのもやめてしまったことをおもうと、どんどん何かの大きないきおいが、さかえとじぶんとをぐんぐん引きはなしていたのだということがおもいあたるのだった。

それでも、葉子は、さかえのお母さんから所書《ところがき》をおしえてもらって、さかえに手紙を出した。

さかえからは、返事がきた。なにごともなかったように、涼《すず》しい山のことがいろいろ書いてある浅《あさ》間山《まやま》のえはがきだった。

わたしのアルバイトはとてもたのしい天国です。

夏やすみがいつもの二ばいも三ばいもあればいいとおもいながら、お山を自転車でかけまわっています。

いま外人教会*の礼拝《れいはい》に行ってかえったところです。

たった一人のお客さま

今夜は、お兄さまのお誕生《たんじょう》のお祝い。

「まあ、菊って、なんてこんなにいろいろの豊富な胸うたれるような深いいろと強い香《かお》りとをもってるんでしょう。……お兄さまの花、菊の花さん」

むせるような菊の香りを胸そこふかく吸いこんで、葉子《ようこ》は、その花の濃艶《のうえん》で、清麗《せいれい》ないろどりと胸せまる香気《こうき》とに酔《よ》ったようだった。

お兄さまはまだシベリアに、消息もわからないままだけれど、こんなにきれいに咲いたお花をかざって、お花に祈りをこめて、お兄さまのお祝いをしましょう、……そして、葉子は、たったひとりのお客さまを、待って待って、待ちかね、待ちかまえていた。……さかえさん、早くいらっしゃい……早くきて祝ってください。大切な大切なわたしたちのお兄さまの日を、……葉子は声をあげて叫《さけ》びたかった。

卓子《テーブル》の上には、お花は匂《にお》いこぼれ、お料理は、もうあらましととのった。母と葉子がいそいそとつくったお料理はみな秋の香《かお》りを放《はな》つようなすがすがしさだ。

「ちらしは、お兄さんの大好物だったわね、お母さんたら、お兄さんのごきげんがわるくなるとちらしをおつくりになったわ」

「そうだったっけね」

「だいぶごきげんが悪すぎるときは、玉子焼*の切ったのが、たくさんのっかるのよ。お兄さんたら、ふしぎに、ちらしをたべてるうちに、だんだんごきげんがなおっちゃうのよ」

「あの子は、小さい時《とき》から、そうだったのよ。お酢《す》の瓶《びん》をみると、おすし、おすしってきかなかったものよ」

「さかえさんも、まきぞえで、ちらし党になっちゃったのね。よく、お兄さんが、むっつりして、お庭のすみっこにしゃがんで、木切れかなんかで、土を掘《ほ》ったり、なにか、地面に書いたり、考えこんだりしていらっしゃると、それを、さかえさんは、おうちの窓からそっと見ていて、さっそく、あたしのところへとんできて、今日のちらし、玉子焼にうずもれるわね、だって」

「さかえさんは、まったく、葉子とはあべこべのテキパキした面白いたちだから、葉子と気が合うんだろうねえ」

美しいお花と、たのしい匂《にお》いのごちそうをまえにして、久しぶりに、葉子と母は、めずらしく明《あ》かるくはずんだ話をしていたが、ふと、いまの母の一言は、葉子の胸にさっと暗いかげをおとした。あんなに仲のよかったさかえが、このごろ、葉子にたいし、時《とき》におどろくほどつめたくそっけなくなることがある。

たとえば、朝、おたがいの窓をあけるとき、いつも、早くおたがいの顔を見たいというはずみで、元気よく向きあった窓をあける習慣だったが、このごろは、さかえの窓は、あかない日が多い。同じとき開けても、葉子の方《ほう》をちょっと見ただけで、たのしい朝の表情をおたがいの胸におさめるひまもなく、さかえはひっこんでしまう。そうかと思うと、チョコレートや飴《あめ》の包みをとどけてくれたり、途中で逢《あ》ったりすると、恥ずかしい位《くらい》の大声でよろこんで、とんでもなくはしゃいだりする。そんなときは、あふれるばかりの華《はな》やかな表情で、

「葉子ちゃん、赤い皮の靴《くつ》きらい？　よかったら、あげてもいいわ。緑のほうがいいかな」

などと、それが、たのしくてたまらないようにいう。

あまりだしぬけなので、葉子が、じっと眩《まぶ》しそうにさかえの横顔を見つめているうちに、さかえの話は、次から次へととんでいく。

「こんど、ダンス・パアティーに誘うわ。*宮様《みやさま》もいらっしゃるのよ。切符《きっぷ》は、もちろんサービスしてよ。少しおけいこしておいてあげるわ。ちょっとでもいいから、家に来ない？」

葉子は、二、三度行ってみたが、いつもさかえはいなかった。さかえの家が増築して、だんだん大きくなるだけ、葉子の家は小さく見えてきた。

「さかえさんは、変《かわ》ったんですもの」

といおうとして、葉子は、半分でやめた。

白、赤、黄、紫《むらさき》、色とりどりの菊にそえて、ダリヤも真紅《しんく》に白にあふれ咲くその美しさは、部屋の中のがらんとしたものさみしさとまったく不思議《ふしぎ》な対照《たいしょう》だった。

「きれいだねえ、葉子のたんせいのせいで、すばらしいじゃないの」

手をふきふき勝手から出てきた母が、ほっとしたような声でいった。

ふだん、あまり花のことなどいったことのない母が、しみじみほめてくれたので、葉子の目には、貧《まず》しい灯《あか》りの下の花のいろいろが、ひとしおうるおいをましたように見えた。

「ええ、とってもきれい、でも……」

いいさして、葉子は、ふと言葉をとぎれさせた。……こんな美しく咲いたのは、お兄さんの、どんなに深い愛情がこもってのことだろう。この花たちのために、お兄さんは、心の限りのやさしさを露《つゆ》とそそいで育てられた。花をきれいに咲かすって、まるで自分の心を咲かすようなもんさね、と、葉子の兄の康夫《やすお》は、よくひとりごとのようにいった。

「白いダリヤのすっきりした花びらの涼《すず》しさをみていると、お祈りしている少女を見るようだよ。紅《あか》い大輪《たいりん》の狂《くる》い咲きは、よくうたをうたっておどることの好きなかわいい子、……豆菊《まめぎく》は、幼稚園の生徒……」

「じゃ、おとなりのさかえさんは、なんの花……?」

「そうさね……」

康夫は、ちょっと考えて、

「あのやんちゃ坊主は、ピンクのダリヤか真紅《しんく》かな……なんだか、ぱっと目をうつ大輪の花だ」

それは、今から四年まえの秋、さいごに兄と菊やダリヤの秋をすごした日の忘れられない言葉だった。さかえはその時《とき》十二、葉子は十一、康夫は、さかえと葉子を、同じように可愛《かわい》がり、ふたりともわけへだてのない妹のようにあつかった。さかえも、朝起きるとすぐ、康夫の花畑にとび出してくる。

「おはよう、康夫お兄さん、……きょうのお花、*何て言ってて?」

康夫は、葉子やさかえに、花の声を聞かせてくれる詩人だった。

「おはよう……甘い甘いあたしを、そっとなめてみてちょうだい、朝の味がします。元気なお嬢《じょう》ちゃんって……」

「だめえーそんな食いしんぼうのいやよう。もっと詩的なのを、よう」

『詩的な』というのが、さかえの大好きな言葉だった。

「よし、それじゃ、ほかのを聞かそうかな。グラジオラスのことばだよ。ゆうべ、お星さまの光《ひか》りは、虹のいろでした。七《なな》いろの星が、お空におどっていました。むらさきの星、水いろの星、ひまわりいろの星、石竹《せきちく》いろの星、あかい星、みどりの星、サファイヤいろの星……おどる星たちからは、七《なな》いろのしずくがおちて来て、花たちに抱《だ》かれました。夜は、花びらをまいてねむる花たちには、お星さまのおくりものは、ねむったお花のそとを飾《かざ》ります。それぞれのいろの花にちりばめられた星のしずくは、一晩じゅう、星のうたをうたいました。どんなうただとお思いになる？　うたってみましょうか。そういって、花たちは、うたうんだよ。朝早く、そうっときいてごらん」

康夫は、そういって、その歌を、二人にうたってやった。

花よ光《ひか》りよ
七《なな》いろの
ゆめかがやかせ
花のいのちはゆめなれば
ちりて消えないゆめなれば……

「どう、このうた、わかるかい？」

葉子には、よくわからなかった。けれどもわからないながら、なんだか、兄の気もちが大きく伝わってきて、葉子の瞳はかがやいてくる。

「きれいだなあ、詩的よ、すごいわあ！」

そういって、かん声《せい》をあげ、康夫に飛びついて行くさかえの勢《いきお》いは、あたりの花の露《つゆ》を散りこぼれさせ、草もふっとばしそうだった。

「あれは、何*だえ、いったい……女の子があられもない、さかえちゃんも、ちっとつつしみがないねえ。女の子があれでは困るね……」

花畑から康夫と葉子がもどると、母が、葉子にだけつぶやいた。

母は、そのあとをいわなかったが、葉子は口に出して兄が母に叱られたより、もっとびしりとつよく母の兄にたいする言葉にしない不満を感じてうなだれた。でも、兄のいるあいだの花畑の朝夕《あさゆう》は、ほんとに葉子にもたのしかった。兄*はよく、葉子にもおとぎばなしをきかせてくれた。

あるところに、心のやさしい、きれいな涙をいっぱい胸にたたえた王妃さまがいらしった。王妃さまには大きなたのしみと大きな苦しみがあった。……たのしみは、珠《たま》のように美しくてかわいい王子さまが、すくすくと成人すること。……くるしみは、王さまが、たいそう心が荒々《あらあら》しくて、ら

んぼうな仕《し》わざが多いことでした。

王妃さまは、夜になると、しずかに星にかたりかけました。人間はどうして、一番きれいなものと、一番みにくいものとをもっていなくてはならないのでしょう?……王妃さまには、王さまの心のみにくさは自分の心のみにくさのようにかなしかったのです。

星は答えました。それは人間だからです。……みにくいもののためにあなたの心に涙のあることに気づいてください。あなたの心はかなしいもののいたみを洗う泉です。ほら、……そんなにいっぱいの涙が愛の光《ひか》りに黄金のさざなみをたててきらめいているではありませんか。王妃さまは、星のことばに眼をとじて、王さまが、どうかよい心をおもちになってくださるようにといのりました。その目からは涙があふれ、御殿《ごてん》のお庭にほろほろとおちて、黄金《こがね》いろの花がさきました。

そのあくる夜はほろほろと、王妃さまの眼からあふれる涙で、銀いろの花がさきました。つぎの夜は水いろの花が……つぎの夜は薄《うす》むらさきの花が……王子さまは、王妃さまのお部屋の窓のしたを散歩して、それらの花を見ました。ああ、パパ、ごらんなさい、泣いてるような花が咲いてますよ。きっと、だれか泣いたんですよ。……王さまは、王子さまにはやさしくて、いつも、王子さまの手をとってご庭内を散歩なさるのでした。

ああ、王子よ、そんなことをいってくれるな。わたしは、泣くことと涙とが一番きらいなのだ。

わたしは、涙なんて一切《いっさい》ないところに生きていたい。……そういわれたとおもうと、花たちは、みるみるうちに散って、土に消えて、あとかたもなくなりました。王さまは、おどろいて、おやおやと眼をみはりあきれているうち、ふと気づくと、王子さまがどこにもいません。……王さまは、一生けんめい、王子をよびました。すると、風の中から、声だけがしました。

「王子は、王妃さまの涙の中から生まれ、清い涙をそそがれてそだったのです。王さまのおきらいな涙から生まれたものは、王さまのお言葉でみな消えました」

王さまは驚《おどろ》いて御殿《ごてん》にかけこんでみると、御殿《ごてん》のなかには、王妃さまもいず、今まで忠実につかえた涙ぐましい老臣たちもいず、王さまは、そそり立つ城の中にただ一人……りっぱな調度だけがピカピカと光って、花一輪ないのです。王さまはいよいよ驚愕《きょうがく》して、ああ、わしは泣きたい……涙はわしにもあったようだ……と叫び、世界のはてまでひびくような声で泣きわめいて庭内をかけまわりました。すると……その涙のしたたったあとには、いろいろの花が咲き、ふと向うをみると王妃さまが、王子の手をひき、二人ともいっぱいのかがやく花を抱《だ》いてこっちに歩いて来るのでした。

……

葉子は、あの話を忘れることができません。いまも、そこいらに、そんな王さまや王妃や王子たちがいそうです。涙の花や、よろこびの花が咲いたり消えたりしていそうです。

お兄さんこそは、いつも涙で、さみしい涙で、ささやかなお庭にうつくしい花を咲かせていらっしったのだ……生みのお母さまに逝《ゆ》かれたひとり子《こ》のお兄さんは、どんなにお父さんと二人さみしかったろう。そのとき、いまの母が、六つの兄の第二の母として来た。そのあとに自分も生まれて、兄は、母からいとしまれて育ったが、まもなくまた父を失うという大きな不幸にあい、そのうえ戦争のはじまったことは、兄の心をどんなにうちひしいだろう。

「ぼくは、正しいことのために苦しむのは少しもつらいとはおもわない。だけど、葉子、ぼくはもっと、大きな世界のためにつくしたい……生まれてきたからには……国のために身命《しんめい》をなげうつのをためらうのは、卑怯《ひきょう》であろう。だけど、その国の方向がまちがっていたら、どうなるのだろう？……」

兄のそんな言葉を、おさない葉子は、ぜんぶ心に理解することはできなかったけれども、神経質な兄が、どんなに苦しんでいるかということは、身にしみてわかった。康夫は、感動しやすい熱情性《ねつじょうせい》の上に、すこし陰《いん》うつな取りこし苦労性《くろうしょう》と、悲観的《ひかんてき》な性格が、その境遇《きょうぐう》からいつか心にくい入っていた。

兄の復員《ふくいん》のおくれていることは、母の心のなやみのたねだったし、なるたけ悲しいことは口にすまいとおもって、葉子は、咲き盛《さか》った美しい秋の花のかげにもりあがってくる兄の思い出を、言葉にせずに口のうちに消した。

猫とアコーディオン

「さかえさんは、ずいぶんおそいねえ……」

母は、つぶやくようにいう。その言葉に、さかえにたいする日ごろのいろいろのわりきれない思いがこもっていることが、葉子《ようこ》の胸をさすのだった。お母さんは、さかえさんをお呼びするつもりはおありにならなかったのに、あたしがむりに、お客さまにお招《まね》きしていただくようにしたのだから……さかえさん、はやく来て……さかえお姉さまどうか楽しいあの明《あ》かるいお顔で早くいらしって……葉子は、さかえお姉さま、と心につぶやいたとき、ほっと心があたたまり、顔のほてる思いがした。

そこには、兄の康夫《やすお》の心もほのかにかようようで、しみじみ今日の食卓に心したたしく並んで兄の話をし、兄をおなじ思いで胸に抱きあいたかった。

ほんとに、あんなに美しくなったさかえさんを、いまお兄さんが見たら、どんなにびっくりするだろうと、葉子はこの頃《ごろ》のかがやくばかりに美しいさかえをおもって、胸をあつくするのだった。

「さかえさん、おめかしのお仕度《したく》にたいへんなのではないかえ、たった二人っきりのこんな家《うち》に来てくださるのに……」

母のことばのさみしいひびきが葉子にはかなしくて、ふと、かえって顔をほころばせ、

「ううん、さっき、ご案内に行ったらまだお帰りじゃなかったのよ、ほら……お母さん、先ぶれがご入来《にゅうらい》よ。ミヤ……ミヤ、おいで！」

家《うち》のものはしだいに売られ、室《へや》の中が、がらんとしてさみしくなるにつれ、母の心が弱ってけわしくなるにつれ、生来《せいらい》ものしずかで冗談口のいえなかった葉子が、しぜんに母を笑わせるすべを心得《こころえ》て、とっさに軽妙《けいみょう》な話しぶりで母の心をあかるくするのだった。

「ミヤチャン、お手々ついて、康《やす》兄ちゃまのお誕生日《たんじょうび》おめでとう、っておっしゃい。あんた、康兄ちゃまに拾われて、それをさかえさんにあげた猫のくせに……」

「ほほほ、そのご恩を忘れずに、ミヤは、ご主人より一足さきにお祝いにまかり出たのだね」

母は、葉子の思いどおり、猫には目がなくて、さっそく機嫌《きげん》をやわらげた。

「猫ってね、三年飼われても三日で恩を忘れるっていうけど、どうもあれは、よっぽど猫ぎらいのいいふらした猫迷惑の中傷だとおもうよ。わたしがね、子供のとき、まだ目のあかない仔猫《こねこ》が路《みち》ばたに一匹すててあったのを、助けたことがあるの。とっても高い声で泣きたててね。わたしは、生まれてきたからにはどうしても生きたいんです。見殺しにするってことがあるものですかと叫《さけ》んでるようなの。母さんは、掌《てのひら》になきたてる小さな猫をのせて、猫を飼っていそうなおうちをきいて歩いたの。猫

のおっぱいのましてやってくださいって。でもうまく猫の母さんがいてもね、猫ってりこうで、自分の生んだ仔《こ》でないのはちゃんとにおいで知って、うーうーと怒って、お乳のますどころか、かみつくの。でも幸《さいわい》なことに、すこし頭のにぶい母さん猫がみつかってね、一カ月も乳母《うば》になってくれたわ。母さんはそのあいだ、自分ののむ牛乳をわけて毎日そのうちに運んで、猫の乳母《うば》さんの応援《おうえん》をしたの。その仔猫《こねこ》は、すっかり乳ばなれできてかわいいのをマメタって名をつけてよそにもらっていただいたのよ。ところがもらわれて行って、半年もたってね、わたしが、そのうちの近くのほうをお使いで通ってるとチロチロと鈴の音がして、アカダンダラ毛の中猫が、わたしの足もとにもつれつくじゃないの。おやと思うと同時に、マメタだと気づいて母さんはおもわず抱《だ》きあげ、頬《ほお》ずりするやら肩にのせるやら、……マメタはごろごろいって、わたしにあまえて、どこもかもなめるの。知らない猫っていきなりなれるもんじゃないがね。下におろすと、土の上を、背を下にひっくり返ってごろごろうれしくってたまらないのでころげまわり、わたしが歩けばついてきて、とうとう五丁《ちょう》もあるうちまで送ってきたわ」

母のとくいの猫談議《だんぎ》がはずむにつれ、葉子の胸はしめつけられるようにせつなくなる。ほんとに、小さな動物でさえもそんなにいったん親しみあった愛情に応《こた》える美しさをもっているものを……葉子にはこの頃《ころ》のさかえの心がだんだん遠いところへはなれて行き、冷たく凍《こお》っていきそうな不安におそわれるのだった。その理由はいろいろあったが、葉子はそれをどうかして、母に気づかれまいと心を配《くば》った。

「母さんその猫、いま生きてるかしら?」

「もう三十年も前のことですもの、生きてはいないでしょう。でも、あの、むくむくしたアカ毛まだらのまるいあめいろの目のマメタは、母さんの生きてるかぎり生きてますよ」

母の眼はうるみかがやき、ほっと吐息が深くなる。母が追憶談《ついおくだん》をはじめると、心がいっぱいになって涙を出してしまうのだった。葉子は母の心をなぐさめようと思って、かえって涙を誘《さそ》わせたことを後悔《こうかい》し、言葉をかえて、

「母さん、うちでも、猫飼いましょうか。マメタに似たのをさがして、マメタって名をつけて」

「何をいうの。人間のたべものにもいっぱいいっぱいのくらしなのに」

なにをいっても母の心を悲しませる原因になってしまうので、葉子はああ早くさかえさんが来てくれないかしらと、じっとしていられない思いである。

「あんまり、見えないようだったら、ご飯にしようじゃないの。ミヤだけが、お膳《ぜん》のまえにすわったってはじまらないよ」

母も気をかえて、明《あ》かるく笑う。

「おお、ミヤチャン、あんたも、今夜は、お客さまにしたげようね。ああ、いいことがある。お兄さんのお祝い日だから、盛装《せいそう》するのよ」

葉子は、立って、机の上のリボン箱からピンクのリボンを出して、ミヤの首に蝶《ちょう》むすびにむすんでやった。

「ああ、お祝いらしくなった。さて、そこで、……こんどは晩餐《ばんさん》の前奏曲《ぜんそうきょく》よ」

母の気をまぎらすために、葉子は机のまえに立って、兄の愛好していたアコーディオンをとりあげ、ひきだした。

兄の音楽趣味をうけて、葉子はヴァイオリンもアコーディオンも上手だった。葉子の心から音楽が、泉のようにながれ出るといったひき方だった。*荷物疎開《にもつそかい》のときも、ヴァイオリンとアコーディオンだけは、いちばん大《たい》せつに田舎へあずけた。兄が帰ってきたら、どんなに、愛した楽器をまず手にとりあげることを喜ぶだろう、……さかえさんは、マンドリンが好きだった。兄のアコーディオンと、葉子のヴァイオリンと、三人でたのしい合奏《がっそう》をするとき、ああピアノがあったら……と兄はよく口ばしった。それはとうてい、父のなくなったあとの母の手仕事と兄の学校のひまにする翻訳《ほんやく》の仕事とでは、及《およ》びもつかないことであった。でもたのしかった。

アコーディオンは兄の手にわたされると、ふしぎなさみしさをふくんだ気品の高いひびきを流れ出させる気がした。兄のたましいの底にひそむ深い悲しみとあこがれを、葉子はその中に感じた。さかえさんも、康夫お兄さまの音楽はかなしいような清らかなひびきをもってるわ、といった。どうかさかえさんが、兄のその魂のひびきを心によびもどしてくれるようにと祈りつつ、葉子はアコーディオンをひきつづけた。葉子自身は、ヴァイオリンのほうが好きでもあり、とくいでもあったが、今夜は兄の魂《たましい》をひびかせたかった。自分の心のうちにもこの家じゅうにも……そしてさかえさんの心いっぱいに。

「おやっ！　大へんだよ葉子ちゃん、ミヤが、お魚をくわえて逃げてったよ」

葉子もおどろいて、アコーディオンを机の上において、お膳《ぜん》のまえにとんできた。

「あら、あら、ほんとに。さかえさんにとおもって、一ばんきれいに焼けたのをつけといたのに」

鯛《たい》を一尾《いっぴき》ミヤが持ち去っただけなのに、いちばん大きいお皿の上が菊の葉と花だけのツマを散乱《さんらん》させて空《から》っぽになると、なんだか、テーブル全体がくずれて見え、おまけに、酢《す》のものの小鉢《こばち》と、色のいいジュースのはいったコップが、鯛《たい》をはこび出すはずみにひっくり返されて、おいしそうなクリーム色の液体は、たたみにまで流れている。

「おやおや、ミヤったら、お魚をおうちへもってってしまったよ」

「あんまり、食事がはじまらないからよ。匂《にお》いだけかがしとくんですもの」

「ああ、母さんも、急におなかが空《す》いたみたいだよ。母さんは、さっき、ちゃんとお膳《ぜん》の上の番《ばん》をしてるつもりだったのにさ。つい、音楽に、ひき入れられてしまってね。いつのまにか、うっとり、眼をつぶって聞いてたんだよ。それじゃ、とられるのがあたりまえだわねえ」

「ほほほほほほ、そうよ、それでとらなきゃ猫じゃないわ。まあ、猫は目の前にあるのをとるのはあたりまえだわ。いいわ。しかたがない。母さん、さかえさんにはあたしのをお上《あ》げするわ」

その時《とき》となりのさかえの部屋から、明《あ》かるいたのしそうな音楽がきこえてきた。ダンスの曲だった。それにつづいて、高い声でなにかいって笑いあうにぎやかな声がひびいてきた。もう、さかえさんは、帰っていらっしったんだわ！　飛んでも行きたい気もちといっしょに、何だかすぐにそうできない気持がした。待って、待っている私たちの気もちをおもって下《くだ》すったら、外からお帰りになったらすぐにも来てくださるはずなのに…………

「お帰りになったんじゃないかい？　さかえさんの声がするようだよ。レコードも鳴って――」

葉子は、はじかれたように立ちあがって、隣家《りんか》へもういちどさかえを呼びに行くためにおもてへ出た。さかえはめずらしく、隣家《りんか》からアコーディオンの音なんかがひびいてきたので、何だかちょっとものなつかしい心地《ここち》になり、ふっと康夫のととのった少し憂愁《ゆうしゅう》をふくんだ顔を思いうかべた。

どんなに遠くにいても、自分を見透《みとお》しそうなあの深い黒々とした眼《め》のかがやき、……たくさんの康夫に聞いたお話をおもうと胸がちくりとした。けれど、さかえは、そのためにかえって大きい眼をくるくるとみはり、この頃、めっきり美しく化粧《けしょう》もととのってきた顔を、まあたらしい大きな鏡に近づけて、はでやかににっこり笑ってみた。

ああ、あれは、遠い夢だった……
消えてしまった夢だった……
小さい時《とき》は、小さい時《とき》よ
わたしは、もう、童話の世界のベビーじゃない。

でたらめを、レコードのダンス曲にあわせてうたいながら、さかえは部屋をおどるような足どりで歩きまわった。

そこへ、ミヤがだいぶ大きい鯛《たい》をくわえ、いかにも得意そうにさかえの足もとへきて、獲物《えもの》をおいた。

「おやおや、たいしたものをもって来たこと。……母さん、ミヤが、大きな焼いた鯛《たい》をもって来てよ。とられちゃだめじゃないの」

さかえは、階下にむかってどなった。

「うちには、鯛《たい》なんか、今夜、ありませんよ」

「あら、おかしい。それじゃおとなりから、とって来たんだわ。……こまったわ。母さん返して来なきゃいけないから。ミヤったら、ちゃんとくわえて来てわたしの前へおくの。どうもなってないのよ」

新しい星

「さかえちゃん、あなた、今夜、おとなりにおよばれしてるでしょ。夕方から葉子ちゃん二度もいらしったのよ」

「あら——あ、母さん、今言うんだもの」

「何ですね、あなたは、ちゃんと朝から聞いてるくせに、レコードかけだしたりして」

「だって、いま帰ったばかりだし、もう、七時すぎたもの、いくのおそいとおもって……それに、今夜、四、五人もお客さまがいらっしゃるはずなの」

「まあ、夜にね?」

「だって、英語おしえて下さりに、わざわざ来てくださるのよ。あとでダンスも」

そういっているところへ、口笛の音をさきに、丈のたかい青年がふたり少女が三人、わっというような声をたてながら、さかえの家に近づいてきた。ちょうど、葉子《ようこ》が、家を出たのといっしょだった。

葉子は、そのにぎやかな一団を見て、自分の家のまえに立ちすくんだ。

「来たわよう、サカエ――」

かんだかい声があがった。またピリッと口笛が鳴ると、さかえは、そのひとかたまりの方《ほう》に走って行った。さかえを中心に握手《あくしゅ》が交《かわ》された。

「おじゃまじゃないの？　こんなに大挙《たいきょ》して夜なんかにやって来て」

「だって、あたしのために来てもらったんだもの。……」

「そうよ、英語みんなでやろうって、あなたがいうからよ」

そんな話をしながら、さかえは、たのしげに、

「ありがと、ウエルカム――ほんとに来てくれてうれしい。あたしだまされて、あなた達来てくれないだろうと思っていたのよ。さあ、うちに上《あ》がってよ。あのちょっと待って、あたしその前に、おとなりに、およばれしてるの、ことわってくるから」

みなを待たせて、葉子の家《うち》にかけ込《こ》もうとしたさかえは、そこに葉子が立っているのを見て、さすがにぎくりとしたように立ちすくんだ。

「ああ、葉子さんなのね？　いま、あなたのところにお詫《わ》びにゆくところだったけど、もう、すんだ

わ。ごらんの通り、お聞きの通りのしだいで、……それにおそくかえったもんで、失礼してよ」

てきぱきといってのけた。

「あたしも母さんもおまちしてるのよ、お食事を」

葉子は、何かしらさかえから圧倒されそうになりながら一生けんめいでいった。自分だけの招待《しょうたい》ではない。お兄さんのかわりになって、今日のお兄さんのお誕生日《たんじょうび》に招待《しょうたい》したのだ。まだときどき手紙の来たころ、どんなに、心をこめて、いつもかならずさかえのことが書いてあったろう。

「あら、こんな時間よ。どうかおすませになってちょうだい。お待ちしていただいたのすまないけど、……うちに、お客さまがきてしまったから、ごめんなさい。あっ、さっき、うちのミヤ坊が、お頭《かしら》つき失礼してきたでしょ。あれであたしのごちそうたくさん。ネコなみでけっこうよ」

さかえの言葉には、強く心にせまるものがありながら、それは、またとらえどころのない理解できないじょうだんのように心をそれてゆく。葉子は、なんといっていいかわからなかった。手をとって、家にまねき入れたい、……どうかもとのようなさかえさんになって下さい、といって、……

「でも、お膳《ぜん》できていますの。……母さんがあなたのお好きなものつくって……ちらしずしにたまごいっぱいかけて、まってますわ。……」

「あら、あたし、ちらし好きっていったことある？」

「……いつでも、母がつくると喜んで召《め》しあがったから……」

「ああ、むかしね……あたし、きっと気まぐれなの。この頃《ごろ》、ちらしなんて、たべたことも忘＊れちまった。じゃお母さんによろしくね」

葉子に、自分のまわりにあらたにひらけた自由自在にふるまう世界を見られてしまった気まずさから、一種の反感をそそられながら、さかえ一流の明《あ》かるさできっぱりいいきるので、どこかユーモラスにさえきこえる。葉子はどうしてよいか分《わか》らなかった。さかえは、新しい世界にとんで行きながら、葉子を裏切《うらぎ》るようなきもちに、ときに自らせめられていらいらするのだった。

葉子が、いつまでも、話のくぎりをつけてくれないので、さかえは、さすがに、去りかねていると、待っている一団の方《ほう》で、だれかがつよくピーッと口笛を吹いた。

「ああッ、お客さまだった、失礼ね」

さかえは、その口笛をしおに皆《みな》のほうへとんで行った。

「何してんの、ひとを待たせといて」

いかにも気みじかそうにせまった眉《まゆ》を、なおけわしくして、足ぶみさえしてる少女もあった。夜気は、もう襟《えり》や足もとに寒く、どこからかしんと木犀《もくせい》の香《かお》りがただよってくる。

「およばれのおことわりしてたの。すみません。ごちそう、棒《ぼう》にふったのにめんじて、かんべんね」

それには答えず、「おお寒い――」と身ぶるいして見せて、みんなかたまりあうようにして、さかえの家《うち》の中にはいっていった。

葉子は、それを見るともなく見送って、胸がさびしさで一ぱいになった。それでも、木犀《もくせい》の香《かお》りを深くふかく胸のうちに吸《す》いこむと、その甘い切《せつ》ないほどやさしい香《かお》りは、きれいな心の幸せを思いしらせてくれるようだった。

(さかえさん、あんなお友達ができて、しあわせなのかしら、……さかえさんがあんなにお変《かわ》りになったのを見たら、お兄さん、どんなにびっくりするかしら?……でも康夫お兄さんは、なんでも変《かわ》るのはあたりまえで、変《かわ》らないものなんて、意味ない、とよくおっしゃった。……変《かわ》ることはあたりまえなこと……さかえさんには、何か変《かわ》らなければならないことがあったのでしょう……もしかしたら葉子なんか、古くさい心の世界にとじこもっていて、ちっともよく変《かわ》ることのできないつまらない少女なのかもしれない……)

そう思うと、葉子は、さかえのことなどをとやかく考えるよりもさきに、自分じしんが心ぼそくなってきた。康夫お兄さんは、父を同じゅうした兄妹でも、ご自分の生みのお母さんの血を多分に受けていらっしゃるのか、想像力がつよくて、熱情的《ねつじょうてき》で、時にははげしく明《あ》かるく強く、時《とき》にふかく憂《ゆう》つな思いにしずんでなやみもだえていらしった。……葉子は、誰からもとりのこされたような悲しさで高い空の星をあおいだ。ああ、あの三つ星……さかえさんと、お兄さんと三人で、よく星の話をした。お兄さんの星の話は、花の話とおなじにお兄さん独特のもので、星たちに、お兄さんのつけた名前があった。サヤカチャン、メグミチャン、サトルチャン、これが、あの三つ星の名まえで、サトルチャンは、サヤカ、メグミのふたりのお姉さんからいつも両のお手々を引っぱりだこにされ、サトルチャンは、どっちのお姉さまも大好きなので、どっちのお姉さまのほうにも、一分一厘《いちぶいちりん》もよけいに身をよせることはできない……お兄さんは、そのお話をきかせて下《くだ》すった時、

「それで、みんな、さみしいけど、さみしければ、さみしいだけ、よく光るのだよ」

とおっしゃった。さみしければ、さみしいだけよく光る、……その言葉が、いまはじめて、きらりと星の光《ひか》りのように、葉子の心の光《ひか》りとなった。いままで、ただ、お話として思いだしていただけだった。むしろ、あっけないようにさえ聞いた三つ星のお話のなかのことばが、葉子の心のなかに、新しい星のように生まれたのだ。

さみしければ、さみしいだけ光る、……もういちどつぶやいて葉子は、なつかしい三つ星に、ごきげんよう、とはるかに心からのあいさつをおくってうちにはいった。

お誕生日のにおい

母は、茶《ちゃ》の間《ま》のテーブルの前にきちんとすわって待っていた。

「たいそう、ひまどったね。さかえさんは？　すぐいらっしゃるかい？」

「母さん、さかえさんのうち、お客さまなの。だから、遠慮《えんりょ》したほうがよさそうよ。母さんと二人でいただきましょう」

「そうかい、そりゃまあ……せっかく、お前が、いままで待ってたのに」

こうなると、母は、かえって葉子《ようこ》がさみしいだろうと心をつかうのだった。

「でも、母さん、待つだけ待ったんだもの。いいでしょ、二人でたのしくいただきましょうよ」

「じゃ、おとなりに、ちらしだけでも、おとどけしてくるかい？」

「いいでしょ、そんなことしない方《ほう》が。だって、お客さま、多勢《おおぜい》で、ちらしをおちょく*に一杯《いっぱい》ずつなんてことになると、かえってへんだもの。そうそう、さかえさんも、ミヤがお魚しっけいしたから、私のごちそう、猫なみでも貰《もら》ったも同じっていってらしったわ」

母の心をさみしくしまいとして、葉子は、いつからか、何でもおもしろおかしく話すことを心得《こころえ》るようになった。

「ほほほほほ、じゃ、ミヤが一番のお客さまだよ」

母は笑いながらも、康夫《やすお》の写真のまえに行って、おじぎをし、

「康夫さん、おめでとう……」

といった。その声に、葉子の眼《め》には、じんとあつく涙がわきあがった。葉子は、壁にかかっているキリストの肖像《しょうぞう》――羊《ひつじ》を抱《だ》いた悲しみと愛とにうるむその眼《め》をじっと仰《あお》ぎ、それから兄の写真におめでとうをし、眼《め》をとじて感謝のおいのりをして箸をとった。

「いただきます、母さん……」

自分でもしずかなたのしい声がでたので、ほっとした。

「なんだか菊の花って、お誕生日《たんじょうび》のような匂《にお》いがするね」

「あら、お誕生日《たんじょうび》の匂《にお》いなんて、詩的よ。お兄さんがおききになれば、母さんも詩人だってよろこんでよ」

「詩人だか、何だかしらないけど、お花って、匂《にお》いが、いっぱいあつまって咲きだすようだね」

「まあ、母さんたら、ますます詩人よ」

「そうかい、それじゃ、ひとつ、母さんの歌を聞かせようね。

あめつちのめぐみをこめてゆたかにも
菊香《きくかお》るなり吾子《あこ》の祝《いわ》い日《び》

どうもあんまりいい言葉が出てこないんだよ。へんだけどね、さっき、葉ちゃんが、さかえさんをよびにいってる時にね、菊の花が、いっそう高く匂《にお》ってね。何だかどこにいても、康夫さんのところまで匂《にお》っていくように感じて……」

母は、そっと袖口《そでぐち》から、水色のじゅばんの袖《そで》をひき出して、涙のあふれる眼《め》をおさえた。

葉子は、瞬間《しゅんかん》、胸がいっぱいになり、涙がこみあげてきたが、じっとこらえていた。母さん！……兄さん！……いま、葉子は、その二つの言葉しか、何をいうこともできない気がした。しかし、そのだいじなたった二つの言葉は、もし口にしたら、言葉というより叫《さけ》び声になってしまいそうなので、葉子はじっと口をむすんで眼《め》をとじた。

「ごめんよ、葉ちゃん、母さんが、めそめそしたりして。葉ちゃんは、夜店《よみせ》にまで出て働いてくれてるのに、……母さんは、身体がよわると気もよわくなっちまって……」

「母さん……たのしくいただきましょうよ、ね、お兄さんのお祝いだから、……お兄さんも今日はシベリアで、うちのことおもって、……お祝いのつもりでいてよ」

「そうだね、わたしは、あの子を、生んだ子だと思って、育てたのだから、つい、あんまり帰らないと気もよわるし、ぐちも出るし、かわいそうに、私しか親というものはこの広い世界にないのに、やっぱり生んだ子と思っても、どっかこっちに遠慮《えんりょ》があったり、気をつかいすぎたりして、あの子を自然なきもちにさせないで育てたんじゃないかと心がかりになってね、……男の子だからと気をつけたのが、きびしすぎはしなかったかと思ったり、いっぽう頭のはたらく子だからと、自由にさせたけど、もっと、心の中にはいって、何かきいてやる方《ほう》がよかったかと思ったり……」

母はまた、ほろほろと泣くのだった。

「いやよ母さん、また……そんなことというと、なんだか、菊の花まで悲しい匂《にお》いになったみたい、……よして！　ね」

「ほんとに、母さんにも、菊の花の匂《にお》いが胸の底までしみるよ、泣いても泣いても足りないようなせつない匂《にお》いが……」

「母さん、さっきは、お誕生日《たんじょうび》の匂《にお》いだとおっしゃったでしょ。菊の花がふんがいして*よ、そう勝手に、いろんなことといっちゃこまるって」

葉子は、もう明《あ》かるく母の心をひきたてるように笑った。

「だってねえ、お誕生日《たんじょうび》の匂《にお》いだから、悲しくなっちまったんだよ。なんだか、いっしょうけんめいな匂《にお》いじゃないか、菊の花の匂《にお》いってね」

「ええ、いっしょうけんめいの匂《にお》いね。母さんはまったく詩人よ」

「いやだね、おだてて、……だけど、母さんは、康夫を育てているうちに、康夫が、いろいろおもしろいことをいうのでね、康夫が、その詩人の先生みたいなものだよ」

涙のなかにも母と子は、心からほほえみあい、遠い兄へのかげ膳《ぜん》と、さかえの主《ぬし》なき膳《ぜん》はさみしかったが、清らかな菊の香《か》のしみいったような食事がおわった。

葉子はすぐヴァイオリンをとりあげ、兄の肖像《しょうぞう》のまえで、すがすがしい心が兄のもとにそのままとどけよと『*主《しゅ》の讃歌《さんか》』をひきだした。

よろこびの日よ　ひかりの日よ
なぐさめの日よ　いこいの日よ

葉子は、ひきながら、心からそのことばをたたえることができて、感謝のきもちにみたされた。悲しみは、彼女の心を暗い闇《やみ》にとりこにはせず、かえって、彼女の心をあらって、ほんとうのうつくしい光《ひか》りを仰《あお》ぐみちびきとなった。どうか、さかえさんも、いっしょに教会でうたったこの讃美歌《さんびか》にふれて昔のさかえさんになって下さるように……葉子は、このごろさかえが日曜日に教会に誘《さそ》っても、もう何回もことわり、水曜日と土曜日の夜とに教会である英語の会にも出ないことを思って心がいたむのだった。

この日ひかりは　やみにてりぬ
この日わが主《しゅ》は　よみがえりぬ
この日みたまは　よにくだりぬ
げにもはえある　このあしたや

平和の鐘《かね》は　今もひびき
めぐみの花は　きよくにおい
生命の水は　わきあふれて
みたみをきよめ　世をうるおす

なつかしい讃美歌《さんびか》だった。さかえは、アルトがきれいだった。この春の復活祭《ふっかつさい》に葉子のソプラノと

二部をやった時は、ほんとに、涙がでるほどよかったと、牧師夫人がよろこんでくださった。

さかえさん、……あなたの声は、ほんとにつよく底に力がこもっていて何てよかったんでしょう。思い出してください。あの時ふたりは、うたいながら、しっかり手をとっていた、あのなつかしいあたたかみを！

明日は、もっとあかるく、心からさかえを信じ愛しておさそいしよう。今夜の悲しかったことはわすれてしまって、……でもさかえさんは、どなたかに英語をべつにお習いになるのかしら？　さっき、そんなことをさかえさんのところにいらした、あの多勢《おおぜい》のお客さまのうちの一人がおっしゃったようだったけど、……またそんな不安が心をかすめた。でも、今夜は、やむを得ないご用でおそくなり、お客さまもいらしったのだから仕方《しかた》がないわ、何もいっさいわるく考えてはいけないわ、……あたしは、いつからか、どうも取《と》りこし苦労ばかりするようになったらしいわ。……なつかしい讃美歌《さんびか》にちからを得て葉子は心もよみがえり、心にめぐみの花が清く匂《にお》いこぼれるようなやさしい思いにうっとりと曲をつづけている時《とき》、さかえのうちからにぎやかな音楽がひびいてきた。二軒《にけん》とも平屋《ひらや》だての小さな家《うち》だけれど、さかえの家は、この頃《ごろ》、張《は》りきっているようだった。さかえの父は、何かブローカーをはじめ、この頃《ごろ》いつも忙《いそが》しく大きなカバンをさげて出入りし、時には、自動車を乗りつける勢いのいい客が、夜おそくまで声高《こわだか》に話しあって、酒宴《しゅえん》のような歌ごえがきこえることもたびたびだった。それと同じほどの勢いでさかえは、葉子の知らない友だちをつれてきて、レコードでダンスがはじまるらしく、ドンドンと畳《たたみ》の上をふむ足音が、半間《はんげん》の露路《ろじ》をへだてて葉子のうちにひびいてくるのだった。時《とき》には、ジャズにあわせて合唱がはじまる。あの讃美歌《さんびか》を胸にしみとおるほど力づよく美しくうたったさかえのアルトが、そんな合唱にまじってひびいてくるのをきくと葉子は、胸のつぶれるおもいだった。

(さかえさんは、この夏、軽井沢《かるいざわ》のどこかの別荘へ家事手つだいのアルバイトにいらしてからあんなにお変《かわ》りになってしまった。……うちのお母さんに、近所のひとがいったことがほんとうだと、その別荘のひとは、大きな*闇屋《やみや》とか、……わたしも誘《さそ》われていっしょにアルバイトに、どんなに行きたかったかしれない。でも母さんが、身体《からだ》をわるくしたし、夜店《よみせ》をはじめたので、がまんしたけど、いっしょに行ってたら、さかえさんの心が、あんなに、遠くへとんでってしまいはしなかったかもしれない……)

となりからひびいてくるジャズの音は、どんなに、さかえが、もうすっかりちがった世界にいるかを、葉子の胸にきざみこむように、ジャンジャンと鳴りわたる。

遠い世界へ

「おとなりは、バカにしみじみとしちゃってんのね」

さかえの家の出まどに腰かけて足をぶらぶらさせながら、眉《まゆ》をしかめるくせのある赤いツーピースのスカートの長い少女がいった。

「でも、ちょっとうまそうなヴァイオリンだことね」

空色のワンピースにピンクの毛糸の上衣《うわぎ》を着た少女は、いくらかおっとりした顔で、にぎやかなレコードのあいだを縫《ぬ》って流れてくるヴァイオリンに耳をかたむけながら、

「あなたのかつてのご親友の演奏《えんそう》だとおもうと何だか心ひかれるわ」

「ああこのひとでしょ、かわいいじゃないの。いじめちゃかわいそうなようなひとよ」

しぼりめいせんの和服に、同じしぼり*錦紗《きんしゃ》のバラ色の羽織《はおり》の少女が、紅《べに》のうすい唇《くちびる》をそらして、やさしい言葉とはあべこべのからかうような眼《め》をほそめた。

ちがい棚《だな》の上に、さかえと葉子《ようこ》がいっしょに写った写真が立ててある。さかえはたいへん美しくとれていて、*ダアビンに似てるといわれるのがじまんでそれを飾《かざ》っておくのだった。

「いっそ、呼んでくりゃいい。ヴァイオリンが泣いてるようじゃないか」

「ああきっと、悲しみをメロディーにつたえているのだよ。およばれをすっぽかしたりしてさ。さかえ君もなかなかざんこくなところがあるからね」

「そこんところが、たちまち、われわれ仲間のクインにまつりあげられたゆえんだというわけか」

不良少年とはいえない。けれども、善良な生活からことさらはみ出そうとしているこの少年たちは、大人のような生意気な口のきき方《かた》をし、なんでも話題にのぼせることはみんな冗談にしてしまうようなふざけ方《かた》をして得意になっていた。

「よしなさい。何いってんの。このあたしを、あまり見そこなわないでもらいたいわ。ところであの人、まるでちがった世界の人よ。あたしなんかとはちがって、清らかな神さまのむすめなのよ」

さかえは、いくぶん皆《みんな》をたしなめるようにいった。じぶん自身へのいくらかやけなあざけりをもこめて、さかえは、どかりと椅子《いす》の背に身をそらせ高く足をくんだ。さかえは、こんな友だちが軽井沢《かるいざわ》の夏をどんなに賑《にぎ》やかにいろどっていたかを思いだし、なんだか、じぶんは、そのはなやかな火にひきつけられてとびこんだ火とり虫のような気もするのだった。火とり虫は、もうその火に焼かれて、こげてしまった。今ある自分は焼けたあとのもえがらかしら、……ときには、火といっしょになって、はなやかにもえている気もするけれど、……なにか恐《おそ》ろしいちからが自分をひきずって、葉子から遠いところへ離してしまったことを、さかえは、この人たちにかこまれていると、はっきり感じるのだった。

「神さまの娘なら、いちど拝《はい》したいものだね、よんでおいでよ、ね、さかえ君！」

それは、さかえが、アルバイトで手つだいに行っていた家、……土地の人々からも何の商売をしているうちの別荘か、何をしている人たちかわからないといわれている笠原《かさはら》といううちの長男で、富貴男《ふきお》という。名前のゆたかさをどこにさがしたらいいかと、とまどいするほど痩《や》せてひょろひょろと丈《たけ》の高い、眼《め》のほそい、みょうに髪のうすい青年で、二十一というのに、三十一にも見える。それが、じまんなのだった。

「ああ、おさいせんは、どっさりあげるからって、神さまの娘をお迎《むか》えしてくるんだな。この姿なら、ダンスだってきっとうまいよ」

年下の青年は、なにか酒樽《さかだる》を思わせるようにずんぐりして、あごも二重《ふたえ》に、手もまるくえくぼが出る。それでいて、声もどら声で獰猛《どうもう》そうな顔に、ぎらりと大きい眼《め》が光っていた。

「ばかね、ダンスなんかするもんですか。とびきりまじめなのよ。クリスチャンで」

さかえは、怒《おこ》ったようにいった。みょうに心の底から、葉子のことをほめてみたい気がつのってくる。

ふたりの青年が、口をそろえて、葉子に興味をそそられ、ここにつれて来させようとするのに、さかえは何かしら腹のたつ思いがした。それは、葉子は、けっして、この青年たちに理解できるような少女ではない、というさかえの心にまだのこっている葉子礼讃《らいさん》のきもちと、葉子にむかって、自分によりも大きな関心をしめそうとするのにたいする、むらむらとした腹立たしさからだった。

「ダンスは、だれでも好きだよ。できなければ、二、三回リードすれば、ヴァイオリンをあれ位《くらい》ひける音楽の才能のある娘さんなら、すぐおどれるようになる」

「まあ、大変やかましくいうのね。それよりおどった方《ほう》がいいじゃないの?」

さかえは、水色のドレスの少女と組んで花束のゆらぐように、はなやかにおどりはじめた。

ほかのふたりの少女も、青年たちと組んで、青年たちの強いステップは、家《うち》もゆらぐような音をたてた。しかし、踊《おど》りながらも、笠原はたえず葉子の家《うち》のほうへ注意をむけ、

「葉子さあーん。いらっしゃい!」

とさかえの声のまねをして首をすくめたりした。

笠原のうちの連絡で、さかえの父のブローカーのしごとも活気づいてきたために、さかえの母は、このさわぎも、かげで眉《まゆ》をひそめながらだまっているのだったが、母は、葉子のうちのしずかな生活にたいして、自分のうちのさわぎが気がひけて、身のちぢむ思いだった。

「さかえさん……」

母は、わが子にも、ていねいによんで、

「お茶いれましたよ。皆《みな》さんにあがっていただくようにおっしゃい」

音楽のきれめをまって母は、となりの部屋から、大きい盆《ぼん》に、湯気《ゆげ》のたつココアを匂《にお》わせながら運んできた。ふっくらと切ったカステラは、*さかえが玉子や、さとうの分量をやかましくいって母につくらせたので、みずみずしくて、れんぎょうの花のようないろに、しっとりした出来《でき》だった。

「あっ、すげえッ……」

青年たちは、身かけはスマートなのに、びっくりするほど下品な身ぶりで首をすくめ、肩をあげ、奇妙《きみょう》なさけび声をたいた。それにつづいて、少女たちも奇声《きせい》をあげた。

「いやしんぼね！　それで、英語の先生なの。お品《ひん》のわるい」

さかえは、笠原をにらんだ。笠原は、何をしにだかアメリカに行ってたというので、語学……会話だけはたっしゃらしかった。

「先生も、食慾《しょくよく》においては、人間なみなり、ことさらに、かくのごときすばらしき美菓《びか》においてをや」

「いやあね。漢文の先生みたい」

「なんでも教えますよ、吾輩《わがはい》は万能《ばんのう》先生なり……」

「そんなの、一番あてにならない、きっとインチキよ。チンプンカンプン」

「いや、とにかくとしてさ。英語会話は、まじめにやるつもりだろ？　諸君《しょくん》。しからば、わがはい、さかえ嬢《じょう》に提議《ていぎ》がある。おとなりの令嬢《れいじょう》もメンバーに入れたまえ。教会で、いっしょに習ってたのを、さかえさんだけ無断でよすのは、わがままだよ」

「何いうの。あたし、教会の奥さんの英語はね、むりに宗教をおしつけるみたいでいやだって、葉子ちゃんにいってたんだから、ぬけたってちゃんと理由あるわ。英語習うのにも、おいのりにはじまって、このつどいを神よみちびきたまえって。あたし、神さまもたいていめいわくだとおもうの、それがはじまるたびに、もん切り型ときてるから、あたし、クスクスやりだすわ」

「だって、ぼくたちがお祈りのまねをしてふざけると怒《おこ》りつけるじゃないか」

富貴男が唇《くちびる》をそらせて笑った。

「あたし、まじめなことを不まじめに扱うの大きらい。英語会のお祈《いの》りなんか、まじめそうで、一番不まじめなんじゃないかしら。テキストだって、神さまのこと一点ばり……わかってえ――と念を押されるのは、英語じゃなくて、キリスト教なのよ。あたし、キリスト教に反対じゃないけど、あんまり道具にするみたいに神さまをかつぐの好かないわ」

そんな理論になると五人ともわかったようなわからないような顔で、うなずいて、心では、さかえにいっそういちもくおくようになるのだった。

「それなら、なおと、そんなところから、こっちの英語グループに引っぱればいい。ことに、こっちはこれからだしね」

どこまでも熱心に押してくる笠原のことばに、さかえはそれに押されて葉子を迎《むか》えに行くのはいやだったが、行かないのは自分が葉子をつれてくる力がないように思われるのも、なおいやだった。

ふかふかしたカステラをみると、さかえは、長いこと葉子と親しかった思い出をそのなかにみいだすようにふっとかなしくなった。こんな新しいにぎやかなグループも、ほんとに心と心とぴったりするまでにいかない。そして葉子ともはなれていくなんて、……さかえは、何もいわずに立って、下におりていった。

「母さん、カステラ、もっとない？」

さかえは、子供っぽいおねだりような口調《くちょう》で聞いた。

「あるよ、まだ出すの？」

「ううん、おとなりに、ちょっと、もって行こうかとおもって」

さかえは、何となく、このさみしい夜に、葉子にひと目あいたいという気になった。さっきおよばれをことわった時《とき》のはげしい気持とは別人のように……。さかえは時々《ときどき》、こんなに気分のかわる性質だった。呼んでくるなんていやだ、……葉子ちゃん来るものか。来たって、とうていあの人たちのなかで、葉子ちゃんは何もいったりしたりできやしない。……

そのとき葉子はやはり、さかえのことをおもっていた。なんだか、おとなりのダンスレコードが気になって、耳をふさごうとしてもおしよせてくる。そのうちに、ふしぎに、「葉子ちゃん――」という声をきいたようにおもった。空耳《そらみみ》だ、……と打消《うちけ》したが、二度三度、葉子ちゃん……という声がひびいてくるような気がした。葉子は、われしらず、そっととなりの方《ほう》の窓をあけてみた。けれども、おとなりのカーテンのかかったガラス窓のなかには、音楽につれてゆれうごいている人影《ひとかげ》が見えるばかりだった。

もう、やすみましょう、……遠いお兄さまのご無事《ぶじ》をいのって、……そのとき「葉子ちゃん……」という声が、たしかに表でした。とんで行ってあけてみると、ほんとうにさかえが立っていた。

「あッ、さかえさん！」

「葉子ちゃん、家《うち》に来ない？」

さかえは、自分が、葉子のうちに来たことを、どういって説明していいかわからず、つい、こういってしまった。さみしかった気持など、見せたくなかったし、葉子のしずんだ顔を見ると、やっぱり、もう自分はこんな暗いじめじめした世界のなかで、おいのりと神さま神さまですがっていく気にはなれない、と思うのだった。それでとっさに葉子を、自分の家《うち》につれていくつもりで来たようにいってしまった。

「あら、でも……」

葉子は、とびあがるほどのうれしさと、あのお仲間《なかま》にはどうしても入れないという、とうわくとで、もじもじとして言葉をにごした。

「あたし、わざわざ迎《むか》えにきたのよ。みんな、ダンスしてるの。あなたに教えてもいいわ。英語も、すごい二世がきて今夜からはじめるの。どう、来ない?」

来ない?といいながら、それはまるで、来やしないでしょ、とてもあなたは来ないわ、といってるみたいな、あるはげしさをもったいい方《かた》だった。

「あたし、だめよ。それは、……さかえさん、あたし、教会のおけいこにごいっしょに行くのを待ってたのよ」

それは、ひどくさかえに、古いむかしのことのように聞こえた。また一方《いっぽう》さかえは、葉子から何か責《せ》められているように、むらむらとしてくるものを感じた。

「あら、何いってるの、あたしに、あのレッスンつづけなきゃならない義務ないわ。とっくに、いやになってたんだもの」

「でも、奥さまも心配していらしって、あなたのために、お祈《いの》りしていらっしゃいますって。――お集《あつま》りのときには、いつも」

「ああいや、そんなこと止《よ》してくださいって、いってちょうだい。あたし、人にそんなこと、いのられてると思っただけで、きもちがわるいわ。葉子ちゃん、あなた、とても、あたしのうちなんかに来やしないわね」

「あら、さかえさん、ひとりの時《とき》なら、いつでもうかがってよ……」

「あたしのよびにきた時に、来ないで、そんなもったいぶった、しんねりしたの大きらい！　だから、日本人はけちで、陰気《いんき》でちっぽけだって……」

さかえは、そのまま、さよならとも、おやすみなさいともいわず、ぷいとわが家《や》のほうへ走るように立ち去った。まるで喧嘩《けんか》しに行ったみたいだと、さかえは、手にしていたカステラの紙包みを、くしゃくしゃに握《にぎ》りしめた。

葉子は、さらにあっけにとられて、いまのは、まるで、夢だったのかと思うほど、しばらく呆然《ぼうぜん》と立ったままだった。そして、ふたりの心が感じたことは、ふたりは、もうたがいに遠い遠い世界にいるのだということだった。

花と光《ひか》り

「ああきれい！」

それが、ふつうのアクセントとちがった高いさけびだったので、葉子はおやとおもって眼《め》をあげた。その声は、まるで高いところから、夜店《よみせ》にこしかけている葉子の頭のてっぺんに降って来《き》でもしたようだった。

みると、すらりと脚《あし》の長いアメリカの兵士が三人、立ちどまって、ささやかな葉子の本のならんだ店をゆびさしている。

"Oh! How Lovely!"（何てきれいなんだろう！）

さっきのは、おぼつかないような日本語だったが、こんどは、英語、……葉子にわかる英語だったので、葉子はすこし笑顔になった。

東京《とうきょう》駅から南にながれる新しい*八重洲口《やえすぐち》の直線路《ちょくせんろ》は、宵空《よいぞら》にかがやきそめた星の光《ひか》りも映《うつ》りそうに、なめらかなすがすがしさでみがいたように光っていた。風はヒューヒューと空に鳴っていたが、巨大な東京《とうきょう》駅の建物にさえぎられ、葉子の店にならべた本の*頁《ページ》をひるがえすこともなかった。

きらきらと、遠く近くの街《まち》の灯《ひ》は、夕もやの中にまばたき、おくれてオフィスから駅のほうにむかって帰るひとびとや、八重洲口《やえすぐち》から出てくる人たちのなかでは、葉子のならべた本をとりあげて見るひとも、ちらほら出てくるたそがれ時だった。

お兄さん、ごめんなさい。とうとうお兄さんの本を売るようになってしまって、……葉子は、はじめは新しい本を仕入《しい》れるもとでがなく、兄がたんねんにとっていた雑誌や本のうち、葉子が見て、これは、どうしてもお兄さんの必要な大せつな本と思うものをのけて、ぼつぼつ兄の本をならべるしかなかった。

さかえのうちとは反対のがわに住む嘉助《かすけ》おじいさんが、夜店《よみせ》をだす心配をしてくれたのだった。銀座《ぎんざ》とか新宿《しんじゅく》とか、京橋《きょうばし》の大通りとかは、なかなか場所がとれず、八重洲口《やえすぐち》駅がまだ新しくできないときに、嘉助おじいさんのやっとのきもいりで店をはじめた葉子は、立ちどまって本を見てくれるサラリーマンや、学生らしいけれどアルバイトしているような人や、はたらく女の人たちの顔を見おぼえるようになった。

でも、日本の本ばかりならんでる葉子の店に、外人が立ちどまったことはなく、しかもおもいがけず、きれいだな、とほめられて、葉子は、ややあっけにとられていた。すると、中のひとりが、

How much is its flowers? (いくら?　その花は?)

ときいた。それは、葉子が、ゆうべ兄のお誕生《たんじょう》祝いの花を、さかえにも見てもらえなかったさみ

しさから、きょう、夜店《よみせ》にもってきてかざったのだった。その高い香《かお》りに自分もなぐさめられたかった。お兄さまといるような気もちがするかもしれないとおもったり、店に眼《め》をとめる人に少しでもきれいだと思って見てもらえれば、お兄さんのためにもうれしいと、大きな空《あき》カンをもってきていけたのだった。葉子は、その花をいくらときかれて、ふたたびびっくりして、ややうろたえながら、それでもしっかりと、

These flowers are not for sale.（これは売物じゃありません）

といった。

Oh, how I would like them.（でも、うってくれたまえ）

葉子は、やはり英語でしずかに、さしあげましょうといって、ゆうべ兄のお誕生日《たんじょうび》のお祝いに飾《かざ》ったままのまだまあたらしい花のうちの何本かをとってさし出した。ただでもらうのはこまるというのを、葉子はやっと、おぼつかない英語で、兄がつくったのだから、あげれば、兄もよろこぶことだろう、というと、おお美しい花のような美しい話だといって、葉子からもらった花の一輪《いちりん》をめいめい胸にさして、この美しい花と、それをくれた愛らしいあなたを忘れないとひとりがいえば、ひとりは、あなたのお兄さんは仕合《しあわ》せものだとうたうようにいって、手の花を高くさしあげ片足でくるくるとまわって、踊《おど》るようなかっこうをしてみせた。そのたのしげなうれしそうなかにも、故国《ここく》になつかし

い妹をでものこしているのか、何かしらしみじみと、はるかなふるさとをしのぶさびしさがただよっていた。

どれでもなるたけ、きれいな本をくださいといって、日本語のすこしできるひとりが四、五冊の表紙の美しい婦人雑誌を手にとり、お代をはらいながら、ありがとありがと、とくりかえした。

葉子は、この偶然のことから、お兄さんのためのお祝いの花を、もっと、ひとにあげたらと思いついた。花を見てくれて、きれいだといってくれるひとにあげたいと思った。

けれども次にどやどやと歩いてきたまだ二十才《はたち》まえぐらいの数人の学生は、

「なんだ、花なんかどっさりいけてしゃれているね」

「ちまたの花ってところか」

笑いあっているその言葉だけで、葉子はうつむいたまま顔をあげられなかった。

「花はあれど、あいそはなしか。行こう行こう」

「花ほほえまず、花ものいわずとはさみしいじゃないか」

そんなことをいって、ぐずぐずしている。それをきくと、葉子は身がちぢみ、肩も首のあたりもこわばってきた。ああ、こんなことなら、やっぱり花をもってくるんじゃなかったかしら、……葉子は、じぶんが嘉助おじいさんや母さんによく相談もせずに、とんでもないことをしたのではないかと心がせつなくなった。学生たちは、本をひっくりかえしたり、わざと下駄《げた》の音を鳴らしたりしていたが、葉子のつぼみのようなかたさのなかに、何かおかしがたいしずかさと、かなしみをいっぱいたたえた雰囲気《ふんいき》を感じたらしく、いつかだまって散っていった。ほっとして仰《あお》ぐ眼《め》に、街《まち》の光《ひか》りはきらきらとにじむ。空気がきれいに澄《す》んでいるので、光りがことにさえざえとまばたく。

街《まち》のひとたちがみんな親しくおもわれ、心をこめてお兄さんのお花をあげようとおもっていたのに、と心をくじかれた思いだったが、葉子は、沈《しず》んでゆく心をはげますように、すぐにすずしい眼《め》をあげて遠く近くの灯《ひ》にはなしかけた。

「光《ひか》りさん、光《ひか》りさん、あたしの心にもともってちょうだい。あたしの心の灯《ひ》はすぐ消えちゃうの、ちょっとの風にもきえるようなちっちゃな灯なの。……消えない時《とき》でもすぐ、くもったり、あぶなっかしくゆれたりしちゃうの……心の空気がにごって荒れてるからよ」

光《ひか》りは、やっぱりきれいに澄《す》んでまたたいた。

消えてもまた、すぐともりますよ……がっかりしないでね、だれの心にも、光《ひか》りは、きっとともりますよ、となぐさめるようにきらめいた。

その時《とき》、

「くださいなこのご本。——」

というしずかな声がひびいた。葉子は、遠くの光《ひか》りとお話をしていて、そのひとが、もうだいぶ長いこと、二冊の本を葉子のほうへさしだしているのに気づかなかったのだった。

「はい、ありがとうございます」

葉子は、うけとって包みながら、それが、その二十二、三とも見える女の人のよむ本としては、だいぶずっと年下の少女むきのものなので、きっと妹さんのためだとおもうと、しらずしらず心がほのぼのとあたたまるおもいだった。

「お花好きなのね、きれいだこと」

そのひとは、しみじみとほめてくれた。いかにもいたわるように。

「さしあげましょうか、……少しでよければ……」

「まあ、くださるんだって?」

そのひとは、びっくりしたように美しい眼《め》をみはってききかえした。和服の白いえりが、えんじのショールのかげからくっきりと清潔にのぞいている。

「はい、……ほしい方《かた》には、さしあげようと思ってましたの。……」

「まあ、でも、どうして?」

「兄がずっとまえ育ててたんですけど、たくさんとてもよく今年もできて、自分のうちでだけ見ては、もったいないようで……」

「ああそうなの。お兄さんのかたみなの？　兄さん、どうなさったの？」

「シベリアです。……」

「私にそのお花ひとつでいいからください。妹が病気でねていますから、見せてやります。よわくて、ときどき心臓がわるくなるのですよ。あなたのお花をいただいてみせて、強くならせたいわ」

こんなに弱い自分が、つよくおもわれるのはどうしてかしら、と葉子はいぶかりながら、白とピンクと、黄の菊を一本ずつ本にそえてあげた。

「ほんとにありがとう、……あたし、ここにブローチ、ちょうどもってるの、あなたにおあげするわ。……このブローチ、妹にかってかえったら、あまり好かないので、べつのを買うつもりなの」

「そんなこと、いけませんわ。……」

ハンドバックからとりだして店の本の上におかれた小さな箱をとっておっかけるまもなく、その人は駅のほうにいそいでいってしまった。店をほってかけていくわけにもいかず、葉子は、小さな白い紙箱を手にもったまま、そのあとを呆然《ぼうぜん》と見おくった。

その夜は、そのあと、だいぶ本が売れ、おばさんのような人や少女に、だいぶ花をあげた。

「おや、かわいい女の子が、お花の景品つきで売っているのなら、わしも何か本をもらうよ」

どさっと肥《ふと》ったおじさんが、荒《あ》れたような声でいったので、葉子はこんなひとには、お花をあげたくないと思った。だまっていると、そのおじいさんは、いろいろ本をめくってみて、

「景品よりもまず、本が第一だから」

といいながら、何冊も何冊も手にとって下へおいてしまう。

「どうも字か小さくていかんね。わしによめるような大きな字の本はないかね」

葉子は、こまったようにかすかに笑った。

「うちじゃ、ばあさんも眼《め》がわるいんで、本というものは、二人ともめったによまん。菊の花だけもらうわけにはいかんかね」

葉子は、おどろいて、このおじいさんは正気なのかしらと、気味わるく顔を見つめた。

「ははははは、お金は出すよ。花の代はな。花よりだんごっていうが、本よりお花だ。じつはうちのばあさんが、花がなければ、夜も日もあけんのでね。ひとりの息子が、とうとう南方《なんぽう》から帰らんとわかると、ばあさんは、お供《そな》えと花に日を暮らしとりますじゃ」

おかしなおじいさんと不気味《ぶきみ》さから、笑いそうになった葉子は、きゅうに、のどもとに、ぐっとつきあげてくるものを感じた。ああ、こんなに、ひょうきんなようなおじいさんにも深い深いかなしみがある。……葉子は、だまって、のこった花をそっと紙につつんで、おじいさんにわたした。あたし

の兄さんは、生きているはずです。まだまだあたししあわせです……と心に感謝しつつ……。

「おお、こりゃすませんさん、みんな下さるか。それじゃ、お代を、……なあ、いくらあげよう、十円にまけといて下さるか。……わしは京橋《きょうばし》のほうのビルの受付兼掃除《そうじ》係りにかよってるんでね。たいしたお礼もできんが……」

「いいんです、おじいさん……」

「そうかね、それじゃ、ばあさんや伜《せがれ》といっしょにお礼をいいます。……」

葉子は、それから、菊の花のあるあいだ、一本ずつでもわけて街《まち》の人の心をたのしませてあげたいと思った。本を買ってくれたひとに、めだたないように、一本ずつお花をそえてあげると、だれでも顔をほころばせる。わけをきく人には、家《うち》に咲きましたから、というと大人たちは、女の子って、やさしいことを思いつくもんだと笑う。若い女子事務員たちには、お花の本屋さんといってよろこばれた。

「あなたのお花、花屋さんのとちがってよ。いい色で、花もきれいで花もちがいいの。このあいだ通りがかりにグラフ買ったんだけど、雑誌ほしくって、また、ここで買いにきたわ」

そんな若い奥さまには葉子は、涙ぐましいうれしさで、心いっぱい兄がどんなに心の底から花を愛したかを話したかった。

でもただ、兄が、めずらしい種類のをいろいろあつめましたから……というのみだった。

「そうを、きっとなかのいいご兄妹《きょうだい》ね。お兄さんによろしく」

そのやさしいことづてに葉子は胸をつかれた。でも、やたらに身の上を話せるものではない。葉子は、危うく涙のいっぱいになってくる眼《め》で笑みかえした。

そのとき、

「どう、あたしのいった通りでしょ?」

そんな声がした。耳の故《せい》かと思うほどの彼方《かなた》で――ふと見ると、そこには、さかえを中心に、あの、いつかの夜、さかえの家に訪《おとず》れた、数人がそろっているらしく思った。さすがに葉子の胸はさわいだ。その人むれは、店に近づくでもなく、三、四メートルばかりはなれたところで立ちどまって、なにか話しあっては自分のほうを見るので、葉子はしだいに気おされてしまった。

「花をそえて本を売るって、いやにセンチね」

それはたしかにハッキリきこえたさかえの声だった。

「買うなら買いなさいよ」

中にまじったふたりの青年に、誰かがそういうと、つかつかと青年たちが歩みよろうとした時《とき》だった。それを押し止《とど》めるようにして、さかえは葉子のほうに向かってきらりとはげしい視線を走らせ、

「およしなさい。貴方《あなた》たちも、もの好きね。あたし、そんなひと大きらい。おしつけがましい、……人によけいなものをやっていいきもちになってるなんて、むしろ失礼のさたよ。だから、偽善者《ぎぜんしゃ》は大きらいよ」

さかえの見幕《けんまく》に、ふたりの青年もたじろいだ。けれども、さかえの怒《いか》り、あなどりがきっと耳にとどいたであろうに、しずかに面《おもて》を伏《ふ》せたままで何の反抗の気はいも示さずに、秋の花のようなやさしい夜店の少女に心ひかれて、青年たちが立ち去りかねているとき、店に立つひとを押しのけるようにして、たいそう肥《ふと》った四十四、五くらいのおかみさんが葉子のそばに近づき、

「娘さん?」

といった。

「はい、何をさしあげましょう?」

「わたしゃお客じゃないよ。あんたに、ちょっと、話があるんだよ」

とただならぬけわしい形相《ぎょうそう》……火のつきそうな顔でつめよった。

「あたしに……」

葉子は、ふしぎそうに顔をあげた。

「そうさ、お前さんに、文句があるんだよ。あんたは、まだ子供かもしれないけど、商売ってものは、

生きるか死ぬかでやってるんだよ、そこへ割りこんできて、子供だというのをたてに、ふざけたまねをされちゃ、まじめでやってるものは、たまりゃしないからね」

たたみかけて責《せ》めたてられる言葉に、葉子は、いっこう合点《がてん》がいかないのだ。何を、自分はこのおばさんに悪いことをしたのか、なんで怒られるのかわけがわからない。思いあたることがないので、葉子は驚《おどろ》きのなかにも平静をうしなわずに、

「おばさん、あたしには、何だかわからないんですけど?……」

「おとぼけでないよ。お前さんが、本に花をそえものにして売りゃ、そえものも何もない、わたしのほうの客はお前さんのほうにみんなくるにきまってるよ。しゃれたまねをするはのいいけど、ひとの商売のことも、ちったあ考えてみるがいいよ。商売には、商売の情があるもんだよ。自分だけのことを考えて、はためいわくなことをすりゃ、子供でも許せないからね。おふざけでないよ」

「ああ、おばさん……」

そうだったのか、と葉子は、やっと気づくと、何ともいえない切《せつ》ないかなしみが胸いっぱいにこみあげてきた。もちろん、そんな近くのおなじ店を出しているひとの邪魔《じゃま》になるなんて、夢にも考えなかった。……でも、どんなに知らなかったといっても、おばさんの怒《おこ》るのにむりはないと思うと、葉子は涙をいっぱいためた眼《め》でおばさんを見あげ、

「すみません、……あたし、ちっとも、ひとにめいわくかけることになるなんて、考えなかったんです。よけい売ろうなどと考えたんじゃないんです……」

「いいわけは何にもならないよ。だんぜん、やめてもらうんだね、あんなこと、お前さん、規則違反だよ。わたしたちの組合にしれたら、お前さん、商売できなくなるんだよ」

おばさんは、たけりたっておしかけたものの、葉子に素直《すなお》にあやまられてみると、悪気《わるぎ》のないこともわかり、小さい女の子のことなので、その上ひどいこともいえなかった。

「これから、やめるんだよ。商売は遊びごととちがうんだからね」

「すみません、……ただ、きれいなのがうちに咲いたので、みんなにあげたくなったんです。……ごめんなさい」

おばさんは、まだぷりぷりしながら、それでも、仕方《しかた》がないというように、気をつけるんだよ、ほんとに、やっかいで困ったもんだ、とつぶやきながら引きあげた。

このいきさつを、さかえたちは、おしまいまで立って見ていた。

「街《まち》にも悲劇ありね、……」

さかえの友だちの少女が、ややしんみりといった。

「悲劇？　じぶんで悲劇の主人公になりすましてるなんて、およそ、いやなことだわ」

さかえは、つき放すようにいった。

「だって、かわいそうじゃないか、さかえ君は、同情することまで、いけないというのですか」

「同情？　人間に、ひとに同情するなんて、美しい性質がほんとうにあるのかしら？　そんなこころが、自分にあるように思ったら、そのとき、そのひとは、思いあがってんのよ。同情するもいや、されるもいや……ぞっとするわ。……さあ、行かない」

さかえは、さっそうと、夜風のなかを先に立って、黒いびろうどのケープをひるがえして京橋《きょうばし》のほうへ歩いていった。

きれぎれではあったが、その声はほとんど、葉子の耳にとどいた。さかえも、それが葉子に聞こえたのを知っていて、そんな街上《がいじょう》なんかで、はげしいことをいったのだった。さかえには、どうしても、葉子の何かとらえどころのない夢のようなものにたよろうとする空想的な性格が、ふわふわと根底《こんてい》のないうわついたものに思えて、胸がむずむずするほど腹立たしいのだった。こんなにいらいらするほど腹立たしいのは、やはり、葉子にどこか心をひかれているからだとは、さかえは自分では気づかなかった。もう自分はさっそうと葉子の世界からぬけ出して、そのことで、一人前の人間らしい生き方《かた》ができると胸をはって新しい世界をかけまわるつもりだった。

さかえは、友だちのひとりから、八重洲口《やえすぐち》で葉子が夜店《よみせ》の本に花をそえて売っているときくと、なんだかへんに癪《しゃく》にさわってきて、何かしらぴしりとやっつけたくてたまらなくなった。

「＊きいたふうなことをするわね。あたし、そんな甘いの大きらい！　胸がわるくなる」

さかえは、教会で、牧師の夫人から英語を葉子といっしょに習っているとき、葉子が、なんでも夫人のいうことをそのままのみこんで、小さな聖女《せいじょ》のようなふるまいをするのが癪《しゃく》にさわってならなかった。

葉子のうちのとなり、……さかえの家とは反対がわのおじいさんが中気にかかると、葉子は、ふたりで祈《いの》ってあげましょう、という。英語の時間をすこし早くいって、礼拝堂《れいはいどう》の前にひざまずいて、葉子がまず祈《いの》る。さかえもいのった。けれども、さかえは、なんだか、葉子にいい出されてロボットみたいに、

「どうか、神さま、おじいさんの病気をなおしてあげてください……おじいさんは、ひとりで働いて、ひとりでさみしく暮らしているのです」

などと葉子がいのるのを聞いていると、神さまに説諭《せつゆ》してるみたいで、お祈《いの》りって、まるで神さまに忠告したり警告したり神さまに指図してるみたいじゃないのかしら、と反感をもってしまうのだった。

「あたしは、もう、神さまにお説法《せっぽう》するみたいなお祈《いの》り、やめたわよ」

それが、さかえの葉子とはなれるはじまりだった。

おばさんも去って、さかえたちも去って、街上《がいじょう》に風が起こるのが、ほこりの白さでわかる夜のわびしさは、ひとしお葉子の身にしみた。

「なんだか、今夜、あたしは、別の世界を見たようだわ……」

葉子は、悲しかったけれど、なにか目を覚まされたような、いままでより、広いたくましい世界を示されたようなここちだった。

「ほんとに、しらずしらずあたしは、人に甘えてたのかもしれないわ。兄さんはいつも、さかえちゃんは、個性がはっきりしてる、葉子は、個性的じゃないが、人のいうことを素直《すなお》にうけいれる美点がある、……とおっしゃったけど、あたしも、自分のはっきりした性格をしりたい、はっきり、自分をもつということは、何よりも大切なことかしれないわ、……」

さかえが、自分の性格を自由自在にきらめかせて、決してひとのいうことにめくらになって妥協《だきょう》しないことに、葉子は、こころよい勇ましささえ感じた。

「自分が、自分のきもちにあまえて、ひとにまで、お兄さんの花にたいするきもちを押しつけようとした、……それをよろこんで受けとってくれたひとは、あたしを、子供のようにおもって、あたしの甘ったれを見のがしてくだすったのかもしれないけれど」

そえて出す花を、けげんな顔で見て「本は買ったけど、花はいらないわ」といったおくさん、花を見むきもしないで行った紳士や学生もあったことを思いだす。……その人たちの態度もやはり、そっちょくで立派でさえあったと思える。……葉子は、すっかり自信を失ってしまった。

そしてふと、『汝《なんじ》右の手のなすことを左の手に知らしむるなかれ』という聖書のなかの句をおもいだした。右の手のした善行《ぜんこう》をさえ左の手にしらすなといましめたキリストの心が、身にしむ夜風のようなするどさで葉子の心にさっとひらめいた。

見も知らない、多くの人々に心をわかつことの、どんなにむずかしいことか。人間は自由だけれど、その自由とは、どんなにきびしい高い心のいましめをもつのがあたりまえかということを葉子はしずかに考えた。けれどもこんなに、すぐ自分のしたことに自信がもてなくなると、これもまた個性のない自分のよわさから、ほんとの自分らしくないことを考えているかのようで、葉子は、小さな自分の心というもの、……自分というものがまるでつかまえどころのないような、とうていわからないものに思えるのだった。

誰だって、自分を知らない。……

他人をしらないよりももっと自分を知らない。……

いつか見た兄の日記に、そんなことが書いてあったのが、いまごろ、やっとうなずけるのだった。

「葉子ちゃん、どうかい?」

ぼんやり、冴《さ》えた夜空を見あげていた葉子は、嘉助おじいさんの声にはっとして、われにかえった。

「あら、おじいさん、まあ、寒いのに、こんなところにいらしったの?」

「ああ、ちょっと用事もあったし、……ほんとに寒いから、もうかえらないかい、葉子ちゃん」

嘉助おじいさんは、葉子が店を出しはじめた頃は、心配でたまらず、誰にもいわずに、このあたり近くまできて遠くから様子《ようす》を見ていたものだった。この頃《ごろ》でもときどき、気になるとちょっとした用事をつくって、葉子のようすを見にくるのだった。

今夜は、おばさんの襲撃《しゅうげき》も、さかえたちのこともみんな見てしまった。葉子が、とてもかわいそうでたまらず、おじいさんはいつも、ひとり遠くからそっと見て、そっと帰ることにしていたのに、今夜は、とうとうそばへきて声をかけてしまったのだった。

「おじいさん、夜なんか出て身体《からだ》にさわったらたいへんよ」

「葉子ちゃんたちが、おいのりしてくれてから、おじいさんも、だいぶ元気になったよ。それより、葉子ちゃん、今夜は顔いろが悪いな。ほこり風は、こんなとき毒だ。かえろう」

いっしょに手つだって、店をしまってかえりながら、葉子は、なんだか今までより、もっとおじいさんをもよく理解できそうな、自分が大きくなったような気がした。

「おじいさん、よいことをしてると思って、それがあべこべのこともあるのね。あたし、やっと気がついてよ」

「葉子ちゃんはいい子だ、いつだっていい子だよ、天使みたいな、……この世に天使があれば、葉子ちゃんのようなのだろうよ」

「いいえ、おじいさん、……あたしの心なんて、めちゃめちゃよ、とてもたよりないの、でも、それがわかって、すこうし、しっかりしかけたところ」

「なにを考えてるんだい、かわいい葉子坊主《ぼうず》、悲観《ひかん》しちゃいけないよ。ひとが何をいってもな、ひとはひと、自分はじぶん、……」

「ええ、それが、やっとわかりかけたの、おじいさん、あたしのしたことときいてね」

葉子は、お花を本にそえてあげたことや、それから後《あと》におこったことなどを話した。

「あたし、やっぱりおしつけがましい、なまいきだっていわれても仕方《しかた》ないと思うの」

「ふうん、だがね、葉子ちゃんは、ひとに、たくさんいいものをあげるために生まれてきたような女の子なんだよ。それに疑いをもってはいけない、……天使は、いつも悪魔にあざけられるものだ、……」

「おじいさん、あたし、天使なんて、とんでもないわ」

「いいや、天使さ、わしはもう長いこと世の中を見てるが、人間は、どんな人間でも、ときには天使になるよ。だから、わしは、この世に失望しない。天使になる分量が多いか少ないかのちがいさ」

おじいさんは、自分が、今まで葉子をきづかって、夜店《よみせ》を遠くから見にいったことなど少しもいわず、いわないことで安心してるように、天使の話をつづけている。夜更《よふ》けてますますさえた空には、数しれず星が光《ひか》りを増してうつくしくきらめきあっていた。

別れ

葉子《ようこ》の愛していた菊の花もおわった。さかえの家とのさかい目になっているさざんかの花もおわった。そのかわり、早春を飾《かざ》るちんちょうげや、花すおうの枯れ枯れとした枝をよくみると、もう、しっかりと蕾《つぼみ》の用意ができて、そのふくらんだ点は、かたく春を抱いているようだった。

空は、かなしいまでに澄《す》みきって、ふかい冬の明澄《めいちょう》さを心にしみこませた。葉子は、今年はいつになく、冬をいいなあとおもった。何もかもふりおとして澄《す》みかがやいていくこの季節のすがすがしさ、……シベリアってこんなところかしら？　いいえ。日本の冬とちがって、もっとさむざむと荒《あ》れた果《は》てしないさびしい世界であろう、そこに、康夫兄さんは、何をしているかしらとおもうと、心がひきしまってくる。

晴れた夜々《よよ》がつづいて、あたらしい八重洲口《やえすぐち》の駅のまばゆいばかりの明《あ》かるさ、どこかのおとぎばなしの国の入口ででもあるような光りをいっぱいふくんだ駅から、京橋《きょうばし》への光《ひか》りの点々は、冬の夜はことにさえてすがすがしく、寒さにひきしまった心につよく応《こた》えて、ひとしお美しくながめられた。

「あまえっ子ちゃんだった葉子も、いろんなことで、ぴしぴしと鞭《むち》うたれて、すこしはおとなにもなったのでしょうか、ことしは、冬がたいへん美しくおもわれます。……」

これは、兄へのことばである。

葉子は、日記の中にときどき兄への手紙をかくのだった。となり同志《どうし》なのに、この頃《ごろ》はすっかり逢《あ》うことも話をすることもなくなったさかえにも、ときどき日記の中でかたりかける。

「あなたは、やっぱりりこうな方《かた》、あなたの強さを見てると、葉子は、自分がわからなくなります。ちょうど、お陽《ひ》さまを見ると眼《め》がくらむように、……だからあなたは、葉子なんか、からっぽに見えて、つまらなくお思いになってしまったのでしょう。葉子は、自分でそれは、どうしようもないことだとわかりました。そして自分でも、自分がときどきいやになります。でもあたしあなたのことはどうしたって忘れられません」

これは、さかえへの言葉である。そのあとを、葉子は、どう書いていいかわからない、昔のようになりたい、親しみをとりかえしたいとおもうけれど、何ものともしれない眼《め》に見えないはげしい流れが、ふたりをべつべつのほうへ押し流して行くのがわかる。

「あなたは、ひとが、あなたのために祈るのおきらいね、でも、あたしの心は、やはり、あなたのために祈ってるわ。……だから、あなたは、葉子をよけいおいやなのかしら？　人間の世の中って、ほんとに矛盾《むじゅん》したわからないことがいっぱいなのだわね。そのなかに、光りを見つけていくようにしたいとおもって、……葉子はただ、自分の心のなかに、ほんとのものを見つけたいとおもっています」

これも、さかえへの言葉である。葉子は、夜店《よみせ》の灯《ひ》のもと、小さなノートに、ときどき、書きたいときに日記を書く。そして、本を読む、語学の勉強をする。路上の店は、葉子の自習室、兼《けん》、いのりの間《ま》でもあった。お花を本を買うひとたちにあげたことを思うと、背筋《せすじ》がひやっとする気もちになる。つつましく、人にこびず、しずかに働いてしずかに考えて、しずかに生きて……葉子は、澄《す》みゆく心のなかで、みずからいましつめつつ、そんなとき、ほんとにしずかなしあわせが心のなかをそっとながれるのを知るのだつた。そして、この頃からだの弱ったために視力のおとろえた母のために、あたたかい鳥もつのやいたのをしっかと紙につつんでもってかえった。

「寒かったろう、葉子、おこたに、あったかいおいもがはいってますよ」

「あら、母さん、葉子もあったかいもの、母さんにもってきたの、母さんの眼にいいものよ。母さんの大好物のもの、何かあててみて」

　たのしい心づくしを、母のためにいっそう楽しくしようと、葉子は、まだあったかい紙つづみを手さげ籠《かご》からとり出して、かるくとんとんとたたいた。

「眼にいいもの？　葉子のもってくるものなら何でも眼《め》にいいよ。眼《め》に入れても痛《いた》くない葉子のもってくるものだもの」

「いや、母さん、あたらないものだから逃げちゃ」

「あたりますとも、匂《にお》いがしてるじゃないの。竹のくしに並んでる、ほら、あれ……」

「あッ、匂《にお》いのことは考えなかった」

　笑いながら、葉子は、お茶をいれる。

「今日はね、母さん、おもしろいお客さまがあったの。頭のつるつるにはげた、まんまるい顔のふとったおじさんだけどね、あたしの勉強してるとおりの英語の本売ってくれって。あたしが毎夜ねっしんにやってるのを見て通ってたら、そのおじさん、自分もやる気になったんですって。あなたみたいにあんなにあきずにやれる本がほしいって、……そんないい本を買えば、わしも五十五の手習《てなら》いに元気がでそうだって、大《おお》にこにこなの。店になかったけど、とってあげる約束したの」

「おもしろい方《かた》だね、葉子も、そんなによく勉強して学校と両方でたいへんだね」

「あら、だってじっとしてるだけなんだもの。あたし本の並んだ店にいると、どうしたって本を読むことになるし、わりにいい本だけおくので、お客さまもいい方が多いから、うれてゆくの、たのしみよ。ああ、けさのパン、たべてもいい？」

葉子は、こたつから立って、茶だんすの中をあけようとした時、茶だんすの上においてある二、三枚の写真が眼についた。みんな兄の写真である。

「あら、母さん、ここに、兄さんの写真が出てるのどうしたの？」

「ああ、それね」

母は、何かしらあわてたようにいって急に立ちあがったが、また、こたつにがっかりしたように膝《ひざ》をついた。

「葉ちゃんには、話すまいかしらとおもってたんだけど、母さん、へんなきもちだったもんで、ついそこへ写真を出したままにしといたので……」

「おやっ？　これ、兄さんが、さかえさんにあげた写真だわ、みんな、……」

葉子は、写真の裏をかえして見て叫《さけ》ぶようにいった。どれも裏に『さかえちゃんへ康夫《やすお》』として、うつした日づけが記《しる》してある。

「母さん、どうして、これがうちにあるの？」

「妙《みょう》なことなんだけどね、おとなりから返されたんだよ。それも、おうちから直接じゃなく、嘉助《かすけ》おじいさんにたのんでね」

「まあ、どうしてなの？」

葉子は、世にもふしぎなことをただすように、眼《め》をみはって母をみつめた。

「どうしてだか、お母さんにもよくわからないけど、古い話からいえば、母さんと、さかえさんのお母さんと、親しいまぎれに、康夫とさかえさんとゆくゆく結ばれるようにしたら、と話しあったことがあったんだよ。なにね、たしかに約束したなんてのじゃないんだけどね、ふたりの親の望みみたいなものを、ばくぜんと話したわけだったのさ。もちろん、わたしは康夫にもそのあとさきそんなこといったおぼえはないのだよ。むこうさんじゃ、どうだかしらないけどね、この写真は、康夫がさかえさんにあげたので、そんなこととはまるで関係はないはずだとおもうけど、むこうでは、たいへん気にして、康夫にさかえさんがくれたのも返してほしいという話なのさ。嘉助おじいさんの口ぶりでは、どうも、さかえさんに、親御《おやご》さんの気にいった家の青年と許婚《いいなずけ》の約束ができそうならしいって……それで、もしこちらで、康夫さんとさかえと約束したようにおもっておいでだと悪いし、写真というものは、大切《たいせつ》なものだからと主人が旧式な人間でやかましくいうから、いちおうお返しして、こちらのも返してもらってほしい。直接でもいいけど、何だか、かどが立つし、仲《なか》にはいってもらった方《ほう》が、話がしやすくてたしかだしだって。嘉助おじいさんは、そんな厄介《せっかい》なことをたのまれて、このごろ、あそこの方《ほう》から仕事をまわされて、ときどき、何かのかけあいに方々《ほうぼう》に代理に行ってあげて生活のたすけにしてるのが身のつまりで、とんだ、代理を仰《おお》せつかったと頭をがりがり音のするほどかきつづけて困っていられたよ」

母は、自分がそのためつらいおもいをしたことは顔にも示さず、葉子の心をしずませまいとするように、息もつかず明《あ》かるいちょうしで話しつづけた。

「康夫さんが、あんまり大切《たいせつ》にしすぎたので、あのお嬢《じょう》さん、あべこべに高《たか》びしゃになったのかもしれないわね。まあ、仕方《しかた》がないわね」

こんな時《とき》にも、母が、康夫の態度をいくぶん非難《ひなん》するようなのが葉子にはさみしかった。

それから二、三日、隣家《りんか》のさかえの家が、何かごたごたとざわついているようだったが、ある日、葉子が学校から帰ってくると、隣家《りんか》は、ぴったり雨戸がしまっていた。

「母さん、おとなり、もう戸がしまってるわ。みんなでどっかへ旅行かしら?」

「いいえね、葉子ちゃん、おとなりは、おひっこしなのよ、もうだいぶ前から、そんなような様子《ようす》だったけど」

「どこへお引っこしなのかしら?」

「それがね、家《うち》には、ごあいさつがないのよ。……こっちから、行くのもおかしいものだしね」

母は、さいごのトラックのひびきをきいたときの胸苦《むなぐる》しさが、かくそうとしてもおのずと眉根《まゆね》にあらわれるのを気にしながら、つとめて平静にいった。両家の間柄《あいだがら》が、こんなにまでなるとはおもわなかった葉子は、ほんとにぼうぜんとしてしまった。

「でも、さかえさんからは、また何とかあいさつがあるかもしれないよ。わたしたち、なにも怒《おこ》られることもないし、喧嘩《けんか》したわけでもないものね」

「ええ、……ほんと」

でも葉子は、それだけに、なんの理由もあげられないほど、大きな自然な勢《いきお》いでへだたっていったのだということが身にしみて、心を嚙《か》まれるほどせつなく、さびしかった。

隣家《りんか》が空家《あきや》になってみると、となり同志だったときから、もう心は、たがいに空家同然《あきやどうぜん》に、親しみはからっぽだったということがよくわかった。

そのうちに、師走《しわす》の風がつよくすさむ日、葉子のうちにも大きな変化がおとずれた。

母は、寒風《かんぷう》とともに、神経痛の痛《いた》みがひどくなり、葉子も看病に手間がとられて、夜店《よみせ》にゆく時間も少なくなり、そのうえ、生活を支《ささ》えるたしに売るものも、もうなくなってしまった。そのうえ、きそくで夜店も禁止となった。仕方《しかた》なくいまはわずか残った親類である母の従姉《いとこ》に相談の手紙を出すと、葉子が、その家《うち》の仕事をすこし手つだってくれるつもりがあれば引き受けようといってきた。母とその従姉《いとこ》とは生まれた村がおなじで仲《なか》よしだった。

葉子は学校をよしているいま、せめて英語の勉強だけはつづけたい、……けれども、葉子は、じっとがまんした。食べものも不自由なうえに、東京の寒さでお母さんがこのうえ身体《からだ》をこわしたら、とりかえしがつかない。東京にいれば、葉子は、夜店《よみせ》の収入で生活もかつかつながら支《ささ》えられ、本もよむことができるとはおもったけれど、それでは病気のお母さんを一日ほうりっぱなしで、少しも世話をしてあげることができない。勉強はどこにいてもきっとつづけてゆく、……お母さんにもしものことがあったらとりかえしがつかないではないか。

田舎《いなか》のおばさんからは、母にあて、ふたりを待っているという手紙がきた。

ひささん、しばらくあいませんが、こんど、こちらにかえってくるということは、よくよくの決心であろうと、さっしています。てがみをみたら、きなこもちが好きだったことが第一ばんに思い出され、豆をいってわたしは気早《きばや》にもう、ごろごろ、うすをひいていますよ。おかっぱあたまのひささんが、きなこをなめて口のはたにつけていた顔を思いだしますよ。またなめたねと母さんがしかると、「なめやせんよ」といって口のはたから鼻やほっぺたまでいそいでなでまわすのです。ふだんは、たがいに手紙のやりとりもせずにいましたが、ひささんと私とは、いとこのなかでも、いちばん気があっていました。そして、ほかの身《み》うちは遠くへいったまま消息がわからなくなったり、亡くなってしまったりで、いまはわたしも心細いのです。ふたりとも、つれあいをなくしたさみしい身だけれど、わたしは男の子ふたりまでも南方《なんぽう》に行ったままで、これは、きっと帰ることはないので、あきらめるということを、いやというほどあじわいましたよ。

そちらの康夫さんは、シベリアから帰られる日があるでしょう。どんな不幸なひとでも生きているのだから、おたがいに元気を出しましょう。悲しい目をみるのは、きっと、神さまがわたしたちに、もっと他人《ひと》さまの悲しいことにおもいやりをもってゆくようにというお心ではないかと、このごろ、夜中にひとり眼《め》をさましていると、ふと心がひらけてゆくようなときがあります。そんなとき、わたし一人じゃなく、たくさんのつらい悲しい人たちといっしょになぐさめあって、みんなが心をあたためあって、生きていくのがこの世のしあわせというものだとつくづく、さとってきました。

わたしも、年をとりました。ひささんも、東京での長い苦労で身体《からだ》をいためたのでしょう。おたがいに、海から上がった浦島《うらしま》さん、玉手箱をあけたら箱からけむがでたときのように、白髪《しらが》でしわだらけの顔をみあって、おどろくことでしょう。

それでも、そちらには、葉子ちゃんというかわいい子がいて、なによりです。葉子ちゃんを見たのは、たしか三つ四つの時《とき》だったから、おたがい、ながくあわないものです。「親身《しんみ》の泣き寄《よ》り」というから、つらいときに、よりあうのがほんとの親類です。葉子ちゃんは、あのころから、よくうたをうたう子だったけど、そして、どこでみたのかうちわをヴァイオリンのようにもってキューキューピイピイと口でいってみんなをわらわせたから、いまは、いい声でうたったりおんがくをしたりしますか。おばさんは葉子ちゃんの歌やおんがくがきかれるかとたのしみにまっています。おんがくといえば、この村でも、ダンスということがはじまっています。東京から三時間たらずだから、東京のかぜがふいてくるのが早いのもあたりまえだけど、この村はとくべつ新しいのかもしれない。いまに来てみたらびっくりするでしょうが、一どきにびっくりしないためにすこしおどろかせておきます。ダンスというのは、ハイカラのハイカラさんか西洋人のすることかとおもったら、なんと、村の男おんなたちが、畑仕事のままのすがたでやるのです。場所は、お宮《みや》下の草原《くさはら》で、はじめは、ハモニカや笛《ふえ》や、たいこまでもち出してはやしていたが、このごろは、ちくおんきでやっているようです。

長生きをするといろいろめずらしいことに出あうものです。世の中もおしまいだと村の年よりたちは、かんかんに怒《おこ》っているけれど、若いものは平気でやっています。このごろでは、三十四十だいの男までやってるようです。仕事のひまに、鍬をたてておいておどるので、かえって仕事がはかどるというけれど、月のばんなど、はだしでおどっているのにはあきれます。村の娘たちも髪をちりちりにさせて、耳にピカピカと金や石のかざりをさげて、それで、はだしでおどっているのだそうで、わたしはみたことはないけれど、ずいぶん村もかわったものです。

さいごにしらせることは、わたしは、あの川ぶちの渡《わた》し場《ば》をひきうけてやっているので、畑と船《せん》頭《どう》さんと両方で、てんてこまい、それにうちには、ちょっとした荒《あら》ものや、駄菓子《だがし》もおいているのですよ。まあざっとこんなところにかえってくるとおもってください。

あの川だけは、むかしと同じに、川の水はきれいで、ながれはゆるく、よく水というものはなくならないなと、みょうなことをかんしんしてみとれたりします。小さいとき、わたしの家《うち》にあそびに来たひささんと、たらいにのっかって、水をぶっかけあったときと同じに、水がなみなみと岸をひたしてながれています。こんなことをかいていたら、はやくあいたくなりました。わたしも、いそがしいといえばいそがしいけれど、よるはしんとして、川の水がいつもはなしかけてくれるばかり、つい、ながながとかきました。もう、にわとりがないている。むかしのことをおもったり、いろいろのことをかんがえているうち、よがあけてしまうのかもしれない。

川かぜはさむいけれど、心をあたためあって、くらせればさいわいです。またにわとりがなく。

あなたたちがかえったら、うちのにわとりも、もっとふやして、あたらしいたまごをたべさせて、はやくじょうぶになってもらいましょう。

まさあねより

ひさどの

葉子の母は、葉子が学校から帰ってくるまでに、その手紙を、なんど、くりかえしてよんだかわからない。そのたびにあふれる涙が、その手紙の紙にぽたぽたとしみこんで、あっちこっち字がにじみ、紙がぼうと涙のあとだけちぢんでいる。

葉子は、母からわたされた手紙を声に出してよんでいたが、ところどころ、声がふるえてとぎれ、涙がいっぱいあふれて、字が見えなくなった。それでも、母がじっと耳をすましているので、こころをはげましてよみつづけた。

「ああ、おもしろい、このおばさん、とっても名文家ね、字もお上手《じょうず》だし」

葉子は、涙のあふれそうな眼《め》をまばたかせながら、ほんとに、心からまさおばさんの手紙の文に感心していった。

「そうですよ。このひとは、学校で一番よくできたのだもの。わたしより二級上だったけど、学校一のできだったって。あるとき、近くの町でね、慈善《じぜん》音楽会かなんかあってね、わたしたちの村からは、このまさおばさんと、私とがえらばれて、余興《よきょう》の活人画《かつじんが》に出ることになったのよ。このまさ代さんというのは、評判のきれいな娘さんだったんでね」

「母さんも、そうだったのね、きっと」

葉子は、いまでも清らかな眉《まゆ》のきれいな、涼《すず》しい眼《め》もとの母の顔をみつめた。

「ほほほほ、何ですね、母さんをからかったりして。その活人画《かつじんが》って、まあ人間をつかってする動かない絵ね。そのとき、わたしは、桜をかざした奈良朝《ならちょう》時代の少女、まさ代《よ》姉さんは、明治時代のちごまげにおひな姿で手まりつく少女……つまり、そのかっこうで、それぞれの背景のまえに生きた絵になって、何分間か、じっとしてるのよ。まさ姉さんは、すまして、中《なか》ゆびから糸でつるした手まりがぶら下がっているのを、手の指をのばして、そのまりをつくかっこうをして、しゃがんでいたの。ところがね、気がついてみると、そのまりの糸を左手の中《なか》ゆびにつるして、左手でつくかっこうをして、ちんとすましてたのね、まささんは、左ぎっちょなので、あわててまりをつるすとき、右手の指につるすのをまちがって自分で左につるしてしまったの。なんだか、見物席でひそひそささやきあう声がおこり、それがしだいに、左だ、左だ……左ぎっちょ、という声になったの。そこは、町の芝居《しばい》小屋だったので、小屋の人たちや、会の人たちも舞台《ぶたい》の横から、左だ、左だという。それで、まささんは、なんだか自分にいわれてると気づいて、とうとうたまりかねて、きょろきょろ左のほうを見まわしたの。動かない絵のはずの活人形《いきにんぎょう》が動いたので大さわぎ、わっという声があがる、すると、もう大きな声で、『まりが左だぞッ』と叫《さけ》ぶ。左だ、左だと、大さわぎよ。その声をあびると、まささんは、はっとなって立ちあがり、あわてて楽屋《がくや》にかけ込《こ》もうとしたけど、そこで立ちどまり、後向きで左の手のまりを右につるしかえると、また、もとの背景の絵のまえに行って、ちんとしゃがんで絵になったの。そのあざやかさと落着きに、みんなは、わっとかっさいのどよめきをあげ、拍手《はくしゅ》があふれて鳴りやまなかったわ。それからまささんは、『左むすめ』だとか『まりつき小町《こまち》』だとかって、町へ買いものに行っても、路《みち》を通ってると、どっかから声がとんでくるくらい評判だったの。でも『左娘』っての、とても自分ではきらってたの。そしたら、主人に早くわかれるし、財産はなくなるし、すっかり家が『左まえ』になったので、あたしがそそっかしいから、左娘がたたったわ、とよく冗談のようにこぼしたものよ」

「まあ、快活《かいかつ》な元気のいいおばさまなのね、あたし、その、まりが若いおばさまの左の手にぶら下がってたところ眼《め》に見えるようだわ」

　葉子はおもしろそうに顔をほころばせ、つづいて、ゆうゆうと流れる川のほとりのささやかな渡《わた》し守《もり》の家《うち》、そこに夜あけをつげる鶏《にわとり》の声まで耳にひびくようで、自分では見覚えのないまさおばさんの、心をこめて手紙をかき、昔をしのぶ姿が、眼にありありとうかんでくるのだった。

「行きましょうよ。お母さん、あたし、小さいときに行ったんで、村のこと、なんにもおぼえてないけど、好きなところらしいわ。お母さんが、まだ小さくて、遊んだところへ行ってみたい」

「ええ、いきましょう……山や野原や川には、なんだか、ほんとに人間の心を養《やしな》ってくれるものがあるようだね、……」

都会に疲《つか》れた母はしみじみというのだった。ただひとつの心がかりは、もし康夫が帰ってきたら、ということだった。嘉助おじいさんに母はくれぐれもそのことをたのんだ。

「よろしい。おなじみのわしがここにがんばってれば心配なし。あの子が帰ってくれば、このわしがすぐつれて行く」

おじいさんは、じぶんの言葉をたしかめるように自分の胸をたたいた。

水のささやき

「葉子《ようこ》ちゃん、よく眠《ねむ》れたかい？」

まさおばさんは、もう葉子が川の家《いえ》にきてから半月以上もたつのに、やっぱり、まいあさそういってきくのだった。

「ええおばさん、……とってもよ、……それに川の音が、ぴちゃぴちゃって、二、三人のひとがなつかしそうにささやきあってるようで、そのささやきを聞いてるとなんともいえないいいきもちなのよ」

葉子は、とても川の水音が好きだった。そして、この渡《わた》し場の小さな家《いえ》をかばうようにふかぶかと枝をはって立っているくぬぎの大樹の声も好きだった。風が枝々にかたりかけ、水のささやきにこたえる、……自然って、なんていろいろの声をもっているのだろう。

「なんだねえ、この子は、よくねむれたっていって……水の音を聞いてたんじゃ、よくねむれないのじゃないかね」

「ちがうわ、おばさん、水の音をきいても、東京でよく寝たより、もっともっとよく寝たのよ。川だの木だの、風だのが、たのしそうにそっと話しあってるのを聞くと、よけいよく眠れるの」

「ああそうかい、葉子のような子にはそんなもんだろうね。それなら安心だ」

葉子は、となりの床で、母がやすらかに眠っているのを見るのが、何より心あたたまるうれしさだった。この母を安らかにするためには、何事《なにごと》をもいさんでしようと思う。葉子は、いのりにみちた眼《め》で、夜ふけの小さな電燈《でんとう》の光《ひか》りに、または灯《あか》りを消した部屋に流れいる月光のなかに、母の寝顔をしばらくじっと見守るのだった。

川の家《いえ》は、八畳《じょう》に六畳《じょうふたま》二間、それに広い板の間《ま》がついているだけである。奥の八畳《じょう》を葉子と母にあたえられた。

「おばさん、けさ早く、お舟が出ましたね」

「いつでも、六時には、出るんだよ」

「あら、知らなかった。けさはじめて、ぎいぎいって、お舟をこぐ音をきいたのよ。とてもきもちのいい音だったけど、おばさんがどんなに寒いかと思って、すまない気がしたわ」

「なんだね、葉子ちゃん、あたし、そんなこという子きらいだよ。おばさんなんか、ちっとも、寒いとか、いやだとか、つらいとかこぼしてやってるんじゃないんだもん、同情なんかされちゃかえってめいわくさ」

ほんとだ、と葉子は、快活《かいかつ》にうなずいて、

「おばさんの顔みればわかるわ、おばさんは空や川や山や風や木のようにいつも生き生きとしててよ」

「ああ、だがね、ときどき、大あらしになるね。腹立ち坊主《ぼうず》だからね」

「ほんとに風がうなるように怒《おこ》るわね、おばさんは」

葉子は、井戸端で朝食後の洗いものをしながら、おばさんのすばらしい怒鳴《どな》り声をきいたときのことを思いだして、ひとり顔をほころばせた。それは、村の青年や娘たちが数人、葉子を、野良《のら》ダンスのお仲間《なかま》に入れたいといってきたのだった。

「よしておくんなせえ、この子は東京に住んでても、ダンスのダの字もしらねえ子だ、英語ならペラペラだが、おなじ西洋のまねでもダンスはしませんぞ。とんでもねえこと誘《さそ》ってもらいますまい」

おばさんは頰《ほお》も腕もまるまると肥《ふと》ってはりきっていて、これが、そのかみの『まりつき小町《こまち》』だろうかと、葉子はいくども吹きだしそうになる。そのときも、おばさんの手をにぎりしめて怒鳴《どな》るものすごさに葉子のほうが気《け》おされながら、ふと、おばさんの黒々とすんだ眼《め》をみると、むかしの評判を思いだして、ぷっと笑いがはじけるのをあわてて口をおさえた。

たましいの父

葉子《ようこ》は、おばさんや自分たちの食事、掃除《そうじ》せんたくなどの日常のことは、たいてい自分がひきうけるようにした。母も店番ができるが、板敷《いたじき》のところにござをしいて座ぶとんをしいても冷えるので、こたつの火を気をつけ、えりまきをあんであげる。おばさんが、畑に出ているあいだに渡《わた》し舟の客があると、葉子ももう馴《な》れてろがこげるようになった。

「気をおつけよ。夏だとザブンとやってもよいが、寒中じゃ気がきかないからね」

まさおばさんは、ひょうきんに明《あ》かるくいって笑わせる。そのあいだに、店には、子供があつまってくるのだ。

「おくんな。おだんご十円」

「あらまた?」

葉子のほうがはらはらする。その女の子は、日に十円を五へんは握《にぎ》ってくる。お父さんは大工で、しごとに出る、とそのあと、お母さんは、東京へ一日おきぐらいにいろいろの品物をはこんで行って売ってくるのだ。このリサという女の子は、おとなりの家にあずけられている。まいにち、十円さつ五枚といっしょにあずけられるので、この五枚がある間《あいだ》はおとなしいのだった。それがなくなると、リサは駅のほうの、お母さんが帰る路《みち》にむかって立ったまま泣きだす。誰が何といってもやめないので、葉子は、リサをなだめるのには一番こまったが、リサは葉子が、『お母さま、泣かずにねんねいたしましょ……』というのをうたうのが好きで、

「負《お》ってあげるわ」

というと、背中につかまりながら、いやんいやんとわめいていたが、とうとう葉子のうたう歌のなかに、泣き声が消えていった。

リサのお腹《なか》は、まだ六つだのに、十才の子ほど大きくて、頭も大きく、あかい髪の毛がくしゃくしゃとちぢれて、眼《め》が大きくて、それがとてもかわいく、くりくりする。

「リサちゃん、おぽんぽたいこでしょ? おだんごよして、ウエハスになさい。お姉ちゃん、ミルク

つくってあげるから」

葉子は、東京を立つとき教会の先生にもらったミルクを、どうかして母にのませようとおもうけど、母は、

「あぶらくさくて、ひなたくさくて」

といってのまない。

「ミルク？　お姉ちゃん、ミルク、ハイカラね。お姉ちゃんもハイカラね」

葉子は、リサの突拍子《とっぴょうし》のなさにふき出してしまう。

「リサちゃん、また爪《つめ》かんだわね。まっ黒の爪《つめ》は、ハイカラじゃないのよ。さあ、切ってあげるわね」

顔も手も洗って、髪をとかしてやると、リサはやはりうれしそうににこにこして、見ちがえるほどかわいい。

「お姉ちゃん、三角路《さんかくみち》のトンチャンも、お宮前《みや》の八《や》っちゃんも爪《つめ》がまっくろで長いよ。こんどみてごらん」

そういってるところへ、そのうわさの主《ぬし》の八っちゃんとトンチャンという七つと六つの男の子が、やはり十円をにぎって現われた。八っちゃんはお父さんが屋根やで、その子の八っちゃんも壁や垣根《かきね》や屋根にのぼることがとくいだ。このあいだは、高いひさしから落ちたけど、ふしぎに怪我がなかっ

た。お母さんは、八っちゃんより下にふたり子供があり、野良《のら》に出るとき、ときどきひとりを負《おぶ》っている。トンチャンは本名を豊夫《とよお》といい、村の駐在所《ちゅうざいじょ》の子である。お母さんが長いこと病気なので、いつも枕《まくら》もとにすわって泣いていたのを、八っちゃんが、自分のもらった二枚の十円を一枚わけてにぎらせるのがたびたびなので、すっかり八っちゃんになついて、川の家の小さなお客さまである。

「八っちゃんもトンチャンも、ごらんなさい、きょうのリサちゃんきれいでしょ？　みんなも、きれいになりたい？　それとも、ばばっちいの好きかな？」

小さなふたりはたがいの顔を見合わせ、つづいて自分たちの手を見た。

「やーい、トンチャン、眼《め》のふちがまっ黒だい。また泣いたろ。鼻のあたままでくろいや」

「八っちゃんだってほっぺた黒いや、白黒ぶちだい」

「なんだい、トンチャンのでこぼこぶち！」

「なによ、ふたりとも黒いんだからけんかしたってだめ。さあ、きれいにしましょう。お水で顔あらうといいきもちよ」

井戸端《いどばた》にいき、ふたりは自分で洗面器に水をとってざぶざぶ洗った。手ぬぐいでふいたあと葉子が爪を切ってやった。

「やーい、やーい、男のくせに、おしゃれして！」

いつのまにか、葉子にかわいがってもらいたい女の子たちが四、五人もあつまって、額《ひたい》や耳のあたりにのこったしずくをふいてもらって爪《つめ》を切ってもらっている二人の男の子をからかった。

「おやおや、きたなくなってるのが好きな子がきたのね、みんなきたないのうれしい?」

葉子は、天の使《つか》いでもこんなにやさしい微笑《びしょう》はできまいと思われるほど明《あ》かるいほのぼのとしたほほえみをうかべて、いたずらっ子らしくいった。

「いやだい、バカ!」

いちばん肥《ふと》って、頰《ほお》が紅《あか》くて、たくましい女の子がどなった。

「ほほほほほ、いい子ね、きたないのいやだって、えらいわ。みんなそう?」

そのあいだに、リサは、そこにあったくくりひもを頭にリボンのようにしばって、ダンスのまねをしてとくいそうにみなに見せていた。

「おれにも髪、いわえてくれろ」

頰《ほお》の紅い子がまたどなった。

「だめ、リサちゃん、およしなさい」

葉子は、まず、踊《おど》ってるリサをたしなめ、

「リサちゃん、ちっちゃい子が、そんなおどりするのお姉ちゃんきらいよ。髪のリボンは、おまつりの時しましょう。そんなくくりひもじゃおかしいわ。いいの買ってあげるわね、お祭りにね」

リサの髪をなおして、手で頭をなで、あとの女の子たちもきれいにして、葉子は、みんなに、きれいになったから、きれいな声を出しみましょう、なにをうたいたいのときくと、リサはすぐ、

「お母さま泣かずにねんね!」

とさけび、男の子たちは、大人の流行歌をかたことにまねしてうたい出した。葉子はあわてて、

「あッ、ちょっとやめて! お姉ちゃんがいい歌おしえてあげるわ。英語のうたよ。日本語のと両方おぼえたら、うれしいでしょう」

*

ティンクル　ティンクル
リッツル　スタア
ハウアイ　ワンダア
ホワットユウ　アール

「はい。ティンクル、ティンクル、……そうそう、リッツルスタア……」

みんなは、英語の歌がめずらしくおもしろいらしく、口々に声をはりあげて歌った。ふしもおどろ

くほど早くおぼえた。小さい子らは、あきずに、なんべんもなんべんもくりかえした。

「きょうは、ちょっぴりよ、忘れちゃうとたいへんだから、いまのをじぶんたちで何度でもいってごらんなさい。きょうは英語だけだけど、あしたは、日本語のを教えるわ」

みんな口々に、ティンクル、ティンクル、リッツルスタア、といいながら眼《め》をかがやかせ、頬《ほお》を上気《じょうき》させている。

「これはね、お星さまの歌よ、ティンクル、ティンクルって、ほんとに、お星さまがピカピカ光ってるみたいでしょ。こんばん、お星さまみたら、ティンクル、ティンクルっていってちょうだい。お星さまも、ティンクル、ティンクルとにこにこしてみんなにお返事してよ。リッツルスタアって小さいお星さまってことよ、わかって？　きょうは、ここまで覚えてね」

みんなは、もうお星さまとあいさつしてるように眼《め》をきらきらさせ、その眼《め》はそのまま星のようだった。

その日から、まいにち、川の家《いえ》には子供があつまった。ティンクルティンクルの歌のほか、クリスマスの歌やスケートの歌や、みんなは、とても上手に英語の歌や日本語のかわいい歌をおぼえた。

「みんなでいまにかわいい歌の音楽会しましょう。そしてね、あなたたちのうちのお父さんやお母さんや村のみんなをよんであげましょう」

「おんがくかいって、あたい、知ってる。トンコトンコぶしだろ、*……うちのとなりのおばあちゃんも、すきだってよ。はじめは、へんなうただ、歯がうくようだっていってたけど、このごろはじぶんでうたうよ。歯が一本もない口もぐもぐさせてさ。だいいち、おばあさんのいうことおかしいや、歯が一本もないくせに、歯がうくようだなんてさ」

リサは、町にもいたことがあるので、いろんな言葉をしっている。葉子は、おもわずふき出してしまうところだったが、おかしい一方、笑えないものが葉子の心をおもくして、唇《くちびる》をかんだ。

「もっと、かわいい歌をみんなにおしえてあげましょう。歯のうかないようにね。さあ、もういちど、ティンクル、ティンクルをうたってちょうだい」

小さいみんなは、すぐ眼をかがやかせ、たのしい声をはりあげた。リサも、八っちゃんも、トンチャンも、それからほかのみんなも、なんて可愛《かわい》いんだろう、……康夫《やすお》お兄さん、ここには、こんな可愛《かわい》いよい子たちがいましたのよ、と早くしらせたい、自分も母も、生活はつらくてもけっして不幸ではないということを、兄さんが知ってくだすったら、……葉子の眼《め》には涙がきらめいた。

「かわいいもんだね。葉子、お前まるで、幼稚園の先生みたいだよ」

葉子が庭にいるあいだ、奥の間《ま》で寝ていた母も出てきて、にこにこと、子供たちの歌声に引きこまれるのだった。

それから、どの子がいうとなく、歌のお姉ちゃんとこへ行こう、といって、多勢《おおぜい》あつまるようになった。あめおくれよ、おだんごけろ、おいらメンコだ、などといっていた子も、十円さつをにぎらないで来るようになった。そのかわり、店の売上げがへったかというとあべこべだった。いつのまにか、そんな幼い子たちの母や姉が、せわしい野良《のら》仕事のゆきかえりに買っていくようになった。なかには、

「いつもうちの坊主《ぼうず》が葉子お姉ちゃん葉子おねえちゃんといって、つきっきりにこの家《うち》におじゃましてるから、よいころかげんに、何かやってもらいてえだよ」

といって、お代を子供といっしょにあずけていく母もあった。

葉子は、急にたくさんの弟や妹ができたようで、心が生き生きとしてくるのだった。何《なん》とその子供たちの一人ひとりが、はっきりとそれぞれちがった性格をもっていることだろう。にぎやかなぱっとした世界が、葉子のまわりにおしよせて来たようだった。

キラキラキラキラ小さなお星さま、といううたは、畑や田のみちのあっちこっち、わら屋根の家々《いえいえ》のなかや庭などにひびき、英語と日本語と、どっちでもうたえるので、子供たちの興味は非常なものだった。それらの子たちの家の人びとも、まるで新しい世界の風が子供をめぐってふきはじめたように、子供たちのすがすがしい変《かわ》りようをよろこんだ。

『*だれが風を見たでしょう』も可愛《かわい》くうたえるようになった。ながながとした川が、平野のなかを夜も昼もやすみなく流れているこの村には、四方に山脈はのぞめるけれど、近くには、目をさえぎるものがなく、風のはげしいところだった。それでも小高い丘《おか》があちこちにもり上がっている。なみなみと田に水をひくころには、村はいちめん銀いろの鏡になり、その中にいくつもの丘《おか》が黒いみどりの松をのせて島のように点々とういている。

いま冬枯れの田は、くろぐろと肌を寒風《かんぷう》にさらして、あらたに豊かなみのりをもたらすために、おしみなくそそぐ陽《ひ》の光《ひか》りを底ふかくいっぱいに吸いこんでいる。そのあぜを、子供たちは『*風は通りすぎてゆく……』とうたいながら、見えない風を、はっきり身体《からだ》ぜんたいで感じ、風といっしょになってうたいながら走っていく。

風が　おどってるよ
黄いろい葉っぱ　紅《あか》い葉っぱ
くるくるまわし
風が　ほらほら　おどってるよ

これは、八っちゃんの歌だった。みんなをつれて、お宮に三十分ほど遊ばせにいったとき、落葉の舞うのをみて、八っちゃんが口走ったのだ。葉子は、うまいわ、と八っちゃんを抱きあげてやった。そして、葉子がそれを心にとめていて、二、三日して作曲して皆《みな》にうたわせた。八っちゃんは、きょとんとしていたが、みんなは、八っちゃんの歌だとよろこんでうたった。その歌をおぼえた日は、いちんち風がほらほらおどってるといって、みんなほんとに風といっしょになっておどるような自由なたのしさでおどった。するとそのあくる日、リサが、

「あたいもつくったよ」

といって、あべこべむきの字をまぜたりして、うたをかいて来た。

かあさんが、ずらりと　ほした
しろい　だいこん
はっぱは　きいろ
カラスが　ごくろうさんと　ないた

「葉子お姉ちゃん、あたいのも、ふしつけておくれ、……ねッ、ふしつけてちょうだい。となりのお

ばあさんに、うたわせるんだから」

葉子は、リサがどんな子だか、胸がいたいほどはっきり映ってきた。勝気《かちき》な頭のいい、はっきりものを見つめるリサ、……けれども、八っちゃんのようなひとりでにわいて出たたのしい自由な詩の気分がない。

「いますぐ、ふしつけてくれる?」

リサは、またせきたてる。葉子が、まだほめもしないのに、自信たっぷりのリサは、ひとりで、いばったようにせがむのだ。

「リサちゃん、このうた、よくできてるわよ。大根をほしたお母さんのかいがいしさや、白いだいこんのつめたさや、葉っぱのにおいまでわかって、そのうえ、カラスがごくろうさんとないたなんて、うまくて、かんしんしたわ。……でも、うたうのには、ふしがでないようよ。……リサちゃんはまだちっちゃいからわからないでしょうけど、りっぱな大人の詩のなかでも、うたにうたえるのと、ただよむ方《ほう》がずっといいのとあるの。どうしてもうたえない、よいうたがあるのよ」

そういって、リサのかいた詩に、葉子は、紅《あか》い色えんぴつでリボンのりんかくをつけ、蝶《ちょう》むすびのところに紫《むらさき》いろで野菊の花を五輪《こりん》かいて、店の壁にピンでとめてやった。

「お花五つは優等よ」

リサは、葉子のいうことを、よくわかろうとするように、いっしょうけんめい葉子の顔を見つめていた。そして、まだよくその言葉がのみこめたのではなかったけれど、葉子が、あたたかい心で、自分のかいたものをみとめてくれたということだけはわかったので、かるくうなずいた。

いつのまにか、川の家のまえの日だまりは、自然にはじまった幼稚園のようになってしまった。雨の日は土間《どま》で遊ばせる。たのしい歌が川の家《いえ》からあふれて、渡《わた》し舟にのる人々も川ぞいの白い路《みち》をゆく人々も、近くの田や畑の人々も、たのしいひびきに顔をほころばせるのだった。

葉子が用事をしたり、渡《わた》し舟をだすそのあいだは、リサと八っちゃんが、小さいみんなをあそばせる。きょうは、自分の書いたうたがはってあるので、しだいにとくいになったリサは、いちょうの葉やもみじの葉をひろってきて、みなに数えさせている。

「これ、お金よ。黄いろいのは百円、紅《あか》い小さいのは十円、うちは郵便局だから、あずけに来るのよ。みんなに、帳面《ちょうめん》あげるわ」

「タカラクジ*も売ろうや」

トンチャンがいった。

「すてきだ、あたったら百万円」

リサは、はしゃいで、青い葉っぱをとってきてタカラクジにした。そして、色エンピツででたらめの番号をかいた。八っちゃんがせっせと書いた。他の子たちは買い手で、何枚も何枚も買う。

「もう売りきれだい」

とトンチャンが悲鳴をあげる。いくらでもつくるよ、とリサは大童である。

そこまではよかったが、リサが当《あた》ったひとがなくては、つまらないといいだした。

「百万円大あたりの番号……」

とさけび、でたらめの数字をいうと、肥《ふと》ったころころした大助《だいすけ》ちゃんが、

「おいらあたった」

と声をはりあげた。大助ちゃんは、百万円くれろと、リサの手の葉っぱをひったくろうとする。

「いやーん、みんなとっちゃった、……」

リサが、泣きそうになってとり返そうとする。

「なんだい、こんな葉っぱなんか。お前のうちはヤミヤだから、うんとほんもののおさつがあるだろ、ケチケチするないッ」

大助ちゃんが、大人のようないい方《かた》をするのでリサは、よけい疳《かん》をたててしまった。

「なんだって。母ちゃんにいいつけてやっから」

そこらに散らばってる葉っぱをつかんで投げつけた。

葉子の母が、

「リサちゃん、大ちゃん！　けんかしちゃだめよ」

と声をかけたくらいではおさまらない。そこへ舟をこいで葉子がかえってきた。リサと大ちゃんはつかみあっていた。みんなは、とりまいて、ただわあわあさわいでいる。

「まあ、どうしたの？　リサちゃん、大ちゃん！」

葉子の声に、二人はつかみあったまままふりむいた。

「リサ公がひっかいたよう」

「うそだよッ！　お前がぶったくせに！」

葉子は、ふたりを、じぶんの右と左にわけて、しっかと両手にかかえた。

「歌のうちの子供たちは、そんなことしないのよ。さあ、リサちゃんも大ちゃんも、お顔ふきなさい」

このごろは、子供たちは、ちゃんとハンケチをポケットにもつように葉子にしつけられている。リサは顔をふきながら、

「葉子お姉ちゃん、大ちゃんをおこって！　うちの母さんのこと悪口いったからおこって！」

「だって、みんないってるもん、……ヤミヤだってさ」

そういう大助に、リサはまたとびかかっていこうとする。リサが、母をおもう一生けんめいさがい

じらしかった。葉子は、こんな時《とき》、どうしたらいいものかと、胸をつまらせた。

「大ちゃん、……大ちゃんは、あんたの母さん好き?」

そのとき、店から、こっちに向かってこう声をかけたのは、葉子の母だった。大助は、なぜそんなことをきくのか、というように葉子の母のほうを見た。

「大ちゃん、おばさんにお返事できるわね。大ちゃんは、お母さんが好き? それともきらい?」

「きまってら、大好きさ」

きらい? ときかれたのをはじき返すように、大ちゃんは、つよくいった。

「そう、おばさんも、もうなくなったけど、お母さんが、だれより大好きだったわ。リサちゃんも、きっとそうよ、だから、ひとのお母さんのことを悪くいってはだめ。だれがわるくいっても、じぶんだけはいわないようにしましょう。もし、じぶんがいわれたら、どんなにいやだろうとおもえばわかるわね」

大助のひとみもやわらいできた。リサは、いつか涙をいっぱいうかべて、葉子によりそっている。

「ねえ、あたしたち、きれいなお歌のうちの仲《なか》よしでしょう。これから、どんなことがあってもひとの悪口いわないおやくそくしましょう」

葉子は、母のたすけに力をえて、みんなをやさしく見まわした。

「だって葉子お姉ちゃん、どうしてもいいたくなったらどうするの？　ほんとに、その人がへんちきりんな時《とき》さ」

八っちゃんが考えるようにいった。

「でも、いわないことを、そのままにしましょう、がまんして」

「いいたいことにいわないのはいけいなって、葉子お姉ちゃんいったよ」

大ちゃんが、涙をおさめて、葉子にちょっとするどい眼《め》をむけた。

「ええ、でも、ほかのひとをかなしくすることは、いっても何のやくにもたたないもの。みんなで、にこにこして、仲《なか》よくいい子になるように、わるいことはいわないおやくそくできる？」

みんなの手は、上がったり下がったりたがいに顔見あわせて、まだ自信なげだった。葉子も、こんな正直な子たちを前にして、はじめて人間の心というものを考えさせられた。子供たちばかりではなく、自分だって人を悪く思わないなんてことは出来そうもない、……悪くおもいながら、それを押《お》さえていい顔してるのはいけないことか？　大ちゃんの質問は、葉子自身のみずからの心への問いとなった。

（それよりも、人の心にとって、もっと大切なことがあるのじゃなかろうか。他人のことを、よく思ったり悪くおもったりするまえに、自分を知ることができたら……自分には、自分がいちばん大きな問題だもの。自分のことを真剣に、素直《すなお》に、責任をもって考えたら、ひとのことは、何とか彼《か》とかいえなくなるのじゃあなかろうか)
……＊幼き日に、なんじの創《つく》り主《ぬし》をおぼえよ……聖書のなかの句が、ふと葉子の心にひらめいた。こんな小さい子たちが、自分を生んでくれたお母さんのことを、いっしょうけんめいなつかしがっているように、魂《たましい》の親、創《つく》り主《ぬし》を、魂《たましい》をもっている人間は、きっとなつかしみ、魂《たましい》のふるさとを心の底にはいつももとめしたっているのだ。……葉子は、東京で日曜学校の幼いクラスを受けもっていたので、この子たちといっしょに、ここでも日曜のあつまりをつくって、この小さい子たちといっしょに魂《たましい》の生みの親……創《つく》り主《ぬし》について考えてみたいとおもった。
店によって、たまたまこの話を葉子の母から聞いた村の助役《じょやく》は、よろこんで、自分の家《いえ》のはなれを、その小さなあつまりのために貸そうといった。この助役《じょやく》は、若いときは教会に通ったこともあり、このあいだ嫁《とつ》いだ娘が病死したうえ、つづいて孫娘の五つになるのを失って、心に深いかなしみをもっていた。
その離れには、桃代《ももよ》という亡くなったその女の子の写真が引きのばしてかかげてあった。助役《じょやく》は、キリストの幼時《ようじ》の絵をもっていて、おあつまりの部屋の正面にかけてくれた。町の女学校に行っている十五になる孫娘の長子《ちょうこ》は、ときどき町の教会にも行っているので、葉子のよい助手だった。そこには、桃代のために買われたオルガンも運びこまれた。

神さまはのきの小雀まで
　おやさしくいつもまもりたもう
小さいものをもおめぐみある
　神さま　わたしを愛したもう

はじめてその歌を教えるとき、葉子は、じぶんの声がふるえ、涙がいっぱいあふれた。

歌のつばさ

お正月になった。

村は昨日のままだったけど、元旦の陽《ひ》のかがやきは、村じゅうを新鮮によみがえらせ、あちこちの家の軒《のき》の国旗も、新しい年を迎《むか》えるよろこびにゆらいでいる。鶏《にわとり》のコココという声まではずんできこえた。

遠くの山脈《やまなみ》は、新しい朝のみずみずしい朝もやにぼかされ、空はきれいに晴れて、なにかしら新しいものがはりつめている気《け》はいだった。

「おめでとうございますな」

渡《わた》し場の家《いえ》には、おばさんがあきれるほど、村のひとの顔がつぎつぎとのぞいた。村の人のあいさつの言葉も、きょうはあらたまって、川の家《いえ》に年始をかねてお礼にくるのは、葉子《ようこ》のかわいがっている子供たちの家《いえ》の人々だった。まさおばさんは眼《め》をほそめたり、大きくしたり、おどろきつづけだった。

「これはまあ、葉ちゃんは、はあ、とんでもねえ、どえらいことをしただよ。今朝からくる人もくる人も、葉ちゃんにお礼をいうためだもん。ほうら、このお年始、……おもち、くしがき、かぶら、だいこん、するめ、みかん、……売りだすほどじゃないか」

葉子もおどろいてしまった。そんなものをもらってはすまないと思っても、せっかく持ってきたものを返すこともならなかった。

「うちの坊主《ぼうず》が、英語のうたをうたうのにおどろいていたら、はあ、あきれたことに、おっ母ちゃん、ひとのわる口いっちゃいけないよ、だって……こっちの葉子さんと約束したんだって、大まじめなので、家じゅう腹をかかえて涙をだして笑うやら、かんしんするやら、……その大助坊主《だいすけぼうず》が、いちばんのわる口《くち》やで、うちでも時々《ときどき》、どころじゃない、しょっちゅう誰それがいけねえようとどなってるからゆかいでなあ。……まあ、時々《ときどき》いいことをいうだけでも、さきざき、きっとあれの身のためだと、おじいさんなんか、涙をこぼして笑ったりよろこんだりでさ」

大助の母のことばに、まさおばさんも葉子の母も、大笑いだった。葉子ひとりは、あんな小さい子に、実行できないことを約束させて心をしばったりしていいのかと不安になり、かすかな笑いとともに、いいれしぬ不安がおそった。

リサのお母さんは、葉子の顔をみると、

「今日まで、お礼にも出ませんで……」

といったと思うと、正月着の袖口《そでぐち》を眼《め》にあてたまま鼻をすすった。

「あの子には、わたしも考えさせられました。ほうりっぱなしのきかん坊《ぼう》、どうなることかと、空《そら》おそろしい思いで、……でもこの頃《ごろ》は、あの子におしえられています。母ちゃん、母ちゃんにもお父さんがあるんだよ、ほら、母さんのたましいを生んだお父さんがさ、なんて私をびっくりさせて、……わたしも考えました。あの子は、ひとりっ子ですから、何とかしてりっぱなものにそだてます」

葉子は、大人のひとから、そんなことをきくのに面くらってしまって、顔を紅《あか》くし、もじもじしている。

リサのお母さんは、つづけて、

「ありがとうございました。……わたしは、ヤミヤを今年からやめます。いっさい、あの子にわるいことはいたしませんつもりで……」

といって、すすりあげた。土間《どま》ではまさおばさんが、奥では葉子の母がすすり泣いていた。

八《や》っちゃんのお父さんは、めずらしく黒木綿《くろもめん》の紋付《もんつき》の羽織《はおり》を着て、明治の頃《ころ》はやった長いながい羽《は》織《おり》のひもをたれて来た。

「わしゃ、閉口《へいこう》しましたよ。ごはんのたびに、あの坊主《ぼうず》が、おいのりするから眼《め》をつぶれっていうんでさあ。お父さんが酒をやめてお母さんをぶちませんようにと、おいのりをされて、うちのやつぁ、はじめはぷっとふき出しちまって坊主《ぼうず》にえらく怒《おこ》られたり、家《うち》じゅう大さわぎでさ。だが、お父さんが酒をやめて、屋根からおっこちませんように、とやられたにゃ、ほろりとしましたよ。かんしんに、このごはんをありがとうございますって、しんからいってるんで、みんな文句もいえませんや。わっしのおふくろなぞは、ああ永年《ながねん》わしも田で働いたが、この小さいのがお米のお礼をいってるのをみると、一生の苦労を忘れるともうして大よろこびでさ」

その八っちゃんをまざまざとみるようで、葉子は胸があつくなった。まだ、たくさんの子たちの家《いえ》の人の感謝を身にうけ、葉子の正月は村のよろこびのなかにおとずれた。葉子は、兄の写真に、お供《そな》えもちとお祝いのかげ膳《ぜん》をし、方々《ほうぼう》にお年始にまわり、なつかしい教会の先生と奥さまに手紙を書いた。夕方、葉子は数人のめずらしいひとたちの訪問をうけた。

「わたしたちは、この村の青年クラブの代表でうかがったんです。ぜひ中里葉子《なかざとようこ》さんに、ごさんせいを願いたいことがあって、うかがいました」

そういったのは、茶《ちゃ》いろのコールテンのズボンにカーキいろの上衣《うわぎ》、精《せい》かんそうな青年だった。もうひとりは、上下ともカーキいろの服で、髪だけ長くもしゃもしゃしている。かすりの着物の青年はいちばん年が若く、十八、九に見えた。ほかに、村の娘さんがふたり、髪はふさふさとちぢれ、眉《まゆ》も唇《くちびる》もきれいに化粧《けしょう》して、うつむいて後《うしろ》にひかえている。あみ込《こ》みもようのセーターは、このごろ少女雑誌に出ているのをそのままの新しさだった。

「どんなことでしょうか?」

葉子の涼《すず》しい眼《め》にあうと、さいしょに言葉をきった青年は、ふたりの女性をふりむいて、

「きみたち、女のひと同志《どうし》だから、話してくれよ」

と身をよけた。

「あら、あたしたち、おともだもの。会長さんが、おっしゃらなきゃぁ」

青年は、あきらめたように、葉子のほうへ向きなおって、

「会長なんて、いやにかたっくるしいけど、農村の進歩と、よいたのしみのために、文化会をやろう

といい出したのが僕なんで、しぜんにまあ。……何もむずかしいことをやってもわからんし、第一ひまがないんだから、共同で楽しもう、たのしく働こうっていうんで、そういうあつまり方《かた》にあなたも賛成してぜひはいってほしいんです。……まあ、いってみれば子供たちばかりじゃなく、中供《ちゅうども》のぼくたち村の青年組にあなたを迎《むか》えようというわけなんです」

なんだか、まだ葉子には、よく意味がのみこめなかったが、

「あたしにできることでしたらよろしく」

と、すこしかたくなってこたえた。

「いや、もう、貴女《あなた》じゃなきゃいけないってわけなんです。じつは、ぼくたち、農村の青年の健全な娯楽のために、仕事のひまひまに、ダンスをやってるんです。ダンスも、決してのらくらの意味じゃなく、ときには野天《のてん》で、鍬《くわ》をおいて野良着《のらぎ》のままでやる。ときには、お宮《みや》の境内《けいだい》で、ときには、学校で、……これが、その写真ですが、まあ、見てください」

すげ笠《がさ》をかぶった男女がまばゆく光《ひか》りの照《て》りはえた野良《のら》で、野良姿《のらぎ》のまま、幾組《いくくみ》も組んで踊《おど》ってる写真が、葉子のまえにさし出された。葉子は、ダンスの集《あつま》りに誘《さそ》われるのだとはおもいもしなかったので、おどろいて、ただ眼《め》をみはるばかりだった。

「村では、年寄《としより》たちはだいぶ反対で、まだなかなか理解はつかないらしいんですがね、しごとの能率

が上がったことだけは、みとめられているようです。音楽もいろいろおできになる貴女《あなた》が、東京《とうきょう》から来られたから、天の与《あた》えとわれわれのグループにはいっていただきに上がったわけなんです」

「まあ、……あたし、ダンスは、ちっとも出来ませんの」

「けっこうです。まず見にきてください。みんなはじめは出来なかったんですから。あなたは村のぼくたちが、見わたすかぎり、田園と畑と山と川のなかで、きもちよく踊《おど》って、元気に働こうというのに反対じゃないでしょう?」

そういわれても、葉子は、すぐには、何とも答えることができなかった。

「とにかく来てください。今夜は、お宮《みや》下の広場でやります。あなたのようなインテリ少女に参加してもらって、しだいにこの村のインテリの娘さんたちもいっしょに、村ぜんたいの文化的な親しみのグループをつくりたいのです。今のところでは、女学校へ行っているひとや女学校出《で》で洋裁したり事務員に行ったりしてるひとは、農村の娘さんたちといっしょになって遊ぶおりがないんです。もっともこのふたりは、女学校出《で》で、おうちでお針したり、野良《のら》しごとをしたりしてる方《かた》ですがね」

葉子は、青年のかんがえは、もっともだと思えたが、それがダンスと、どういうふうに結びつけたらいいのか、まごついて、ただ青年の雄弁《ゆうべん》に耳をかたむけていた。

「今晩、来てくださいますね? 六時半からです。たいこが鳴りますから」

「あの、……あたし、考えて、お友だちにも相談してみます。お話よくわかりましたけど、ダンスのことは、まだよくあたしわからないんです」

葉子は、ついに、きっぱりいった。

「見てくだされればわかります。われわれがどんな気持ちで、どんなダンスをやってるか。お友だちに相談なさるのはむだです。お友だちってのは、あの西村助役《にしむらじょやく》のうちの長子《ちょうこ》さんでしょ？ あのおやじさんは、ダンス反対のコチコチだからダメダメ。長子さんは、いい子だけど、おじいさんにびくびくだからとてもとても」

この青年が話しているうちに、はじめの感じのきつさとはべつに、ずっと気さくなところがあり、新しい生活の希望をもったひとだということはわかったが、どうも野良《のら》ダンスには、葉子はとうてい参加する気はおこりそうもないばかりか、誘《さそ》われれば誘《さそ》われるほど、何かしらしりごみする気もちだった。

「お話はよくわかったんですけど、あたしは、まだ、ダンスというものが、子供だからわかりません。今夜はかんべんして下さい。そのうち拝見《はいけん》させていただきます」

ちょうど、まさおばさんがそのとき帰ってきた。

「これは、これは、おそろいだね」

とわらいかけてすぐにたてつづけに、

「またダンスの勧誘《かんゆう》かね？　この子は内気《うちき》もんでだめだよ。もう二、三年、まってやってくらっせ」

お正月なので、このまえのように怒りもせず、ほがらかにいったので青年たちも笑い出してしまった。

「そのうち、気がむいたらぜひ……見に来ていただくだけでも……」

会長の青年は熱心にくり返してそれをいった。

沈黙《ちんもく》の応援者たちも、がっかりしたように沈黙《ちんもく》のまま帰っていった。

「ああ、たいへん、おばさん、あたし汗《あせ》びっしょりよ」

「なんですね、ダンスもしないで、ことわるのに汗《あせ》をかいてさ。お前さんにダンスじゃ、誘《さそ》いにくるほうが見当ちがいさね」

元旦の夕食の膳《ぜん》には、まさおばさんが町で買ってきた色のいい車《くるま》えびや、紅白のかまぼこまでついて、しみじみたのしい新年第一日はくれていった。川波の音も、新しく訪《おとず》れた年ののぞみをささやくようだった。

なんと美しい夕映《ゆうば》えだろう、ばらいろに、むらさきに、西も東も空はかがやいて、美しい彩《いろど》りのなかにやさしい慰《なぐさ》めがしずかにこもっているようだった。

「お兄さん……今日一日、新しい年の第一日は、いろんなことがありました。葉子もすこしずつ大きくなっていくようです。きょうは、村の青年会の人たちから、ダンスにさそわれました。この村には新しい青年が農村文化会をつくっていて、ダンスをやってるというモダンぶりです。でも、その気もちはなんだかわかっても、ダンスって、どうも葉子には、そのままなっとく出来ないの。お兄さんがいらしたら、こんな時どんな判断をなさるかしら、お兄さんのおかんがえをききたい、……でも、何もかも、こんなに、お兄さんのお考えをたよりにするようじゃ、葉子、だめなんだと思います。葉子自身の考えをもって、ちゃんと何でも正しくはんだんしなくてはと思います」

葉子は、新しい年の第一日の日記に兄にかたりかけた。そして、夕星のかがやく空を見あげていたが、やがて、アコーディオンをとりあげた。

「お母さん、年のはじめをひきましょうか」

葉子は、なつかしい新年の歌を二度くりかえしひきながらうたった。まさおばさんも葉子の母さえも口ずさんだ。楽しそうにほほえみをうかべてうたう三人の眼《め》には、何ともしれぬ涙がかがやいた。

お兄さんは、メンデルスゾーンの『歌の翼《つばさ》』がたいへんお好きだった、……よくうたってくれとおっしゃった……葉子は、兄の心にふれる思いでうたいながら、アコーディオンをひいた。しっとりした慰《なぐさ》めとあかるい思いとが、翼《つばさ》をもつ生きもののように遠くの空から舞いおりてきて、人の心を

そっとかきいだくようだった。

ヨハン・シュトラウスの『青きダニューヴ』の曲が、ひとりでに、葉子の心にうかび、アコーディオンの音となって流れ出た。川の音が、それにもつれて、葉子はしだいに、そのひびきの中に、兄の心をつよく感じた。

「いいねえ、いまのは、おばさんは、昔から聞いていたような気がするよ。川の流れてくるみたいな音楽だから、川の音がよくあうねえ」

「まあ、おばさんはすてきよ。すてきよ。音楽の耳があってよ。いまのはね、青きダニューヴってドイツの川のことを音楽にしたのだわ」

「ああ、川のことなら、わたしにゃ自分の身体のことのようにわかるんだよ。川は怒《おこ》ったり泣いたり笑ったり、こっちをはげましたり、キラキラとおしゃれで上機嫌《じょうきげん》ですましたりするからね」

「おばさんも、ヨハン・シュトラウスみたいだわ。川のこころがようくわかるんですもの」

「もいちど川の歌をひいておくれよ」

「はい」

きよらかな月光にきらめき、澄《す》んだ星かげをやどし、不断《ふだん》に微笑《びしょう》のさざなみをきざんで、うたいささやいている生きた川、葉子は、もう何事《なにごと》も考えず、大きな自然の生き方《かた》が胸にあふれるおもいで、ふたたびダニューヴの曲をひいた。

すると、熱心にききとれていたおばさんが、曲のなかばすぎごろとつぜん、

「あれ、へんだよ！……へんな音がするよ、何だろう？」

と立ちあがって耳をすましました。そして、窓のところへ行って、そうっと細めに障子《しょうじ》をあけておもてを見て、おやあッ！　という叫《さけ》びをあげた。そして、ガラッとみんな戸をあけたので、家《いえ》のまえの三十坪《つぼ》ばかりの空地《あきち》のただならぬありさまが、立ってアコーディオンをひいている葉子のまえにさっとひらけた。

そこには、きょう昼間写真で見たような野良姿《のらすがた》ではなかったが、村の青年と娘たちが幾組《いくくみ》も組んで、家《いえ》の中からもれるアコーディオンに合わせてダンスの最中であった。樹の枝にかけられた*アセチリンガスの光《ひか》りの中で、きれいな着ものと光る帯《おび》、紅《あか》い洋服、髪にむすんだリボンが蝶《ちょう》のように舞《ま》う。

葉子も、思いがけないこの光景にまむかって、あっと驚《おどろ》いたが、葉子は曲を中止しなかった。踊《おど》っている人たちが、なにかしら、非常にしんけんで眼《め》に見えない音楽のその流れに身をまかせているようだったからである。葉子は、畑から冷たい風が流れ入るのもかまわずひきつづけた。踊《おど》っている人たちが、自分のひく音楽のかげのようにさえ見えた。音がそのまま形になったのではないかとおもった。

曲がおわると、踊《おど》っていた青年や娘たちがいっせいに拍手した。

「もっとひいて下さい！」

「もいちど！」

そんな声々が叫《さけ》ばれた。

「おまえさんたち、いつのまに、こんなところさ来ておどり出したんだね。わたしゃ、川がさわぎ出した音かと思ったよ。川も踊《おど》りたくなるようなとってもきれいな曲だものな。ところで、お前さんたち、なんでそんなに、東京《とうきょう》の人たちがりっぱな家《うち》の中でピカピカの服でおどるような二人ずつとっくんだおどり方《かた》をするだね。西洋じゃ、つきあいの礼でそうするだろうけど、いまの曲は、みんなが手をつないで輪になっておどったらやさしくて、みんなが、お月さまの輪か、川のながれみたいに、ひとつにつづいてきれいだろ。ほら、こっちの方《ほう》じゃ、五、六人、輪になっておどっておいでたが、そのほうが、あの音楽が輪になったみたいじゃないかね」

おばさんの窓からの批評に、皆《みな》はいっせいに拍手《はくしゅ》した。

「おばさんは、勘《かん》がいいのね、ほんとに、西洋でも円舞曲《ワルツ》は、田舎《いなか》でみんなが輪になっておどるらしいわ。兄さんから聞いたんだけど……」

葉子の声にも、みなは拍手《はくしゅ》でこたえた。

「何かやってください！　輪になってやって見ますから」

「ちょっと、けいこしてみよう」

「カドリイルのようにやれば？」

「そいつをみんなにおしえて、さ早く！」

こんどはカッコー鳥のワルツをひいた。一つの大きな輪がつくられ、その輪の二人ずつがむきあって手をとったり、まわったり、ほぐれたり、たがいちがいに左右の手をとっては、またはなして進んでいったり、……葉子の母までえりまきを頭からかぶって立って見ていた。

踊《おど》りがおわると、みんなは、高い空のかなたにまでとんでいきそうなのびのびとした明《あ》かるさと、森の中のかわいいカッコーの鳴き声を胸の中にしまっているたのしさとで吐息《といき》した。

「こんないい音楽をはやく知ってたらなあ。これで踊《おど》って文句いったら、もういう方《ほう》がわるいにきまってるものなあ」

会長の青年が胸をはって、委員会の演説のようにその胸をわが手でどんと打った。

「そうだ、今のトンコぶしや＊湯の町《ゆまち》エレジイなんかこわしちゃえ」

そういって、きゅうに勢《いきお》いよく飛びあがるものもあった。

「だが、あんたたち、ものずきねえ。寒いさなかの、いくら宵《よい》の口とはいっても、ふきっさらしの野《の》天《てん》でおどるとは」

まさおばさんは、窓からどなって、表戸をあけ、みんなを広い土間《どま》に入れた。みんなは、顔をかがやかせ、板の間《ま》にのびたり、縁《えん》に腰かけたりして、身体《からだ》がほかほかしてるらしく、大きいいきをはくものもあった。

「おばさん、今夜は、お宮前《みや》でかがり火みたいに、火でもたいて踊《おど》るつもりで、神主《かんぬし》さんの諒解《りょうかい》もえていたんだが、ここの家《うち》のまえを通って集まったもの達が、葉子さんが、すてきな音楽やってる、まあきいてみろ、できたらここへよんで来よう、というわけで、そろっておしかけたんですよ。ところが、もう、うっとりしちまってさ。そのうち、みんな踊《おど》り出したってわけでさあ」

会長の説明に、まさおばさんは、にこにこして、

「わたしはまた、川がさわぎたし、おどり出したのかとおもったよ。さっさっ、ざあっざあっ、というおどる足音だけきいた時《とき》には、まったく、何ごとが表でおこったかとおったまげてしまったよ」

みんな、声をたてて笑った。あついお茶をおばさんは皆にすすめた。二十いく人の村の青年たちや娘たちは、村のお正月を、川の家《いえ》にひとまとめに運びこんだようなよろこばしさで、この家《いえ》をはちきれそうにした。

「おばさん、土間《どま》でおどってもいいですか?」

「お正月だもの、いいともな。葉子、何かひいてあげなよ」

葉子は、花のワルツをひいた。二組三組、三人でくんでおどり出したのもあったが、いつかそれもほぐれ、広い土間には、若々しいかがやいた顔をした息子むすめたちのたのしそうな輪がつくられ、優雅《ゆうが》にひざをおって礼をしたり、手をあげたり、腕《うで》をくんだりほぐしたり、きれいな二重《にじゅう》の輪の流れが明《あ》かるくゆれうごいた。

「ああ何《なん》て、いい正月だろ。長生きはするもんだよ、なあ、ひささん」

まさおばさんは、村のダンスには、いままでどうもぴったりせず、のらくらものの新しがりのものずきだよ、と笑っていたが、むかしの盆踊《ぼんおど》りをおもいだすようにみんながひとつに輪をつくり、のびのびととけあった朗《ほが》らかなこの邪心《じゃしん》のないありさまをみて、すっかり顔をほころばせている。葉子の母も病気を忘れたようににこにこして、炉《ろ》のそばでおもしろそうに見物している。

そのうち、いつのまにぬけたのか、ふたりの青年が外から、ポータブルとレコードケースをさげて帰ってきた。

「青きダニューヴのレコードが、小学校に多分あったがとおもって行ってみたら、たしかにあったので、ポータブルを、役場の書記のうちへ走ってかり出して来たんでさ」

みんな、わっとよろこびの声をどよめかせて拍手《はくしゅ》した。

「葉子ちゃんも、おどって！　さあ、いっしょによ」

上がって葉子の手をひっぱるのは、大ちゃんの姉のミツ子《こ》だった。ミツ子は、ときどき葉子と手芸などもいっしょにするし、川の家《いえ》の自然にはじまったこどものあつまりのために手つだいにも来て親しい仲《なか》だった。

「そうだ、そうだ！　葉子ちゃんたのむ！」

わきあがるどよめきに、拍手《はくしゅ》がまた一入《ひとしお》はげしくひびいた。

葉子は、紺《こん》の学校服に手あみの古毛糸の紅《あか》いセーターを着て、のこった毛糸のともいろで両方にあんでたれた髪をしばっているのが素《そ》ぼくで愛らしかった。頰《ほお》を紅《あか》くして、ミツ子に両手を引っぱられながら皆《みな》のなかに引きこまれた。レコードの青きダニューヴが鳴り出した。

輪のなかに、いつか葉子もはいっていた。葉子は、学校の体育会のときのカドリイルを思いだした。みんなが、大きな花のその花びらの一つ一つになったように、あつまったり、ひらいたり、うつくしくゆれながらおどったあのなつかしい日……学校をやめてからの日が、かなしく葉子の心をゆすったが、その悲しみをかき消すように、ダニューヴの曲がやさしく胸をなで心の底にしみ込《こ》む。自分でひいてる時《とき》とはちがって、そのゆるやかなきれいな流れにただようようなうっとりとした心地《ここち》だった。

みんなは、葉子の手ぶり身ぶりをすぐさとって、葉子がはいったそのおどりの輪は、みるみる新しい花が咲いたようなうつくしさとなった。

「ほんとに、きれいだねえ、……」

まさおばさんは、曲がおわると拍手もわすれて感嘆の声をあげた。

借りてきたレコードの中から、葉子がえらんで、『メリイ・ウイドウ』や『小さな喫茶店《きっさてん》』などがかけられた。『小さな喫茶店《きっさてん》』はタンゴの曲だったが、葉子は、学校でやるメニュエットのような踊《おど》りかたをしてみたら、というと、まずメニュエットを知ってるものだけがおどった。

上品な愛らしいおどりができた。

「娘さんたち、みんな、しゃれたお人形さんになったみたいだよ」

まさおばさんが、おばさん一流の評をした。

「こんど、発表会をやろう。小学校の講堂をかりて」

会長は、たいした意気ごみ方だった。

「もいちど小さな喫茶店《きっさてん》！」

「さんせい、さんせい！」

「新しくはいるひとは、葉子さんのおどりかたをよく見て！」

うきたつような軽快な曲につれ、またおどりがはじまった。娘たちは、おばさんのいうお人形のような晴れやかな顔をかがやかせながら、おどっている。葉子が、いつか、まるでそのおどりをリードしているかのように、みんなは、葉子のおどりかたについておどっていく。そのとき、がらっと表戸があいて、ぬっとしたはいり方《かた》で、黒ラシャの角袖外套《かくそでがいとう》に、黒いおかま帽《ぼう》をまぶかにかぶった利助《りすけ》おじさんがはいって来た。

「どえらい賑《にぎ》やかなこんだ。いい音がしてるで、よっぱらいのおれにも、ひとつ、めざましに聞かしてもらいてえとおもってはいっただが、こりゃあたいしためざましだ」

おどっているみんなは、はじめは、ちょっとたじろいだが、レコードは鳴りつづけているし、利助おじさんは、村のダンス大反対の中にはいっているとはいえ、相手はひとりなのでそのままみんなはかまわずおどりつづけた。その曲がおわると、利助おじさんは肥《ふと》った大きな手で拍手《はくしゅ》した。

「いいぞ！　おれはもっと下劣《げれつ》なもんかとおもってたが、なかなか、しゃれた品《ひん》のいいもんだ。あの西村《にしむら》の益三《ますぞう》おじなど、めちゃくちゃにわるくいっとるが、そうけなしたもんでもねえ」

どなりつけられるとおもったのにほめられて、村の若いものたちは、頭をかいた。

そして、今までのダンスが、形のうえだけで、都会風をまねていたので、何だかしっくり気もちに合わないことを自分たちでも感じていたことを思った。野良《のら》でしごとの姿のままおどるのに、きらびやかな客間の中でのように組みあって、社交儀礼《しゃこうぎれい》のまねをしたことがおかしいことだとわかると、ふっと吹きだしそうな気さえして、皆《みな》たがいに顔を見合わせた。

大空から降りそそぐ月の光《ひか》りのような曲や、ひろいはてしない海へゆうゆうと流れる川のような深いしずかな曲につれて、みんなが多勢《おおぜい》心をよせあって美しいおどりの輪をつくることを今夜はじめて知ったみんなは、利助おじさんの言葉におもはゆいものがあった。

「助役の益三は、わしのいとこだが、あれは、ほんとに益三で、わしは利助じゃない不利助《ふりすけ》だよ。はっははははは、だが、わしはあんなにがんこじゃない、諸君安心したまえ」

お正月の酒の気《け》に語気もみだれながら、利助おじさんは、大見得《おおみえ》をきった。

「まあ、おひやをいっぱい」

まさおばさんのすすめるコップの水を一息にのみほして、

「ああ、わしも、若かったら、踊《おど》りたい……」

ふらふらと立って、おどるような手つきをした。

「おじさんは、いまでも、夜中、ときどき、おどりながら歩くんでしょうが」

おばさんが笑うと、みんなも、どっと笑い声をあげた。

利助おじさんの夜中のおどりは、村じゅうの名物になっている。西村助役《じょやく》は、この村に居酒屋《いざかや》が一軒《いっけん》もないことがじまんだったが、利助おじさんにとっては不満のたねだった。利助おじさんは肥《ふと》って

いるけれど大のこわがりで、めったに夜は出て歩かない。何がこわいときくと、

「オバケ変化《へんげ》、ゆうれいさ」

と真顔《まがお》でこたえる。どこからか手に入れてうちでのむ酒が切れたりすると、こわがりのおじさんが居酒屋《いざかや》のある川向《かわむこ》うの村まで遠征《えんせい》する。

ある晩《ばん》、おじさんは、渡《わた》し舟もない夜ふけ、おまけにまっくら闇《やみ》の夜、むこうの村の居酒屋《いざかや》でつい飲みすごしてしまった。帰ろうとするとそとはまっくらで、もうしんしんとした夜ふけである。おじさんは、おじけづいて、いちじに酔《よ》いもさめる心地《ここち》だった。

おじさんが、もぞぞと出ていくのをためらっているので、居酒屋のおばさんが、

「利助さん、ちょうちんをかそうかな」

というと、

「いんや、ちょうちんはいらん。そのかわり、ものほし竿《ざお》を一本かしてくれ」

「ものほし竿《ざお》なんぞ何《なん》にしなさるね。杖《つえ》にするにゃ長すぎるだろうに」

「長いほどいい、一本たのむ」

そばにいた若者が、どういうことになるのかと、利助おじさんのあとをついていった。渡《わた》し舟は、もう出ない。橋は、ずっと川上か川下にしかない。利助おじさんは、ものほし竿《ざお》をかついだまま、鉄《てっ》

橋《きょう》のほうへ歩いていった。そして鉄橋《てっきょう》にかかると、おっかなびっくり、一つまたいでは「こわくはねえぞ！」とさけびながらものほし竿《ざお》をふりまわす、そこらによってくる怪物《かいぶつ》でも追っぱらうように。こわくはねえぞーと、どなっては竹ざおをふりかぶり、ふりまわし、おっかなびっくり鉄橋《てっきょう》をわたっていくその姿に、後《あと》をつけていく若者は、お腹《なか》をかかえ、こみあげるおかしさをころしつつ、どこまでもついて行った。自分の村へはいっても、こわくはねえぞといっては、竹ざおをふりまわすことをやめなかった。その足もとのおっかなびっくりなことは、酒のせいだけじゃなくて、しんからのこわがり、めったにない臆病《おくびょう》ものだと若者はたれかれに大笑いで話した。そのうわさが村中にひろまった。竹ざおをふりまわして、ふらふら腰のおく病《びょう》おどりをまねて、村では、こわくはねえぞといいながら、子供たちまで棒をもっておどるほどだった。

「何をいうかあ、竹竿《たけざお》ぐらい、ふりまわせせんでどうするだ。そりゃそうと、西村の益三にもこれからは、ダンス反対をやめろといってやる。大いにやれ諸君《しょくん》。年寄《としより》たちが何といおうと、このわしが応援する。年寄《としより》どものわからずやにかまうことはない」

そういう利助おじさんの頭は、つるつるにはげて、眉《まゆ》もだいぶ白くなっているのには、みな笑わずにいられなかった。みなは心から愉快《ゆかい》に笑った。自分たちのダンスも、何かしらまだぎごちない、ぴったりしないもののあるのを感じていたのに、何ともいえない親しみをもった新しいかたちで……

その中には、むかしからの村の持っていたいのちをまでもふきこんだものが生まれようとしている。

しかし、利助おじさん一人のこの理解が、葉子にとんでもない苦痛をもたらすようになろうとは、おじさんも考えおよばないことだった。

「さあ、もう一つやろう。わしは、とくいの竹竿《たけざお》おどりだぞ、……」

「いやだ、おじさん、物騒《ぶっそう》ね。竹ざおなんてふりまわすの……」

また『小さな喫茶店《きっさてん》』のレコードが鳴りだした。葉子は、ミツ子に手をとられ土間《どま》の輪のなかに立った。おじさんは竹ざおをさがしていたが、土間《どま》のすみに前脚《まえあし》をそろえて、人間たちのさわぎを見物していた大きい肥《ふと》ったアカ色の雌犬《めすいぬ》の前脚をとってもちあげ、その胸をだいておどり出し輪のなかにはいってくるくる犬といっしょにまわっている。

「おじさん、そういうかっこうは止《や》めですよ」

「相手が犬だ。かまうめえ」

葉子は、ベルギーの画家ブルウゲル*のかいた百姓のダンスという絵の写真が雑誌にのってるのを兄に見せてもらったことがあった。その絵のなかにも、ひとりのお百姓さんが、犬だか豚だかと抱《だ》きあっておどっていた。そのほほえましさを思い出しひとりでに顔がほろこびてくる。その絵の中では、男の人が一人でおどってるものもあった。それは手をさしあげ、空を仰《あお》いで、まるで高い大空にある光《ひか》りとよろこびにむかって呼びかけているようだった。樹々《きぎ》もゆらめき、人々も樹《き》と樹《き》が枝々をゆれ合わせうなずきあうように、あるいは自然に抱《だ》きあい、あるいはのばした手と手をとりあってまわり、それは、野にあふれるよろこびそのままの姿だった。

またカッコーの曲が鳴り出した。みんなは、鳥になり森の樹々《きぎ》になり、空の雲になり、風になったように、リズムの中にただようのだった。おじさんは、犬をいつか抱《だ》いて土間《どま》の俵《たわら》のつみ上げによりかかってうとうととねむってしまった。

クリスマスは来たけれど

「なんて、大人ってよけいなことするんでしょう」

さかえは、自分が康夫《やすお》におくった写真を、母が何のためにとりかえしたのか、がってんがいかなかった。そのうえ、自分のもらっていた写真も、自分に無断で返してしまうなんて……ことに康夫はまだシベリアから帰って来ないのに、そんなことしていいものだろうか？　自分と康夫とは、ほんとに兄妹《きょうだい》のように親しくしていたのに。

「母さん、写真、もと通《どお》りにしてちょうだい。あたし、こんなこと知らない間《ま》にされてしまって変でしょうがない」

さかえは、家は大きな家に越し、母が、やきもきして新しい洋服をつくったり、ほしがりもしない和服を、いく組も揃《そろ》えて、奥の居間《いま》にかけて、長じゅばんの紅やピンクや帯《おび》の金銀のうるしのぬいどりまばゆいのや、アプリケのモダンなのをまで衣こう*《い》にひろげてながめているのをみると、何だか、自分の身のまわりが、しだいに正気《しょうき》の沙汰《さた》でないものにとりかこまれていくようだった。

さかえは、それらに反抗するように、母が、葉子の家《いえ》からとりかえしてきた自分の三枚の写真を母のまえにぽいと投げ出した。

「なんですね、写真は、そまつにするもんじゃないよ」

「あら、自分のよ。……母さんこそ、ひとにだまって、とりかえしたり、つき返したり、そんなの、大いに、そまつにすることじゃないの」

「何をいってるの。粗末《そまつ》になってはこまるから、おたがいに、とりかえした方《ほう》がいいのですよ。仲《なか》たがいになった以上はね」

母は、自分の道理を娘になっとくさせようと一生けんめいである。さかえは、まず母が居間《いま》に自分の衣服をかけつらねておくことからいらいらさせられ、母の道理なんか頭にはいってこない。

「そまつになってはこまるって、そまつなことするわけがあるかしら、それに、あたし、何も、康夫兄さんと、仲《なか》たがいした覚えなんかないことよ」

いってるうちに、さかえは、じーんとまぶたのうちがあつくなってきたので、母から眼《め》をそらして、じっと、ちがい棚《だな》のバラの花を見てまぎらわした。

あのバラだって、康夫兄さんが好きなクリームいろが見つかったから買ったのだわ。兄妹《きょうだい》のひとりもないあたしを、康夫兄さんは、とても可愛《かわい》がって、しかも、さかえのわがままをちゃんとのみこんで、さかえをさかえらしく扱《あつか》ってくだすった康夫お兄さん、だいすきな、だいすきなお兄さん……

「おかしな子だね、おまえは。おまえが、あのお家《うち》と疎遠《そえん》にしてしまっておいて、私につっかかるなんてことがあるのかい？」

「葉子《ようこ》ちゃんが、だんだんおすましになっちゃって、しゃくだから、葉子ちゃんに、ちょっとつむじをまげただけよ。それを、母さんはぶっつり根こそぎ断《た》ち切るようなことしたりして、どうするの」

さかえは、葉子にたいしては、自分が重々《じゅうじゅう》わがまま勝手だということを承知していた。それを承知していながら、葉子をしん底《そこ》では嫌《きら》っているのではないのに、ああいうことになってしまったのは、なぜだろう？　と考えてみる。

そもそもは、葉子が学校をよしたころから変になったのだった。葉子は、学校をつづけられなくなると、教会の牧師さん夫妻をたよって、英語の勉強に専心しだした。そして、教会のことなら、なんでも、小使《こづか》いさんのように働き、牧師さんのうちの炊事《すいじ》の手つだいにまで行ったりする。

そして、さかえをも教会にさそったのだったが、さかえがろくろく礼拝《れいはい》に出ず、日曜学校にも興味をもたず、英語のけいこだけはつづけても、おけいこの前後の礼拝《れいはい》に無関心なふうなので、葉子はそのたびに心がこわばり、はらはらし、その態度がさかえに反映して、ふたりの心のあいだには、反《そ》りのあわないつめたさがしのびよってきた。そんなものをけ消し去ろうとするように、英語の日のかえり葉子はいった。

「クリスマスには、なにか、わたし達くらいの少女だけで劇をおやりになったらって奥さんがおっしゃるのよ。津島《つしま》さかえさんに、ご相談してごらんなさいって」

さかえは、学校でも学芸会の劇に、いつも主役で、たいへん、個性的な表現をするので、評判されていた。

「十二月二十五日がくればクリスマスはちゃんとやってくるけど、あたしが、クリスチャンになるって日がくるかどうかしれないもの」

さかえは、そんな返事をして、なんだか、わざといじわるをいったようで白々《しらじら》しい淋《さび》しさに心をかまれたが、それは、さかえの本心で、むしろ、さかえは、ごまかしのないほんとのことをいったのだった。

「教会が、どうしておきらいかしら?」

首をかしげて、心配そうにそんなことをいう葉子が、さかえには、妙《みょう》にこましゃくれて見え、自分でもわけのわからないむらむらとしたものがこみあげてきた。

「もとだったら、教会の門までもよりつきそうもない人たちが、空々《そらぞら》しい信者ぶった顔でならんでるのをみると、あたし、腹が立って、自分までいつわりものみたいな気がしてお腹《なか》がむずむずし、じっとしていられなくなるわ。それになれたら、もう、おしまいだっていう気がしてよ」

こうなると、葉子には、さかえの心がはるか大人の世界のようでとうていついて行けない。葉子は、あんな人たちが、と思うような人が来るのを感激してよろこぶ自分と、さかえさんは何てちがうのだろうと口をつぐむのみだった。

「F県*の震災《しんさい》救援の義《ぎ》えん金募集《きんぼしゅう》のときだって、みんながそうとはいわないけど、自分たちだけが正義を叫《さけ》んでいるように、道ゆく人々のまえに一だん高く立ったような心持《こころもち》や態度、あたしには、がまんできないわ」

さかえは、そういいながら、いつか、牧師が説教のなかで引かれた『われは罪人の首なり』となげいた聖者《せいじゃ》の言葉が、ふつとつよく胸にこたえた。そのときの説教《せっきょう》に、牧師は、ルカ伝十八章をひいて、

「パリサイ人は、自分の生活やおこないが神にかなっていると誇《ほこ》り、収入の十分の一を神の業《わざ》にささげ、断食《だんじき》して祈禱《きとう》しているということを自分で数えたてる。そのころいやしめられた税取《みつぎと》りは、人民

の税の上《うわ》まえをはねたりして嫌《きら》われものだったが、神の宮《みや》のまえで、上流階級とみずから任ずるパリサイ人が、自分のことをじまんするはるか後《あと》のほうで、自分のいやしさを嘆《なげ》いている。この税取《みつぎと》りの謙遜《けんそん》な自分の悲しさをしった心が神にはかえって高く買われるだろう……しかし、この謙遜《けんそん》に見える税《みつぎ》取《と》りもまたべつの意味で自分をほこっているのではないか。自分は、パリサイ人のように、ごうまんではない、と思うところに、別のごうまんさがあるのではないか。けっきょく、人間は、かならず、ごうまんの壁につきあたる。つねに自己に絶望すべき存在であって、愛あるものとみずから思う時《とき》、そのものはすでに愛を失っている……」

こんな話が、さかえには、なにかしら、非常に印象がつよかった。

さかえは、あの先生の話は、もっともっと聞きたい、……神さまにも心がふれて行ければどんなに高い飛躍《ひやく》が心にあらわれることかと胸の底にもとめる心はあったが、前々から教会に行っている婦人たちから、型《かた》にはまった口調《くちょう》で、

「これからつづけていらっして下さいね」

などといわれると、とたんに、神さまからおしへだてられた気分になってしまうのだった。

その問題とともに、さかえには、もっと深い心の問題が、康夫を中に、葉子とのあいだにだんだんつよくもり上がってきていた。葉子ひとりが、康夫を思ってでもいるように「きょうは康夫兄さんの

夢をみたから……とくべつにおいのりにいってくる」だの「康夫兄さんの日記お日さまにほして、一日よんだの」とか「これ康夫兄さんのセーターよ」といってクリームいろと茶の男のセーターを葉子が着てみせに来たりするのが、さかえには、一つ一つかなしみをつよめた。自分には、どうすることもできない、何もない……そして、葉子ひとり、康夫兄さん康夫兄さんといっているのに、自分は、それをいうこともできなくなった。きっと自分だって葉子さんと同じに、お兄さんお兄さんといっていいいと、康夫お兄さんは、おっしゃるにちがいないわ。そう思うのに、それは、遠い日のことになっていき、いまは、乙女《おとめ》となった自分にはしだいに、それはいってはならないことみたいになってしまったのだ。

さかえは、ときどき、康夫の好きだったバラを活《い》けて、バラにお話する。

「バラさん、康夫兄さんに、さかえと、葉子ちゃんと、どっちをたくさん、思いだすの？　ときいてきて……バラさんは、きっと、シベリアの康夫兄さんのところまで、ばらいろの雲にのって夢になってとんで行けるでしょ」

康夫の好きなカステラ、りんご、青い宝玉《ほうぎょく》のつらなったようなアレキサンドリアなどを、バラの活《い》かった前において、バラさん、召《め》しあがれといってみたりする。……白いバラやクリームいろのバラは康夫兄さん、……ピンクや紅《べに》は自分……いっぱいいけたり、たった二輪《にりん》にしてみたり、さかえの心では、康夫は、バラの木が年ごとに花を増すように、康夫のおもかげをそだてていた。ほんとの兄をしらぬさかえは、意地《いじ》っぱりだったが、康夫の清純な詩人らしい性格を尊敬し、その点では葉子いじょうに康夫を理解してるとおもっていた。

「さかえさん、あんたが、軽井沢《かるいざわ》の笠原《かさはら》さんの別荘にアルバイトに行ったおかげで、家《うち》も笠原さんのお引立《ひきた》てをうけて、とんとん拍子、むこうの奥さんもたいへんさかえさんは聡明で、しっかりしてるとほめて下さり、富貴男《ふきお》さんもあなたと気があってるようだし……」

母は、そんなことと部屋にはなやかな色彩をひろげている数々の衣裳《いしょう》と何かのかかわりでもあるように部屋じゅうを見まわして、

「だから、古いこととは、さっぱり遠ざかるつもりでね、中里《なかざと》さんに写真もお返ししたわけなのよ。あのお母さん、だいぶ前だけど、康夫も大きくなったら、さかえさんのようなりこうな娘さんをお嫁《よめ》になど話がでたことがあるので、そんな気で、もしいられでもしたらこまるとおもってね」

さかえは、そんなことは、自分に縁《えん》のないことのように、しらぬ顔をしていたが、しばらくして、

「ヤミヤの娘って、いい気もちじゃないものだわね」

とつぶやいた。

「何ですよ。お父さんは、笠原さんとちゃんと、商事会社をおはじめになるのよ。へんなこといった

ら、お父さまに叱《しか》られますよ」

もう、さかえは、何もいわなかった。軽井沢《かるいざわ》へ行かなかったら……もし行っても葉子といっしょに行ってたら……

引っこしをして、もう一月の余《よ》にもなる。今朝になって、さかえは、ブックの康夫の写真がはがしてしまってあることを知ったのだった。そして、母にきくと、母は、自分の写真をとりかえして来たといって渡《わた》してくれたのだった。

さかえは、なぜか急に、あの家《いえ》を見たくなった。あの庭を……いままでもいってみようと思ったのだけれど、葉子になんだか負けるようでいやだった。自分の心のなかに、真実の兄のような康夫のおもかげが生き生きとしているので、かえって、現実の葉子たちを遠ざかっても、事実遠ざかったような気もせず、そのため、かえって、葉子にぱきぱきといじわるいようなこともいうのだった。

八重洲口《やえすぐち》の葉子の夜店《よみせ》のところにいった時も、さかえの心の底では、葉子を気づかう思いもあり、よそながら見たいともおもった。けれども面とむかうと、さかえには、あんな態度しかとれなくなってしまったのだった。富貴男たちを、さかえは、けっして尊敬しているわけでも親愛しているわけでもなかったが、さかえは、自分の気性のはげしさから、強いものにひかれていくのだった。

「きっと、あの庭の寒《かん》バラ、咲いてるわ」

それは、小さな小さな蕾《つぼみ》をもっていたので、引っこすときうつし植えないでおいたのだった。

きょうは祭日、いろんな人が来ないうちに、さかえは、茶《ちゃ》いろのオーバーに、茶《ちゃ》いろの靴《くつ》、髪に、茶いろの地に大きいバラの花もようのあるネッカチーフをまいて出かける仕度《したく》をした。

「どこへ行くの？　富貴男さんたちに、うちにおいでになるようにおやくそくしてるんでしょう」

「バラさんにあいによ」

「バラさんて？　何なの？」

「バラはバラ、お花にきまってってよ。母さんて、幼稚園の生徒みたいね。もとのお家の寒《かん》バラ、おいてきぼりにして来たでしょ？　あすこ、まだ会社の寮《りょう》になってやしないでしょ？」

「ええ、三軒いっしょに改築するんだからまだですよ。嘉助《かすけ》おじいさんは中気でたおれて病院にはいって家《うち》をあけたけど、中里さんは、なかなか立ちのかれないだろう」

「あたし、お見まいしてあげたいなあ」

「だめでしょう、口がきけないもの」

「じゃ、なおさらよ」

「このあまのじゃくさんったら、ときどき葉子さんのまねして、慈善家《じぜんか》になるんだね」

「あ――あ、母さんにはわからない、あたしが、葉子さんのまねをするんだなんて――」

「いいですよ、いいことのまねはいくらしてもね。でも、今日はさっさと帰るんですよ。うちのパアティーでしょ?」

さかえは、もうパアティーよりも、バラのほうが重大事というように、そのままだまって出た。

町には、祭日を祝う国旗がしずかにひるがえっていた。

町々も今日は、あちこち何となく清潔であった。人々の面《おもて》もすがすがしくあらたまって見えた。

さかえは、もとのうちについてみて、はじめて、葉子のうちが人がかわっていることを知った。もとの中里康夫と出ていた標札はとり去られ、まったくべつの知らない名前がかかっていた。さかえは、この思いがけなさには、はっと胸をつかれた。寮をつくる準備に、そのあとには笠原の会社の人がすんでいる。葉子の家《いえ》が立ち去ったことは、このあたりを買いとった笠原にだけとどいてさかえの母は知らないのだった。

春になると、ヒヤシンスやチューリップやさくら草、すみれなどが可愛《かわい》く咲きだす小さいけれど葉子のたんせいしていた花でふちどった花壇《かだん》も、このあいだまで、菊の花が四辺《しへん》に匂《にお》いを立ちこめるまで咲きさかっていた両方のうちの垣根よりの花壇《かだん》も、いまは材木置き場になっている。

垣根にそって水仙が、つめたい花をうなだれてさいていた。

きょうは、祭日なので、仕事をする人のかげも見えない。

もとの葉子の家《いえ》の庭の寒《かん》バラは、葉子の思ったとおり、ひえびえと身のひきしまる二月の空気のなかに、ピンクの花三輪《さんりん》を咲かせていた。

「咲いてる、咲いてる！　バラさんよ、バラさん、お前はちっとも変《かわ》らないね」

さかえは、しんと胸にしみ入る思いで花に顔をよせた。これは、康夫の植えたバラだった。鉢植《はちうえ》のを買ってきて、その年の花がおわったとき、らいねんは、はじめに蕾《つぼみ》がいくつつくか、と三人であてっこした。七つでさかえがあたった。どうもさかえちゃんがこの花はとると思ったよ、といいながら、康夫が鉢《はち》からさかえの勉強室のまど下の庭におろしてくれた。

「だって、寒いとき咲くバラってすてきだもの。バラさんあたしの仲《なか》よしよ」

「このバラは、あまのじゃくのさかえちゃんに似てるよ」

「いいわ、あたし。だって、あんまりあたりまえのことって、つまんないでしょ。だれでもしたりいったりすることだけしかしないのなんて、のんきでねむったみたいで……横着《おうちゃく》よ」

「やれやれ、君の怪気焔《かいきえん》にもあきれるよ」

そういいながらも、康夫は、自分を受けいれてくれていたと、さかえは、いまさらに、さえざえとさく寒《かん》バラのまえに涙のにじむ思いだった。とその時《とき》、庭をつたって、誰かはいってくる足音がした。

ここは、空家《あきや》になっているので、大工さんの休んでいる日にはいってくるものはないはずだった。さかえはもとの自分の家《いえ》なので、横の木戸のかけがねを、生垣《いけがき》から手を入れてあけてはいったのだけれど、……足音のほうをふりかえってみたさかえは、紅《べに》のいろのかがやく頰《ほお》の血が一時にひくほどおどろいて、あッ、と小さくさけんだ。

信じられないこと

さかえが、眼《め》をあげてそこに見たひとは、さかえには、まぼろしではないかとしばし眼《め》をうたがうほどに意外なひとだった。変《かわ》りはててはいたけれど、じっとさかえをみつめている深々《ふかぶか》とした黒味がちの神経質らしい眼《め》、きりっとしまった葉子《ようこ》にそっくりの口もと、濃《こ》い眉《まゆ》、……彫像《ちょうぞう》のように直立したまましばし口をきくこともせず、康夫《やすお》は、大きなおどろきを全身にあらわして立ちつくしていた。

「康夫お兄さんね? そうだわ、そうだわ、康夫お兄さんだわ! あたし、おどろいた……ほんとに、おどろいた……」

さかえは、自分でも何故《なぜ》かはわからず、眼《め》のまえの寒《かん》バラの一輪《いちりん》をいきなりつみとって、それが康夫を歓迎《かんげい》するしるしであるかのように右手に高くかざしながら、康夫のほうへかけよった。

けれども、康夫が、あまりに成長したさかえの姿に、呆然《ほうぜん》として、なんの表情も示さないので、さかえは、手にもっていたピンクの寒《かん》バラの花を顔おしあてるようにしながら、

「あたし、さかえよ、いやよいやよ！　そんな、知らないひとみたいにしていては！」

双手《もろて》をのばして、さかえはもっていた寒《かん》バラの花ごと、康夫の肩をゆすぶった。まったく幼いときからのさかえのしぐさの通りのだだっ子らしいがむしゃらさではげしくゆりうごかされて、康夫は、やっと、心をほぐされたかのように、唇《くちびる》をほころばせ、頰《ほお》のあたりに、かすかなほほえみをうかべた。

「何とかおっしゃってよ、康夫お兄さん、……あたし、泣きたくなっちゃったわ、……だって、……だって……」

つづけて何かいおうとして、それは、どうすることもできないむせび泣きにかき消され、さかえは、自分でもとどめることができないように声を放《はな》って泣き出した。

両の手で顔をおさえて声をあげて泣いているさかえの姿は、丈《たけ》こそ見ちがえるほどのびて、スマートな形の洋服につつまれてはいても、わかれた頃《ころ》のさかえをそのままそこに見るようだった。自然に心にわくことを何でもそのままいってのけて、けろっとしていて、わがままで、はつらつとして愛らしかったさかえが、こんなに丈《たけ》のびて美しい匂《にお》やかな少女になりながら、昔のままに、声をあげて泣いている。……康夫は、やっとその身にしみ入る泣き声のなかに昔の自分をとりもどすようだった。

さかえの顔を掩《おお》う白くてほそいきれいな指のあいだから頰《ほお》につたわる涙がかがやくのをみると、自分の眼《め》にも涙がわきあがってきた。

ああ、涙があつくまぶたをあふれる、と思うと康夫は、国を離れてからの長い年月のへだたりが一度に自分の胸にわく涙のなかに消えていくように感じた。自分の復員服《ふくいんふく》のみすぼらしさも忘れ、自分がいま、どんな身の上かも心から消えた。さかえが泣いていることのなかに、康夫は、昔のいっさいがよみがえってくるようにおもった。

「さかえちゃん、ああ、やっと、ものがいえる。聞きたいことがいっぱいだ、話してくれたまえよ。僕がいなかったあいだのことを、みんな、さ、泣かないで、話してくれよ」

妹にいうのとちっとも変《かわ》らない切《せつ》ない親しみがあふれ、そういう康夫の眼《め》にわきあがる涙が、あとからあとから蒼白《あおじろ》い頬《ほお》をこぼれおちた。

「康夫お兄さん、このバラ、おぼえてる？　お兄さんが、わたしの部屋の窓の下に植えてくれたわね。きょう、どうしても、あたし、このバラがみたくなったのよ。蕾《つぼみ》がついてるから、うちのお引越《ひっこし》のとき、掘《ほ》らないでそっとしといたの。きっと、きょうは咲いてるとおもって来てみたの。そしたら、お兄さんに逢《あ》えたのよ。あたし、バラの花の中から、康夫お兄さんのまぼろしが出てきたのかと思った、……だって、あたし、長いこと、ここでバラの花をみてたんですもの、そして……」

康夫お兄さんのことを考えていたのだとおもうと、一気にいいつづけたのが、きゅうに咽喉《のど》にこみあげてくるものにつまって、言葉がきれた。

「さかえちゃんは、むかしの通りだな。それにしても、うちはどうなったの? さかえちゃん、まずそれをきかしてくれないか」

康夫は、せきこんでいった。さかえの心を、ふとさみしさがかすめた。自分は、康夫のいうとおり、昔のままの心をもってるのだろうか? いいえ変《かわ》ったわ、……変《かわ》った、変《かわ》った、その変《かわ》ったことのなかでの一番大きいことは、葉子と心がはなればなれになってしまったことだった。そして、いま、康夫にきかれても葉子と母は、どこにいるかさえ知っていない。

「康夫兄さんのおうちね、あたしも心配してるの。どうなったか……」

葉子とのなりゆきを、康夫にたいしてすまないことのように心をせめるものがあった。けれども、そのかなしさせつなさは、いっそう康夫によりすがっていきたい思いをそそった。葉子には母ちがいの兄である康夫が、自分には、心の兄のような気がする。笠原富貴男《かさはらふきお》たちにとりまかれていたさかえは、久《ひさ》しぶりに康夫の昔のままの清潔なりりしいむだのない態度をみると、すがすがしい思いとともに尊敬の念がわくのだった。

だから、さかえは、ひとりでにいつものさかえよりもずっとちがった、おどおどした素直な少女になっていた。

「さかえちゃんが知らないなんてことがあるだろうか? 信じられないよ。まさか、ぼくをかついでるんじゃあるまいね。ぼくは、やっと昨日夕方ここへたどりついた。……品川《しながわ》で、復員列車《ふくいんれっしゃ》にわかれ、まったくとぶような心もちで、それでも、こみあう電車にもまれて、よく知って知って知りぬいてる生まれ故郷の東京だのに、あわててまごついて、やっとここへ来てみると、さかえちゃんの家《うち》もぼくの家《うち》もない。嘉助《かすけ》おじいさんの家《うち》もない。ここで働いていた大工さんに、この家は僕の家《うち》だったんですが、今どこに行ってるかご存じないでしょうか、と聞くと、自分は、ここを買った人にたのまれて、寮《りょう》をつくる準備にすんでるので、一向《いっこう》まえに住んでた人のことは知らないという。……昨夜は日本じゅうが、みんななくなったみたいなきもちだった。ほんとにお母さんや葉子がどうしたか知らないの？

どうして、そんなことになったの？」

康夫は、その意外な悲しいふしぎを一刻《いっこく》も早く解《と》かずにはいられないもどかしさで、声をふるわせていうと、いっそう青ざめて、さかえをじっと見つめた。

「いろいろわけがあるわ。康夫兄さんには、わかってもらえるとおもうんだけど、喧嘩《けんか》したりしたんじゃないのよ。どっちもがしぜんに別々の生活にはいっていって、連絡なく引っこしたんだわ。さかえ、きっと探《さが》すから、ね。これから、家《うち》にいきましょう」

さかえは、母が、康夫の写真を返したことを、ふとおもいだし、かえって、どうしても、康夫を自分のうちにつれて行こうとおもった。母さん、どんなにびっくりするだろう？　だって、ようやく復《ふく》員《いん》して帰ってきて、家《うち》がなくなってたら、お世話するの、あたりまえじゃないかしら、そうさかえは心のなかでつぶやいた。ことにさかえは、自分が葉子に反ぱつ的にしたいろいろの冷《ひや》やかな仕《し》うちがおもいだされ、そのために、葉子は、ゆくえもつげずこの家《いえ》を去ったのだとおもうと、さかえは、自分のしたことが、つよく心を刺《さ》した。だって、葉子ちゃんは、あんまり、聖人《せいじん》みたいになって行くんだもの、……はなれて行ったのは、葉子ちゃんのほうだわ、軽井沢《かるいざわ》のアルバイトにも誘《さそ》ったけど行かなかったし、あのとき葉子ちゃんのお母さんは病気だっていっても、まだ起きていて、ひとりで身のしまつできたのに、夜店《よみせ》だすのも勝手に相談なしではじめ、教会も、小さいくせに自分で行きだして、まるでこっちを導《みちび》くような態度なんだもの、あえば、お説教《せっきょう》ばかりして……。

「君のうちにいってどうするの？　そんなのんきにしていられるばあいじゃない。ぼくは、どうしたってさがす」

康夫は、生垣《いけがき》の枝をつよく引っぱって、叫《さけ》ぶようにいった。

「ええ、あたしも探《さが》してよ。だから、今日は、とにかくうちにいきましょう。そして、ひとやすみして、落ちついてからさがせばいいわ。家《うち》は、こんど少しはひろいのよ」

「いや、ぼくは、もう一晩《ひとばん》、ここに寝かせてもらえばいいよ」

康夫は、もとのさかえの家《うち》に眼《め》をやった。

「えっ、じゃ、康夫兄さん、ゆうべは、この空家《あきや》に寝たの?」

おどろいて、さかえは、身ぶるいしながら肩をすくめた。

「そんなことくらい何でもないさ。大きいかんなくずがたくさんあったから、それをもりあげてその中にうずまってたらあったかかったよ。毛布ももってるし」

「だめ、だめ、もう、そんなことしたら承知しない! ねえ、そんなことってないわねえ、バラの花さん、バラの花さんもいっしょに、お家へ行きましょう。さあ、康夫兄さんお荷《に》もつは?」

快活《かいかつ》なさかえを見ていると、心があたためられるようだけれど、康夫はしだいに沈んでゆくばかりだった。

さかえは、もとのまま、少しも変《かわ》らない心をしめしてくれるけれど、自分の家《うち》とさかえたちとのあいだには、なにか悲しいことがらが留守《るす》の間《あいだ》におこったらしい、……康夫は、こんな大きな謎《なぞ》をふくんだ悲しみのうちにさかえに逢《あ》うことで、胸がいっぱいだった。それでもさかえの親しみ深さに康夫は心をうごかされて、空家《あきや》にはいって、荷物をとってきた。

「バラさん、よく、だれもいない家《うち》の庭にさいたわね。さあ、いっしょに、うちへ行くのよ」

一つ一つの寒《かん》バラの花に、さかえは言葉をかけてつみとった。ピンクの花は、さかえの胸にひとかたまりになって明《あ》かるくもえた。

「ねえ、さかえちゃん、これからいっしょに行くのだけはかんべんしてくれよ。きっと、あとでごあいさつに行くから」

「だめだめ、そんなことってない！　いったい、家へ来ないで、どこへ行こうっていうの？」

「友だちの家《うち》もあるし、復員者《ふくいんしゃ》の相談所もあるから、心配しないでいいんだ」

昨夜《ゆうべ》ひと夜、畳《たたみ》のない空家の板敷《いたじき》に、かんなくずと毛布にくるまって寝てかいだ、だれもいないさかえたちのもとの家《うち》の匂《にお》いが、せつなく心をかすめた。

「いやよ、いやよ、そんないじわるのことしたら、さかえ眼《め》がはれるほど泣いちゃうから」

眼《め》がはれるほど泣いちゃうから、というのは、子供の時《とき》からさかえの口ぐせだった。さかえは、色白のぽっちゃりとふくらんだ頰《ほお》をしていて、よく泣く子で、ふっくらした瞼《まぶた》は、泣いたあと紅《あか》くはれて、それがかわいいお愛敬《あいきょう》だった。また泣いたね、と康夫は、その紅《あか》いはれたかわいい瞼《まぶた》をみてすぐからかうと、

「うん、眼《め》がはれるほど泣いたの。そうじゃないと気がすまないんだもの」

と泣いたことをまるで義務をすませたようにいうのだった。

「あはははは、あいかわらず、お泣きさんか」

「しばらくそうでもなかったのよ。泣いたってしかたのないことばかりだもの」

バラをもったさかえと、康夫とはいつか歩きだしていた。

夢はまた生まれるかしら

「母さん、お客さまよ、母さん！　とっても珍《めずら》しいお客さまなのよ」

さかえは、玄関《げんかん》で、せいいっぱいの声をはりあげた。

「まあ、大きな声をして……」

母は、たしなめることばを先に、いそいそと出迎《でむか》えた。この母にとっては、さかえがすべての生活の中心であった。さかえのいうこと為《な》すことにはこごとをいいながらも、さかえのわがままを、いつか通させてしまう。それが、時《とき》に、さかえにとっては淋《さび》しいこともあった。それで、さかえは、いっそうわがままをいわずにいられなくなる。

「世界じゅうに、ひびくような声をだしたっていいのよ。母さん、大歓迎《だいかんげい》しなくてはだめよ、とてもめずらしいひとといっしょなんだから」

康夫《やすお》は、まだ玄関《げんかん》のドアの外にいた。

「わかってますよ。笠原《かさはら》さんの坊《ぼっ》ちゃまだろう。早くはいっていただかないの。ごいっしょに来たんじゃないのかい？」

「ちがうわ、富貴男《ふきお》さんなんかじゃないことよ。めずらしいひとだっていってるじゃないの。たいへん珍客《ちんきゃく》さまなのよ」

「富貴男さんのほかに、珍客さまって誰だろうね」

さかえは、それに答えるようにさっとドアを開けた。

「早くおはいりになって！」

母は、そこに、色ざめた復員服《ふくいんふく》の青白い顔をした青年を見て、ぎょっとしたように顔ぜんたいをかたくした。

「お母さん、康夫お兄さんよ。当分《とうぶん》うちにおとめしたいとおもうわ。向《むこ》うのお家《うち》であったのよ。あたし、むりやりおつれしたの。いいわねえ母さん」

さかえは、康夫の手のトランクと、毛布づつみをとりあげて、どかっと玄関《げんかん》におき、背中のリュックサックをひっぱるようにして手つだっておろした。そこに顔を出した女中のナカに、

「お荷物、奥の日本間《にほんま》の客間《きゃくま》のほうにおいれしてちょうだい。母さん、あそこがいいでしょう。それとも離れかな、……ああ、離れのほうがいいわ」

荷物のしまつがされるのを呆然《ぼうぜん》としたように見ながら、康夫は、じぶんの身のしまつがつかない気もちで立っていた。

「まあ、これはこれは、康夫さん、お久《ひさ》しぶりですこと」

どんどんさかえが上がって荷物のさしずをするので、母は康夫に何かいわなければならないようなぐあいになり、顔と顔を合わせた。

「しばらくです。おばさん、お元気で」

「おかげさまでね。まああなたも無事《ぶじ》でお帰りになって……」

さすがに母もつまって、そのさきがいえなかった。

「家が、どっかにこして行ってしまっていて、ぼくがとうわくしていたんで、そこへ偶然《ぐうぜん》見えたさかえさんがおつれ下《くだ》すったんですが、おばさん、ぼくは、これで失礼させていただきます」

ここは、自分の来るところではなかった、と身にしみたように、康夫は、きっぱりといった。

「まあ、いらしたばかりではありませんか。どうか、ちょっと、おあがりなすって」

荷物をおいてかけて出てきたさかえは、それをきくと、母の肩をつついて、

「いやだ、母さん、ちょっとじゃないわ。ゆっくりしていただくつもりじゃないの。何でもいいわ、そんなところに立ってらっしゃるってことないわ。さあこっちよ」

玄関《げんかん》からすぐ右手につづく廊下《ろうか》には花もようのしきものがさっぱりと敷《し》きつめられ、ガラス戸は塵《ちり》もとどめずととのえられた庭木のすがたが見すかされた。その廊下《ろうか》のつきあたりに日本間《にほんま》と洋間《ようま》と二《ふた》

間《ま》つづきの離れがあって、水色のカーテンが早春の日にあたためられてうつくしく垂《た》れていた。その部屋のなかも、日の匂《にお》いが流れていた。

「ここ、あたしの勉強室っていうことにしてあったんだけど、あたし二階に陣《じん》どってしまったので空《あ》いてるのよ」

「すばらしいんだな。さかえちゃんの家《うち》は」

皮肉ではなく康夫は、夢を見ているかのようにいった。けれども心の底では、さかえの家《うち》のこの発展ぶりが、自分の家《うち》とのへだたりのもとであるようにさみしくうなずかれた。

「家《うち》の外がわだけはね。でも、康夫お兄ちゃまがしばらくいて下《くだ》すったら、内《うち》がわもすばらしくなりそうよ」

さかえは、いまも康夫がいるところには、童話が生まれ、詩の花がさくことを期待し信じきっているようにいう。康夫お兄ちゃま、と小さい時《とき》のようによんで、さかえは、そのころのとおりの夢にみちた眼《め》をかがやかせている。

「さかえちゃん、昔のままの君を見ていると、ぼくはシベリアのこともみんな夢だったか、と思うようだ。だが、ぼくは、こうしてはいられないんだよ。きょう、これからすぐぼくを行かしてほしい。さかえちゃん。ぼくは失礼するよ」

康夫は、椅子《いす》によりもせずに立ったままで、それを自分に宣告《せんこく》するようにいった。女中《じょちゅう》がバラをいけてもってきた。ピンクの花が、水色のカーテンのまえにおかれると、もうすぐ匂《にお》いをおくってきた。

「これから、すぐですって。とんでもないわよ。これから、うちでは、たのしいお祝いをするのよ、二月十一日のお祝いに康夫お兄さんをお客さまにできて、ステキだ、ステキだ、バラさんよ！」

水にうつされて、いきいきと匂《にお》うバラにさかえは顔を近づけてうたいながら出て行ったと思うと、自分で茶器《ちゃき》や、菓子鉢《かしばち》をはこび、つづいて父のらしいドテラに浴衣《ゆかた》をそろえてもってきた。

「お茶あがったら、つぎの日本間《にほんま》にくつろいで、ゆっくりひとねむりできるようにしてあるわ。ああ、そのまえに軽く食事なさるといいわ。お腹《なか》がよくなるとすぐねむれてよ」

これが、ほんとの妹であったのではないか、とおもうほど、さかえは、心からたのしそうに康夫の心をなごめながら世話をするのだった。

「母さんもそういってよ。ゆうべ、床板《ゆかいた》の上にかんなくずにくるまって寝ちゃったんだってといったら、それじゃ何より、ふかふかとふとんの上にやすませてあげるのがごちそうだって」

すぐにととのえたとしては、おどろくほどのお膳《ぜん》も出た。康夫は義務のように、さかえのすすめる茶をのみながら着物をかえようとはしない。

自分がこの家《いえ》ではさかえ以外の人からは歓迎《かんげい》される人間でないことを最初から感じていた。さかえの母は、自分が写真をさえ返してしまったその当人を、さかえが連れてきたのに面くらってしまったが、長年の苦労ののち遠くから復員《ふくいん》して帰った昔なじみの青年につれなくするほど心の冷たい人間ではなかった。

あのもとの家《うち》で、行先《ゆきさき》もわからず途方《とほう》にくれている時《とき》に出あったら、こうして家《うち》に迎《むか》えてくるのは当然だと母も心ではうなずくのだった。けれども、きょう招待《しょうたい》してある客たちのことを考えて困ったことだと眉《まゆ》をよせるのだった。

「さかえのきまぐれにもこまったものだわ」

母が、口のうちでつぶやいて、茶の間の食卓にもたれてためいきをついているところへ、さかえがぬき足さし足ではいってきた。

「さかえ、ここへおすわり。母さんのいうことをおききき」

という母へ、じぶんのくちびるに、立てた人さしゆびをあてて、しっといいながら、

「やっとこさ、寝ちゃったわ。あァあ、康夫兄さんもがんこになった」

茶《ちゃ》の間《ま》へきて、さかえは、母の顔を見ながら、大きく吐息《といき》をつくようにしていった。あァあ子供のときの夢はなかなか生まれそうもないと、さかえは失望を感じかけたが、やつれてはいながら瞳《ひとみ》の深く澄《す》んだ康夫からは、笠原富貴男たちと全然ちがうすがすがしい気品《きひん》がかがやき出るようで、久《ひさ》しぶ

りにさかえは、幼い日のたのしい夢のかげをみるここちだった。

「あァあ、やっぱり夢は生まれるかもしれない。わたしのなかにだけだけれど、……でも、なんて淋《さび》しそうなお兄さまだろう」

パアティー

「康夫《やすお》お兄さま、ご紹介するわ。笠原商事会社《かさはらしょうじがいしゃ》社長の令息富貴男《れいそくふきお》氏……富貴男さん、あたしの小さい時《とき》からのお兄さまよ、中里康夫お兄さまなの。どうかよろしく」

さかえの深みをもった桃色ウールのアフタヌーン・ドレスの胸には、けさつんだあの寒《かん》バラが一輪《いちりん》ときどきしんと匂《にお》うのを、さかえは呼吸をふかめて胸底《むなそこ》にまでもすいこんで、いっそう瞳《ひとみ》をかがやかせ、

「じつは、あんまり富貴男さんなんかに、よろしくお願いしたら、困ったことになっちまうかな」

といった。それは、富貴男をからかうような軽《けい》べつするような口調《くちょう》でありながら、一種の親しみでもあるような薄笑《うすわら》いをふくめて、さかえは踊《おど》るようにくるりと身をひるがえした。

そして、困ったら困ったときのことと歌うように誰にともなくいった。しかし、そんなことをいわれるのが、富貴男はあまりいやでもないらしい笑いでうけとめて、

「困るやつは困ってもよろしい。ぼくには、ぼくの道ありですよ」

「なんて口のきき方《かた》！　お品《ひん》がおちてよ」

「淑女《レディ》にたいして失礼失礼、つい、地金《じがね》が出ちまう、……ところで、今晩は、パアティーにお招きにあずかって、うるわしきおんかんばせを拝《はい》し、恐悦《きょうえつ》の至《いた》りに存じあげたてまつりまする」

富貴男は西洋の古風な騎士《きし》のようなおじぎをした。

どっと笑い声があったが、さかえはそれを無視したように、つんとして、康夫に、一人ひとりをまじめに紹介《しょうかい》した。

それにつづいて、集まったみんなは、さかえにこびるようなあいさつをした。富貴男のは、ただの面白《おもしろ》はんぶんの口のさきのでまかせだったが、富貴男にいつもついている矢川友一《やがわともいち》は、そのも一人のなかまの大石厚次《おおいしこうじ》と手をとりあって、舞台《ぶたい》の上での踊《おど》りの身ぶりのようなあいさつをしてみんなを笑わせた。富貴男との関係で知りあった女の友だちの宮野多津子《みやのたづこ》と早見《はやみ》レイ子が、久留米《くるめ》ツネ子《こ》と今夜はじめて見る若いひとを二人つれて来た。

姉妹《きょうだい》らしい京人形《きょうにんぎょう》のような顔のそのふたりは和服の訪問着だった。笠原の会社の若い社員が三人きた。

「男も六人女も六人ね、今夜のプログラムを申しあげるわ。ダンスはもちろん、そのあとで、めいめい、一つずつ何かかくし芸をすること、……それから福引《ふくびき》……」

拍手がわいた。さかえはそんな賑《にぎ》やかさのなかで、チラチラと康夫の表情に注意することを忘れなかった。

「ただし、康夫お兄さまだけは自由よ。復員《ふくいん》して、きのう着《つ》かれたばかりだから、特権をさしあげるわ」

ナカが皆《みな》に、美しい淡紅色《たんこうしょく》をした飲みものをはこび、サンドウィッチ、小鳥のからあげ、そのほか支那《しな》料理や、デザートの大きなロールや四角のカステラまで一時に大《おお》テーブルの上へならんだ。

そこは、二十畳《じょう》の洋間《ようま》だった。

さかえの父は、この途方《とほう》もないような大きな邸《やしき》を買うとき、

「カニは甲羅《こうら》に似せて穴をつくるというからな。さかえにはこれくらいの家《うち》が適当《てきとう》だよ」

とほくほくだった。さかえは、家《いえ》じゅうをじぶんの自由にし、父と母とは六畳《じょう》の茶《ちゃ》の間《ま》にひそんでいるようなかっこうだった。二十畳《じょう》の洋間《ようま》につづいて十畳《じょう》の日本間《にほんま》の客間《きゃくま》、居間《いま》二間《ふたま》つづきのしゃれた離れ、二階は洋室と和室の二つある。

洋間《ようま》には、こんど新しく買ったピアノが黒々と光っている。その上には、大花瓶《おおかびん》に、さっきさかえがとくにむりをいってとりよせたピンクとクリームのバラがあふれるほどに活《い》かっている。

ピンクの花もようの明かるさ、エジプトもようのクッションのかわいらしい奇抜《きばつ》さ、みんなさかえのはつらつとした明るい趣味をうつしていた。

卓上《たくじょう》には温室もののフリージヤがかおっている。

「今夜のパアティーは康夫お兄さまの歓迎《かんげい》の会となったわ。すばらしいわ。みんな、あらためて拍手《はくしゅ》してわたしのお兄さまの帰ってきたことを祝ってちょうだい」

食事のはじまる前にさかえは、にこにこして、提議《ていぎ》した。みんなは、いっせいに立ちあがりブラボー、万歳《ばんざい》と叫びながら拍手《はくしゅ》した。

康夫はしかたなく立ってあいさつに頭を下げたが、何となくそこにいたたまれないおもいだった。

さかえは、心から無邪気《けじゃき》なだだっ子のようにそれをいって、ほんとに康夫を迎《むか》えたことを心から喜んでいる。みんなも、さかえといっしょに快活《かいかつ》に祝福の声をあげている。けれども、康夫はなんだか勝手がちがうようでまごつくのだった。

さかえは、もともと、なかなかきかん坊《ぼう》の気性《きしょう》のきつい子だった。けれども、そこには、何かりりしさがあった。あたりのにごりにけっしてそまない高い気魄《きはく》のようなものがあった。

けれども、いまこの華《はな》やかな家《いえ》の中に、軽快な青年たちや明《あ》かるい晴々《はればれ》しい少女たちといっしょにうちむれているさかえには、まぶしい美しさと強さはいよいよまさってはきたけれど、あの潔癖《けっぺき》なほどのつよい自分を主張する勝気《かちき》のかわりに、世間のはでなモダン娘のわがままさとちがわない低さを多くふくんでいるようで康夫はさみしくなるのだった。

妹をどんなにしても探《さが》してくれるといったけれど、妹の葉子《ようこ》のことなど忘れているようなさかえ、……富貴男たちよりずっと高いところから、高《たか》びしゃな態度でのぞんでいるような高慢《こうまん》さと、それにもかかわらず、その仲間《なかま》のかるい冗談めかしたもののいい方《かた》や軽薄《けいはく》な身ぶりがしみているのを見ると、康夫は眼《め》をそむけたくなるのだった。

そんな眼《め》を自分にうつすと、自分は、まだシベリアでのあの惨苦《さんく》の生活と、復員列車《ふくいんれっしゃ》のなかで身にきざみつけられるように感じた淋《さび》しさといらだたしさの中にいるのに、みかけだけは、さかえが即座に手品のようにとりそろえて出してくれた背広とワイシャツ、新しいネクタイに身を飾《かざ》っている。それはふしぎなほどみんな自分にぴったりしてるのだ。これは、何ごとだろう、自分は、まったく、さかえのためにロボットにされているのではないだろうか。

康夫は、自分の身につけているものをかなぐりすてて、この部屋からかけ出してしまいたい気持にかられた。

「たくさん召《め》しあがってね、康夫お兄さま」

さかえは、言葉まで、もう広壮《こうそう》な邸宅《ていたく》の令嬢《れいじょう》らしく落ちついて、

「みんなお兄さまのお好きなものばかりと思ってつくったのよ。あたし、カステラ焼くのうまくて評判なの、カステラはあとのおたのしみよ」

そんなことを自分だけにいうさかえにハラハラする一方《いっぽう》、康夫の胸には怒《いか》りに似たきもちさえわいてくる。他の客たちは、そんな康夫のきもちは解《かい》しないのか、みんなたのしそうに盛《さか》んにたべている。いろいろの話題がみんなの間《あいだ》を流れてそれが笑いの爆発《ばくはつ》となったり、罪のないからかいになったり、にらみあったり、……それらは、さかえのうごかすままにうごいている『物をいい、笑い、食べる大きな人形』のようだった。

よくもこんなに、ものを考えるということを忘れたような青年と少女たちがあつまったものだと、康夫は、奇妙《きみょう》な世界にまぎれこんだような気もちで、自分のからだも何かしら中味がからっぽになっていくようにはかなく頼《たよ》りなかった。

「シベリアはどうでした？　少しお話きかせてもらいたいな」

まじめに富貴男はいっているのだったが、ぜんたいの富貴男の態度とその身のこなしの軽さや浮き浮きしたようすや、つるっとしたうすい皮膚《ひふ》の感じから、かるく物見遊山《ものみゆさん》にでも行ってきたものにいうような言葉にひびくのだった。

「いや」

そのあとをどういっていいか、康夫は、だまっているのも礼を失すると思ったが、何とつづける言葉もなくうつむいた。

「それより、康夫お兄さま、きっと疲《つか》れていらっしゃるでしょ。いいレコードかけましょう」

「いや、ぼくは、失礼したほうが……」

「あら、これからだわ、主賓《しゅひん》をうしなっては困るわ。では、順序を変更して、まず、詩の朗読《ろうどく》をわたしがいたします」

「自作のですか?」

富貴男がからかうようにいった。

富貴男は英語の会話には自信があっても、読書力や批評の頭は、はるかにさかえに及《およ》ばないことを自ら知っており、さかえがフランス語まではじめて、フランスの童話や詩を原書でよんだりしているのに、内々《ないない》おそれをなしていた。

「だまっていらしてね」

「すてきだ、さかえさんが、詩人とは、いよいよ素晴《すば》らしい」

とさきにたって拍手《はくしゅ》した。

「ほめるのは、あとでよろしいの、しずかにしていただきたいわ。

春の風はこの手にくちづけする
それはやさしい質問だ。
きょう一日を何をしたかと
ひそかに語りかける。
わたしは風の中に手をさしのべ
その手を花のようにひらく
わたしの手は一りんの白いバラとなり
風の中ににおう
わたしはきょう一りんの白い花を生んだ。

これは、康夫お兄さまの詩です。作曲もお兄さまです。お兄さまが、いまのわたしよりも年の少ない時《とき》、うたってくださいました中のひとつです。これにはとてもいい曲をつけてあったわ。それもお聞かせしましょう」

康夫は、朗誦《ろうしょう》のなかばから、水をあびたように寒気をおぼえ、恥《はじ》と空々《そらぞら》しい白《しら》けた気もちとにいたたまらなかった。詩も幼くまずいし、第一、キザっぽさがじぶんながら耳をおおいたいほどで、胸がむずむずした。やめてほしい、と叫《さけ》びたかったが、そうすることは、いっそう気どってるようで、身がすくみ声も出なかった。生まれて、こんなはずかしいおもいをしたのは、長い抑留《よくりゅう》生活中にもないことだった。

「それはもうやめてほしい。さかえさん、かんべんしてくれないか。僕はいやだ」

康夫は、あえぐようにいった。

「あら、とってもいい曲だわ。あたし、お兄さまがむこうへいらしてから、これをいちばんよくひいたわ。そのころピアノなかったけど、オルガンでひくといっそういいんだわ」

康夫の悲鳴《ひめい》にも似た嘆願《たんがん》を、さかえは、ぴりりとわが胸にひびかせながら、いい出したことは、どうしてもやってしまうくせと康夫を誇りたさから、ピアノの前に行って、パタンとふたをあけ、たくみな手つきでひき出した。曲にのって、さかえはうたった。詩はうつくしいひびきにとけ、詩句の意味をよくうけとめ得ないようなセンスのひとびとをもうっとりとさせた。

おわると拍手《はくしゅ》はわき立った。

「まあ、きれいな曲！　いい詩だわ」

「＊ダンゼン新しいわね」

「ロマンチックね、何だか心にのこるものがあるわ」

女の子たちは、康夫が詩人と知ると尊敬の眼《め》をむけてささやきあった。

「ぼくらには、よくわからんが、たしかに詩的だな」

若い社員が、妙《みょう》なことをいっても、誰も笑わないのが、さかえにはおかしかった。

「あら、詩が詩的だってほめるなんてそれこそ素敵《すてき》だわ、ほほほほほ」

皮肉《ひにく》にいって、さかえはひとり大笑いした。いった人はぽかんとしている。康夫は、もうたまらなくなって立ちあがった。

「ぼくは、まだ疲《つか》れてしまっていて、かえって、失礼だから、これで」

もう、さかえのとめる間もなく部屋を出ていった。さかえは、ちょっと眉をよせたが、康夫の去ったことを気にもとめないふうで、蓄音器《ちくおんき》にレコードをかけた。

スペインの姫君《ひめぎみ》のリズムにつづいて、みんなはもう踊《おど》りの組をつくった。さかえは、富貴男に手をさしのべられて少女らしいきれいな姿をかるがるとおどり出した。そのはげしい曲はさかえの気分に合っているらしく、おどりはきびきびと曲にのっていた。それがおわると、富貴男は、調子づいて、

「つづけてもひとつ、夜のタンゴだ」

レコードを自分でかけている富貴男が、さかえにそういったが、さかえは、

「どうぞ、どなたでも。あたし、ちょっと失礼して、お兄さまのお世話してくるから。みなさん、ご自由にね。なにしろ、康夫お兄さまは、なかなかなのよ」

どんなことでも、さかえは、かがやくような顔でいってさっと出ていった。

みんなは、ちょっと気勢《きせい》をそがれたが、だれも深くそれに心をつかうものはなく、つぎつぎとレコードがかけられ、ダンスはつづけられた。

指きり

康夫《やすお》は、これは、シベリアよりももっとちがった意味でつらい抑留《よくりゅう》だとおもった。バカな自分だ、どうして、きっぱりと男一匹が、自分の行動を自分でハッキリさせられないのかと、自分の心が自分でわからなくなる。

離れの日本間《にほんま》には、もう、康夫のための寝床《ねどこ》がしいてあり、洋間《ようま》のテーブルの上には、大きいきれいな蜜柑《みかん》が紫《むらさき》のカット・グラスの鉢《はち》にもっておいてある。美しい蒔絵《まきえ》の菓子鉢《かしばち》、茶器《ちゃき》などが、いかにもあたたかい家庭を思わせるようにおいてある。さびしい康夫の心にしみてときどきそっと寒《かん》バラの花が匂《にお》ってくる。それは、あのなつかしいもとのさかえの家《いえ》の庭で、さかえがつんでもってかえったものだ。

遠いとおい日のことのような気がする。自分は、まるで魂《たましい》をぬかれた人間のように、ここに、もうどれだけか日数《ひかず》のわからないくらい居《い》たような気がする。

これが敗戦後の東京《とうきょう》だろうか。自分は、葉子や母にあって話したいことがいっぱいある。話すとか聞くとかいうよりも、心と心がふれあいたい。長く長くわかれていた肉親、……母は、血のつづく母ではないけれど、妹の生みの母だ、……やっぱり自分の心の母だ。その母や妹はどこにいるのか。さかえが知らないなどということがあろうか。これには、大きな謎《なぞ》があるにちがいない。

さかえにあっても、心をひらいてゆけないものができてしまっている。……何もかも変《かわ》ってしまっている。

「康夫お兄さま、おつかれでしょうけど、さかえ、少しお話《はなし》していていい?」

康夫は、せつない気もちの中へさかえがはいってきたので、ただうなずいた。客間《きゃくま》にいるよりは、ずっとさかえは親しい感じだった。さかえの胸の寒《かん》バラは、まだ花びらの張《は》りをうしなわず、やわらかいピンクのいろが、さかえをあどけなくみせている。

「あたし、お兄さまに、いろいろお話があるのだけど、だんだん、おつかれがなおってからお話するわ。ともかく安心して、家《うち》にいらしてくださらなくちゃいや!」

まったく反対のことを思っていた康夫は、こたえる言葉がなかった。

「いま、父が外から帰ったけど、明日、ごあいさつしますって。ねえ。ここ、自分の家《うち》だとおもっておちついていてくださる?」

「さかえちゃんの好意はわかるんだが、僕はつらいんだ。きのう一日、区役所に行っても、近所で聞いても、うちの様子《ようす》はわからない。さかえちゃんの家《うち》でも知らない。僕は、どうしたらいいか、見当もつかないが、とにかく、東京《とうきょう》じゅううろつきまわってでも、母や妹を探《さが》さなくちゃならない。……」

「あたしも探《さが》してよ。あたしにも責任があるような気もしてよ。そのこと、いろいろきいていただきたいんだけど、何にしても、家《うち》にいるって、約束してよ。さあ指きりのやくそく!」

さかえは、幼い日からの親しみを、いっぱいに全身にあふれさせ、顔をかがやかせて、右手の小指をむりに康夫の小指にからませた。幼い時《とき》にさかえが、よく康夫にしたとおりだった。妹の葉子とわけへだてなく親しみ、ことに、パキパキと頭のはたらくさかえは、康夫を笑わせることが上手《じょうず》で、たのしい相手だったあのころが、康夫の胸にいたいほどのなつかしさでうかびあがった。笑わせることも怒《おこ》らせることも、心配させることも、さかえは、葉子よりずっとうわ手だった。……母や妹を思うといたたまらないような不安にからむさかえの昔ながらのあふれるような親しみの感情……康夫は、子供の時《とき》のとおりにふくふくしたさかえのまるい頰《ほお》をみていると、じぶんの小指にからませたさかえの小指のひやりとするつめたさから、どうしたことかふっと、少年時代の悲しみのようなものがわきあがった。

「ぼくは、何だかへんなんだ。こんないい待遇《たいぐう》をうけるなんて、とんでもない気がするんだ。おっぽり出してくれよ、さかえちゃん、それでなくちゃ、何だかほんとうのことが考えられないようなんだ。何もかも嘘《うそ》みたいなんだ」

康夫はその悲しみにそそられて、かえってまるで反対のことをいってしまった。このさかえのあふれる親しみがそんな悲しみをかりたてるのだった。

「いくらでも、おっぽり出すわ、おっぽり出して安心のいく時《とき》がきたらよ。康夫お兄ちゃま、そんなにちっともさかえのいうことききいてくれないで、がんこになったんじゃ、さかえ、とても悲しいわ」

さかえの眼《め》をみると、いっぱいに涙があふれていた。そのだだっ子のがむしゃらぶりは、いっそう康夫の心の悲しみをそそるものがあった。康夫は胸にこみあげるせつなさをかみしめて顔をそらせた。

「あたしのすること、お兄さま、めいわくなの?」

さかえは、しずかにきいた。

「いや、さかえちゃん、ありがたいと思ってる」

客間《きゃくま》でのそぐわないものや、あの空々《そらぞら》しい恥《はじ》をあたえられたようなきもちがやっとはらいのけられ、康夫は、しずかに感謝の言葉をもらした。

「お兄さま、あたし、心配したの、……待ってたの、……どんなに、どんなに、待ってたか！　だのに、お兄さまが遠いところにいらっしゃる間に、だんだん、あたしのお兄さまじゃないみたいになっていくの。葉子ちゃんには、どこまでもお兄さんで、あたしは、他人になっていくなんて……くやしくて、しゃくにさわって……」

さかえは、ぽろぽろ涙をこぼしこぼし、両の手を胸にきつくくみあわせてひくく叫《さけ》ぶようにいう。

客間《きゃくま》からのワルツのレコードが、まるで遠い世界のひびきのように流れてきた。

「そんなバカなこと……」

「ううん、ほんとよ。葉子ちゃんは、いつもお兄さんお兄さんて、かげ膳《ぜん》したり、大きな写真かけてお話したり、わたしに、自分ひとりのお兄さまみたいにいうわ。お誕生日《たんじょうび》のお祝いだって、相談してするんじゃなく、じぶんがひとりでするの、そして、あたしを、ただ、よんでくれるだけだもの」

さかえのへんないい方《かた》も、康夫にはうなずける。何よりもその涙が、さかえのわがままの底の強い感情をうったえて、康夫の胸をうごかした。

「ぼくには、よくわかる。ぼくは、むこうでは、葉子もさかえちゃんも同じに考えていた。子供のときの二人のままだった。葉子だって、心ではおそらくそうなんだ」

「だって……あたしの日記見せましょうか」

さかえは、二階のじぶんの部屋にいって、真紅《しんく》の羊皮《ひつじがわ》の表紙のノートを二冊もってきた。

「ほら、これには、葉子ちゃんを怒《おこ》ったことだの、悲しかったことだの、お兄さんの夢を見たことだの、去年の夏、軽井沢《かるいざわ》にアルバイトにいった時《とき》のことだの、みんな書いてあるの。よんでしまうまで、持ってて」

少女の日のはりつめた心そのもののような、紅《あか》いぶあつなノートを、康夫にわたした。

「じゃ、今夜は、おやすみなさいね。……バラさんもおやすみなさい」

机の上の寒《かん》バラにくちびるをよせ、さかえは、ピンクの花の精のように身をひるがえして出て行った。

いい子？　わるい子？

康夫《やすお》は、疲《つか》れているのに頭がさえて、なかなかねむれそうにない。ノートをひらいてみた。

わたしは、どうして、こんなに、葉子《ようこ》ちゃんにいらいらするんだろう……あんまりおとなしいからだ。

どっこにも、ひっかかりがない。きれいすぎるので、だんだんさかえと遠のいていく。

今日の英語会のはじめの葉子ちゃんのおいのりはしゃくだった。みんなの心が、この会をとおして神さまにむすばれますように、……って、何て、小さいくせに、よけいなことを祈《いの》るんだろう。だいたいみんなの心までいのる資格が、どうしてあるんだといいたい。大人の口まねそっくりだ。葉子ちゃん学校よしても、英語はわたしなどよりずっと進歩している。

ひやりとしたものが心をかすめた。人間の心の流れが、こんなに冷たく別れていくものかと、康夫は、身ぶるいしたが、この英語会はどこにあるのか、そこに行って聞いたら、葉子《ようこ》の消息はわかるかもしれないと、おもった。心にひらめくかすかな光明が感じられた。

さかえが客間《きゃくま》にかえってから、いっそう、音楽が華《はな》やかになったようで、踊《おど》りの足音までリズムをもってひびいてくる。曲がおわった時《とき》にあがる歓声《かんせい》や高い話し声、笑い声が、康夫を少しもねむられなくした。またノートをくってみる。

軽井沢《かるいざわ》は絵で見る西洋の山のような感じの風景だ。笠原家《かさはらけ》には、富貴男《ふきお》氏を上に、中学生がふたり、おちびちゃんのおなまの*妹が三人もいる。わたしはおもに、その三人のお相手だ。なかなかおもしろい。自転車がうまくなった。康夫お兄さまに小さい時《とき》きいた童話を一つ一つ話してやる。まんなかの子がいちばんビンカン、話がおわってもそのあと話してという、もうおしまい、というと、おしまいってないわ、みんなつづいてるもの、いまもきっとその話、つづいてるわ。だから話して、という。まだそれは、聞いてないわ、といえば、じゃ、ミヤチャンがつくってくる。といって、おむこうの部屋へ行って眼《め》をつぶって考えて、しばらくして、わかったわ、といって、でたらめを話す。けれども、それが、話になってるからおもしろい。霧が美しいと悲しくなる。

遠くの浅間《あさま》がときどき煙《けむり》をたくさん出す。さかえも何か叫《さけ》びたくなる。康夫お兄さん——と、ひとりで呼んでみたら、涙が出てしまった。

康夫は、いきなり胸をつかれて、ノートを閉じ眼《め》をつむった。吐息《といき》があふれた。そのままノートはひらかず枕《まくら》もとにおいて、床にはいってあかりを消した。

客間《きやくま》の音楽もひびかないと思ったら、玄関《げんかん》のほうでにぎやかな笑い声があがった。

「おばさま、ごちそうさまでした。とてもすてきなお料理……」

「祝日の豪華なパアティーはこれからですよ。おばさん、さかえさんを一寸かりますよ。帰りも車だから安心してください」

「母さま、行ってまいります」

さかえの声がひときわ高くひびいた。いつのまにか車が呼んであったらしく、エンジンの音がして車は出て行った。

その翌日、康夫は、きのうよりももっと蒼《あお》い顔をして、さかえにあっても微笑《ほほえ》みさえもうかばなかった。

「さかえさん、葉子の行ってた英語の会ってどこにあるの?」

それが、たった一言《ひとこと》、康夫の口をついて出たことばだった。

「今はもうないわ。メンバアも散《ち》っちゃって。あたし知らない」

さかえも怒《おこ》ったようにいった。さかえは、敏感《びんかん》に康夫の心をうつして、心をかたくしている。ことに昨夜富貴男《ふきお》たちとおそくまで踊《おど》ってかえったことが康夫にたいして心を責められているので、よけいむっつりしていた。それに、さかえには、自分でも思いがけないほど高《たか》びしゃないじわるをいったりしてしまう性質がある。康夫が教会にたずねて行って葉子のところを知るつもりだと思うと、自分にまかせないのがむらむらと腹立たしくなり、また康夫が、自分の心いっぱいのサービスにもかかわらず、不機嫌《ふきげん》きわまる顔で、ただ、葉子のところを知ろうとしているだけなのが、何ともいえず腹立たしくなった。あの教会の牧師が代わったことは事実だったので、さかえはつっぱねたいい方《かた》をした。

でも心の中では、いまに、何とかして自分でしらべて、康夫をよろこばそうと思った。

ふたりは気まずく顔をそらし昨夜のあの昔ながらの親しみはどこへやら、今朝はさかえも言葉すくなだった。そして学校へ出て行った。

康夫は、区役所に行ってみたり、葉子のもといた学校に行ってみたりしたが、どこでも手がかりのない結果にがっかりして、東京《とうきょう》の街《まち》はしだいに康夫の心に失望をきざんでいく。今夜こそ、もう津島《つしま》の家《いえ》に帰るまいかと思う。けれども、康夫はあてなく街々を歩きまわっていると、昔のさかえの思い出だけが、東京《とうきょう》のたった一つ心に近い存在だということが身にしみてくる。ある時《とき》はぶっきらぼうに、ある時《とき》は高慢《こうまん》にも思えるさかえが、そっと、

「今夜、すきやきよ、早く帰らないとだめ」

といったりするその親しみが心につよくひびいて、あたたかい思いをそそられる。それに、さかえのところを出たらかえって葉子や母の手がかりもよけいとらえにくくなるのではないかとおもわれる。さかえが、どっかからきっと手をつくしてさがすといってくれるその言葉だけがたよりでもある。そうしているうち康夫は、復員者《ふくいんしゃ》相談所に職業をたのみ、早く落ちつくさきをきめようとおもっていた。毎夜笠原《かさはら》たちがきてダンスがはじまるのも、康夫の心をせきたてた。

さかえは、もう、夜のダンスには康夫を誘《さそ》わない。そして、外へもさかんに出て行く。けれども康夫に何かしら土産《みやげ》をもとめてくる。それらの土産《みやげ》はいつも、だまって、康夫の部屋の机の上においで

ある。隅《すみ》っこにころがってることもある。ネクタイやマフラ、靴下《くつした》のようなものまでもとめてくる。さかえの土産《みやげ》で、康夫は東京《とうきょう》の街《まち》がいまどんなにみごとな品物にあふれているかを知るのだった。

いつか、二月もすぎようとする日のくれ方《がた》、

「ほら、今日はめずらしいもの!」

さかえはピアノの譜本《ふほん》をつんだのといっしょにもって来たバナナの一房《ひとふさ》を、つまんで高くさしあげてみせた。*そのころは、まだ、バナナは、絵で見るものになっていた。

康夫は、おもわず、

「これ食べられるの?」

ときいた。

「いやな康夫兄さま、小さくたってバナナはバナナの味よ。これMデパートの劇場へ行ったらあすこの喫茶部《きっさぶ》に売ってたの。あたし、いまあの劇場でやってる演技者クラブにときどきエキストラにはいるのよ。こんど見にきてね」

「はいったら、すぐ出てしまうというほうだろう?」

康夫はつりこまれて、何となく快活《かいかつ》になり、じょうだんをいった。

「ええ、それは、もちろん、出ますとも。すぐ出るわ。舞台《ぶたい》にね」

まけずに、さかえも笑わないでじょうだんをいった。康夫は、その頭のよさに、あっというおもいをした。

「こんど、見にきてね」

康夫はうなずきつつ、さかえの心から出される計画や幻想《げんそう》にくるくるとくるまれて、それは、蜘蛛《くも》の巣のようにからんで、身うごきも出来なそうになっていくようで不安だった。

さかえは、大きな目で、キラリキラリと康夫の部屋を見まわした。今にも出て行きそうに荷物と帽子《ぼうし》とが違い棚《だな》にならべておいてある。そのそばに、哲学の本と詩の本と西洋の人の芸術論の本とがおいてある。それらの本の背文字は、一つ一つが光《ひか》りをもった目のように、さかえの心にむかって、するどくとびかかってきた。

(いじわるな本だわ)

口には出さないで、さかえはくちびるをそらして、その本をにらみかえした。康夫は居候《いそうろう》の身で、そんな本を見つけてきたことに、きゅうにひけ目をかんじた。

「お兄さま、ごべんきょう家《か》だわねえ、すごい」

さかえは、いじわるそうないいかたをした。

「こういう本は、バカに安いんだ。一冊十円の山からほり出したんだよ」

「おねだんのことなんて、いってないわ」

さかえは、心のなかで、演劇の本や、よい脚本《きゃくほん》をようく読もう、と思うと、ふしぎに、たちまちしずかなやさしいきもちになった。

「ね、よく、お兄さま、小さい時にさかえには、お芝居《しばい》の才能があるっておっしゃったでしょ。エプロンや前かけを頭にしばってそれを髪に結《ゆ》って、葉子ちゃんや、近所のともだちとお芝居《しばい》したわね。さかえが一等ほめていただいたわ。それがさかえの方向をきめたのかもしれない。……そういえば、あの頃《ころ》の友だち、みんなちりぢりでどうしたかなあ。うちと葉子ちゃんとこと、嘉助《かすけ》おじいさんちと、それから、裏のタイプライター工場だけ焼けのこったのに、その三軒もちりぢりだわ。だけど、康夫兄さまがみつかったからいい。お仕事ね、あたし、父さんにたのんでるの。会社の方《ほう》にきっとあってよ」

言いながら、さかえは、ちょっと眼《め》を伏《ふ》せた。父に仕事を嘆願《たんがん》してるのは事実だったが、母がそれに反対なので、さかえに眼《め》のない父もちょっとこまって、話はそのままになっているのだった。

「さかえ、おまえの気まぐれにも呆《あき》れますよ。うちは下宿《げしゅく》じゃないからね。それに、おまえも、年《とし》ごろだし、若い男のひとをおくのは、世間にたいしても……」

母がきのうも、寝ぎわのさかえの枕《まくら》もとにすわって動かないのを、さかえははね返すように、「よして！　あたし、まだ女学生よ。コドモよ。年《とし》ごろとは何よ、そんなの大きらい。あたし、年《とし》ごろなんてもの、ぜったいおことわりよ」

そのはげしいけんまくと、いい方《かた》のおかしさに、母も怒《おこ》るより笑いだして、

「ほほほほほほ、いやだね、いくら、おことわりだって、年頃《としごろ》というのはくるよ。だから少しは考えて……」

「来たっておことわりよ。きっぱりいっとくわ」

「それならそれとして、康夫さんも、いつまで、こうしててもお困《こま》りだろう。お友だちとか復員者《ふくいんしゃ》の係《かか》りに行って身のふり方《かた》をつけるよう、お前からもそれとなくお話《はなし》してごらん」

昨夜の母のことばを思いうかべ、さかえは、涙がじんとわくほど康夫が気《き》の毒《どく》になった。あたしも、もう、あまりダンスをしまい。……康夫兄さんがいっしょにしてくれればいいけれど、そうでなければ、もうすまい。……音楽をいっしょうけんめいやって、できれば、劇の方《ほう》も本気で勉強して、たくさんいい本を読んで、康夫お兄さまのほめてくださる人になろう。ああそうだ、葉子さんのことも、教会へ行って、まえの牧師さんのところをはやく聞いて、葉子さんからたよりがあったかどうか手紙できいてみよう、……嘉助おじいさんはどこの病院にはいってるのかしら、しらべてみたらわかるかしら、……いろいろと自分が康夫のためにしなければならないことがあるのに、康夫をわが家《や》に止《とど》め

たいばかりに、自分のそのわがままから、それをのびのびにしてることに心をせめられた。

「お兄さま、さかえ、いい子になりたいわ。何だかさかえ、世間のことってみんなきらいなの。こわいの、父さんや母さんのすることやいうことでも、世間のことになってくると、あたしわからなくなるわ。だから、いままでの世間のようでないことをしようとおもうと、それもいやになっちゃうの。だけど、さかえ、ほんとに、いい子になりたい、……お兄さまのことおもうと、一番いい子になりたい」

「わかる」

さかえが、あばれっ子であるだけに、みずからその野《の》ほうずのなさからさみしさを身にしみて味わい、それだけ、いっそう、善良さと真実を願うことが強いのだとうなずいた。

「あたしの日記、へんでしょ……おかしい?」

「うん、へんなところがさかえちゃんらしくおもしろいよ。雨がふって、軽井沢《かるいざわ》の落葉松林《からまつばやし》のあいだの道が川になると、その川に、バシャバシャ自転車でつっ込《こ》んで壮快《そうかい》がるところなんか、眼《め》に見るようだ」

「わるい子でしょ、さかえ」

「いや、僕には、どっちともいえない。いい子になるか反対か、君自身がこれからそれをつくるんだ

か」

「そうお――どっちに、なるかな。いい子になるか、悪い子になるか、ど、ち、ら、で、し、よう、よ」

右と左の人さし指をあげさげし、右でおわったとき、さかえは、たのしい笑顔をほころばせた。

「右ならいい子だとおもってやってみたの。いい子だと、あたしの指がいってくれた。お兄ちゃまより、この指はしんせつものね」

すんなりした右の人さし指も小さい子のように首をまげてくちびるにおしあてた。

氷の鞭

そのあくる日、さかえの母は、さかえが学校へ行くのを待ちかねていたように離れにはいってきた。

*ひわいろの置時計《おきどけい》が九時をすぎていた。

「あ、おばさん、すっかり寝坊《ねぼう》してしまって」

康夫《やすお》はあわてた。昨夜は、さかえが心にのこることをいったので、もっともっとさかえを知り、さかえのために、できれば、ほんとの助言もすることのできる自分になりたいと、さかえの日記をよみつづけて、とうとうよあけの四時になった。

「いえ、いいですよ。ちっと、そのままで、お聞きくだすって」

なにか、おばさんの声に冷たいひびきを感じた。

「さっそくのご相談ですけど、じつはわたしのところでも、女の子とわたしども二人だけの無人で不《ふ》行届《ゆきとどき》ですし笠原さんの会社のほうに宿直室《しゅくちょくしつ》があるのですが、それを一時つかっていただいてもいいし、またどこか、部屋をおとりになれば、当然のお手つだいぐらいはしたいとおもってね」

「ええ、ぼくは、もっと早く失礼しなくちゃと、毎日おもってたんです。僕のほうのことでしたら、ご心配いりません」

「でもね、会社の宿直室《しゅくちょくしつ》なら、かまわないんですよ」

そのくりかえされる親切が、康夫には、何ともいいようのない冷やかな、いたたまらないものをふくむようにひびいた。

「いや、仕事も、何かあるでしょうし、友だちもありますから」

しかし、その友だちというのは、小屋のような一間《ひとま》に三人も復員者《ふくいんしゃ》がいるのだった。

「何だか、おせきたてしたみたいで、わたしもいやですけど、うちを、主人が、近く事務所にするなどともいいますのでね。……これは、失礼かとおもうんですけど、何かのおたしにつかってくださいませんか」

ふところから、白いかなりぶあつな紙づつみをとり出した。

そんなものまで用意して、……康夫はいきなり、冷たい氷の鞭《むち》がまっこうから降ってきたように感じた。

「いや、それは」

それだけしか、言葉がつづかなかった。康夫は立って床《とこ》をしまい復員服《ふくいんふく》を身につけると、さっそく荷物をまとめはじめた。

「あら、今日と申したわけじゃないんですのよ、ね康夫さん、そんな……」

「わかりました。まったく、たいへんなごめいわくをかけました」

康夫は、幼《おさな》なじみとはいえ、さかえの言葉にあまんじて、深く津島《つしま》の両親のきもちも考えず、のんべんだらりとここにいたことに、身うちもこおる恥《はじ》を感じた。荷物をととのえると、かれは出された食事もせず、津島家を出て行った。

たのしい舟

春の小川はさらさら流る
岸のすみれやれんげの花に

匂《にお》いめでたく色うつくしく
咲けよ咲けよと
ささやくごとく

たのしい合唱が、渡《わた》し舟の中からわいて、きらめく川面《かわも》のさざなみにひびいては流れる。

「あーら、この川は、ちがうわ。小川じゃないわ。あたし、こういうのをつくったわ」

ひとりの少女が、いくぶんおどけた調子でうたいだした。

春の大川はゆらゆらながる
岸のやなぎやさくらの枝は
春よ春よと
ゆれつつまねく……

「あーら、だけど、春の大川の大川がへんよ。あたしには、やっぱりどうも文才はあまりないらしい」

うたいやめると、自分でつくった即興《そっきょう》のかえ歌が、ひとりでおかしくなったらしく、ひょうきんに首をちぢめた。

「あら、なかなか傑作《けっさく》よ。大川でけっこうだわ。わたしのはこうよ、そのつづきね」

さおさす乙女《おとめ》の　ましろきかいな
紅《あか》きくちびる　ルビーのごとし
春の渡《わた》しの
乙女《おとめ》を見よや

手さげからノートを出して、それをしたためて見せると、ノートは、次から次にまわって、みんなの顔には微笑《びしょう》があふれ、みんなは、たのしそうにうなずきあうのだった。

女学生たちの一団は、渡《わた》し舟にのるとすぐ歌い出したので、葉子《ようこ》は心のなかでその歌をともにうたいながら、ふと、胸をかすめるさみしいかげを感じた。

むつまじそうな女学生たち、……葉子は、はっきりとさかえから遠くとおくへだたってしまったことを胸にきざまれるせつなさを、首をふるようにしてはらいのけた。

女学生たちは、葉子のほうをちらちら見ては、たがいに顔を見合わせる。

「すてきね、やさしそうで、りこうそうで、絵の中からぬけ出したよう……」

「そうよ、このままが絵みたい。何《なん》て題でしょうね」

「春の女神がふさわしくない?」

「あたしたちも画中の人ね。女神のむれの一人?」

「どうだか、ほほほほほ」

そんなささやきに、たのしさは、いっそうみんなの胸にたかなる。

「葉子お姉ちゃん――」

岸からひとりの子が、舟の方《ほう》にむかってよびかけた。リサだった。

「葉子お姉ちゃん、大《だい》ちゃんが、あたいの頭の毛ひっぱったよう、……あたいのこと生《なま》いきだって。お姉ちゃんのいったように折紙《おりがみ》だいじにしてやぶいちゃだめっていったら、よけいやぶくのよう……

そこからおこってえ……」

リサは、足ぶみしてさけぶのだった。葉子は、困ったように笑って、

「けんかしちゃだめよ、リサちゃん」

リサは、じぶんがたしなめられて不平だった。

「けんかじゃないよう、リサ、お姉ちゃんのかわりしてんのに、いうことききかないのよう」

「わかったわ、帰ったらようく、大ちゃんにいってあげるから、まっていらっしゃい。みんなが折紙《おりがみ》にあきたら、川のところに出て、お歌にしてね」

舟は、しだいに遠ざかってゆく。小さくうなずく岸の子のかわいさに、ひとりの女学生はおもわずほほえんで、

「可愛《かわい》いわねえ、あなたのお妹さんたち?」

と葉子にきいた。

「いいえ」

それだけでは、何だかそっけない気がして葉子は、恥じらいながらつけくわえた。

「村の子たちがあつまってきてますの」

みんなは、おどろいたように顔をみあわせた。

「あらあ、それじゃ、託児所《たくじしょ》ね? あなたは先生?」

「そんなおもてむきのものじゃないんですけど、みんながひとりでに来てしまって……」

葉子は希望をもっていた。とっくから専検《せんけん》をうける準備をし、もうほとんどパスの自信を得ていた葉子は、将来、幼い児《こ》たちをあずかる仕事をするために、そのほうの勉強をしようとおもっている。

そして、子供たちのために歌をかいてやりたい。歌の曲をたくさんつくってやれたらどんなにいい

だろう。葉子は子供の心をそだてる仕事のための夢をいっぱいに抱いていた。

「すてきね。ずいぶんいいお話だわね」

「あたしたち、うつくしい国の舟に乗ってるようじゃない?」

そんなささやきのなかで、はじめに大川の歌を即興につくった少女が何事《なにごと》かふかくひとりでうなずいていたが、いそいでノートに緊急動議《きんきゅうどうぎ》と大きくかき、みんなにまわした。


わたしたちは、このすばらしい少女の舟に乗った記念に、何かおくりものをしたいとおもいます。

わたしたちの感動を記念する品《しな》を、何か一つずつお出しください。


葉子が、こいでいくろの音は、みんなの感激の心にひびいては、しずかに川波の上を流れ、うっとりするような気分をさそう。

葉子がこいでいくうしろにみんな身をよせあった。胸のブローチをはずすもの、まだ使わない純白のハンカチを出すもの、新しいシャープペンシルと美しいノートを出すもの、雑誌や本もチョコレートの小箱もこしさげもそれから胸にかざった造花《ぞうか》も……それらは、大いそぎでつつみ紙にくるまれた。

その中へ『美しい思いの記念として感謝とともに』と書いた紙が入れられた。

それを、そっと皆がこしかけていた木の下の隅におしつけておいた。この秘密にみんなの呼吸ははずみ、心は春の波のようにきらめいた。共同のよろこびにほほえむ眼を見合って、よかったわね、というようにうなずきあった。

岸のさくらの　花咲くさかりは
水の底にも　白雲《しらくも》かかれり
すみだの川の　川の瀬くだし
こぐや小舟　花にうかれて

さおのしずくの　光《ひか》りもさながら
真珠白珠《またましらたま》　しらたま　またま

春の学芸会で、このグループが音楽の先生から、とくに先生の女学生時代に愛誦《あいしょう》されたこの歌をおそわって二部合唱したのを、いつか皆《みな》は、たのしい心からこぼれ出たように声をあわせてうたいだした。

それは、皆《みな》がふとした偶然の出あいではあるが、心ひかれた葉子をたたえる声だった。さおのしずくの光《ひか》りもさながら、……真珠白珠《またましらたま》……とくり返してうたいながら、ほんとうに、みんなは心で、同じように葉子を真珠白珠《またましらたま》にたとえていた。

そのコーラスは葉子にも、胸につよくひびくものがあった。どこの誰だか知らない、……もうこのまま再び会うことはないとおもわれるひとたちだのに、このひとときに、何か心にふれてくるものがあった。

たのしそうなみなさん、……もういまわかれなければならない、このひとたちが、どうしてこんなになつかしいのだろうと葉子は、みんなの歌声を心にくりかえした。

白珠《しらたま》のこぼれるような美しい歌だった。

葉子は、西村《にしむら》のおじさまがいわれたことを胸にそっとくり返してみた。

「ここは、ちゃんとりっぱな模範的《もはんてき》の幼稚園にしますぞ。あんたはまもなく町の学校で勉強していずれはここで教えてもらうようにする。お母さんのほうは、それまでに丈夫《じょうぶ》になってくれにゃいかんから手をつくして養生《ようじょう》させてな。学校へ行くようになれば、うちのばあやを手つだわせてもいいし、まさおばさんさえ承知なら、うちのもとの小さいほうの蚕室《さんしつ》が物入れになっているから、なおしてそこにお母さんにきてもらったら、なおなおよい」

ふともらされたそんな幸運すぎる夢のようなことを、あてにしてはいけないと心で打消《うちけ》しながらも、長子《ちょうこ》のきびきびした気性《きしょう》でそれを祖父に説《と》きすすめていると思うと、新しい友情に心がほのかにあたたまるのだった。

そんなことになったら、あたしは、どんなに感謝してもたりない、そのきもちを生かすために、いっしょけんめいに勉強して、あのかわいい村の子供たちの、ほんとにいいお姉さんになろう、……そして、さきざきでは、子供たちのためによい本ばかりあつめた子供のライブラリーや、花園《はなぞの》や、音楽室のある子供の家《いえ》をたくさん日本じゅうにつくるような仕事をしたい、……葉子は、力をこめて、舟を岸につけ、水竿《みさお》をとって全身をそれによりかからせ舟を岸の石にある太い縄《なわ》にゆわえてとめた。

「ありがとうございました……」

葉子のことばに、みんなは、口々に、

「どうもありがとう……」

「ありがとうございました……」

「さよなら……」

「さよなら……ありがとう」

と心をこめていった。

日は、だいぶかたむいた。川ぞいの路《みち》を上の町からくだってきたあの人たちが、これから東京《とうきょう》へ帰るのには夜になるのだろう。あの東京《とうきょう》駅は、やっぱりあのまばゆい光《ひか》りをいっぱい抱《だ》いてたくさんの人を、おくり迎えていることだろう。あの光《ひか》りは、街《まち》の生命《いのち》のように夜空に映《は》え、霧《きり》の夜はやさしくうるみ、澄《す》んだ夜々《よよ》は透明な空気のなかにさえざえとかがやいていた。

あのひとたちも、東京《とうきょう》の灯《ひ》のように明《あ》かるいなつかしいひとたちだ。

葉子はいつになく岸にあがって、みんなを見送った。

わかれて、村の駅へといく少女たちは、かわるがわる葉子のほうへふりかえって手をあげた。葉子も手をさしあげてそれに答えた。

「さようなら……」

「さようなら……」

たがいの心にしみいるような別れの言葉がつづいた。

にわとりおどり

葉子《ようこ》が舟をかえして家《いえ》にはいると、子供たちはむしろの上に犬ころのようにころがって寝ていた。ほんとにねむってる子の中には、いろ紙をさいて両の頬《ほお》に紅々と日の丸をはられているのもある。額《ひたい》に角《つの》のようにとがった紙をはりつけられているのもある。

大《だい》ちゃんが、いたずらの張本人《ちょうほんにん》らしく、葉子を見ると庭の隅《すみ》にかくれた。

「お母さん、ただいま」

葉子はまず窓から母の部屋に声をかける。

「おかえり、ごくろうだったね。うたが聞こえてたけど女の子がたくさんおのりになってたんだろう」

「ええ、とても快活《かいかつ》なね、やさしそうな女学生たちよ」

葉子は、母の気分のよさそうなのを見るとほっとして土間《どま》へまわる。

「葉子お姉ちゃん、大ちゃんは、あたいが眠らないからって打《ぶ》つの。顔に紙をはれないもんだから」

リサがすぐ葉子にとびついて訴《うった》えた。

「何だい、リサ公だって、よっちゃんのおでこの角《つの》の片方《かたほう》をはったじゃねえか」

「大ちゃんがはれっていったからだい」

いいながらも、自分のはった角《つの》のまがってるのが、まだねぼけて寝がえりしたおでこの大きいよっちゃんの額《ひたい》についてるのをみるとクスクス笑いだした。

「まあいやだわ、みんなそんないたずらばかりしてたの?」

葉子は、あきれてしまったが、みんながむくむく起きだした顔をみると、とうとう吹きだしてしまった。

頰《ほ》っぺたに日の丸のはりついた子は、とんきょうに可愛《かわい》く、角《つの》のはえた子同志《どうし》がたがいに顔をつきあわせて、

「やーいおかめ！」

「やーいアカ鬼《おに》！」

と大声をあげた。葉子は鏡をもってきて顔を見せてやった。するとめいめいは、自分の顔をおもしろがり、

「小鬼《こおに》だ小鬼《こおに》だとんちきとん」

と自分ではやしておどり出した。おかめの子もひょうきんな手つきでおどり出した。みんなのひるねの眼《め》ざめは賑《にぎ》やかになり、みんな小鬼《こおに》おどりをはじめた。

子どものお母さんたちからおやつにとあずかった予定のお金で、葉子は、みんなにおせんべいとみかんを買ってわけながら、こんなことをすることがいいのかどうかと、胸いっぱいに不安になってきた。子供たちは、ほうっておけば決して少しの間もおとなしくなどしてはいない。おもしろがっていなければ泣いており、喧嘩《けんか》をしており、騒《さわ》いでおり、いたずらをしている。それをただとめていいとはおもえない。といって、ほうっておいたら何をするかしれない。

葉子は、すぐ、あつ紙を切り、クレヨンをぬって、大いそぎでおかめの面や鬼《おに》の面やクマや猫や犬などの面をつくってみんなにくばった。三十分位《ぐらい》でできた。

「もっといろんなの、みんなもつくってちょうだい。誰か、お姉ちゃんのをつくってくれないかな」

めいめい、あたいが、おれが、と叫《さけ》んで、葉子のための面が五つもできた。

とさかのついたにわとりの顔は中でも奇抜《きばつ》だった。お猿《さる》もひょうきんで上出来《じょうでき》だった。あとは、おかめが三つ、これは見本のとおりにつくっただけのものだった。

「にわとりとおさるは、あんまりよくできたから、こんど、炭坑《たんこう》のおじさんたちへ慰問品おくるときいっしょに送りましょう。きっと、これをかぶって、炭坑《たんこう》のおじさんたちもにわとりおどりや、おさるおどりをなさるわ」

葉子たちの歌の家《いえ》には北海道《ほっかいどう》の炭坑《たんこう》のおじさんたちから、ときどきみんなの手紙をまとめて送ってきたり、炭坑《たんこう》の新聞がきたりする。日本じゅうの人々の心をさむくしたP炭坑《たんこう》の大火《たいか》のとき、葉子は、子供たちの家《いえ》とも相談して、村の家々《いえいえ》として出来るだけの慰問品《いもんひん》をつくって送ったのだった。

歌の家《いえ》の子供らの言葉や歌はことに炭坑のおじさんたちに喜ばれた。それから炭坑《たんこう》のおじさんたちとの手紙のやりとりがはじまった。炭坑《たんこう》からも小包がきて、北海道《ほっかいどう》の昆布《こんぶ》やわかめといっしょに大きな石炭《せきたん》の塊《かたまり》がとどいたりした。

葉子は、石炭《せきたん》を棚《たな》にかざってその大きな塊《かたまり》をつくずくながめ、実にきれいだとおもった。黒ダイヤといわれる名のとおり地上にあるものとはまったくちがった深い光《ひか》りをふくんでいる。

「葉子お姉ちゃん、にわとりおどりってどんなの?」

「にわとりに習うのよ、それは」

「ああ、そうだ。こけっこうこうってひょいひょいと飛んで、足で砂をかくんだよ。あっちこっちに首をきょときょとまげて、ときどき羽《はね》をバタバタさせりゃいい」

八《や》っちゃんがそういいながらやって見せた。ほんとににわとりがとんでるようだった。やあ、にわとりやっちゃんやーいと、みんなおもしろがってはやした。

「にわとりおどりを、絵にかいて送ろうよ」

リサが、じぶんのおもいつきにはずんで大きな声でいった。そこへ、ちょうど炭坑《たんこう》からの手紙がとどいた。

「あら——舞坂《まいざか》ハツミって、女の人だわ」

葉子は、北海道P炭坑《たんこう》の名の印刷してある封筒にしるされたはじめてのその名を、めずらしくじっとながめた。

中《なか》 里《さと》 葉《よう》 子《こ》 さ ま

舞《まい》坂《さか》ハツミ

炭坑のためにいつも貴女《あなた》や、小さい子供さんたちがよいおたよりをくださるのを、私はかげながらよませていただいていたものです。わたしは、この炭坑《たんこう》の寮《りょう》に働いています。寮《りょう》というのは、ほうぼうから鉱山に来られる人をおとめしたり、またヤマ（炭坑《たんこう》のことをこういいます）の人たちの集りにつかうのです。

坑内《こうない》に働く人々は、どんなに*内地《ないち》の人たちのたよりをうれしがっているかしれません。みんな元気でやるぞと勇気をふるいおこされます。

わたしは、五年まえの坑内《こうない》のバクハツで父を失い、こんどの大火《たいか》で母を失いました。小さい弟と妹が一人ずつあり、叔母《おば》の家《いえ》にあずけて働いていますので、あなたや、子どもさんたちのおたよりがことに身にしみます。

ただいま小包をお送りしました。これは、山のきのこをほしたものです。ぜんまいもほしたのを入れました。水にもどしておつかいください。きっとお汁《しる》の中で北海道の秋の匂《にお》いがします。いまは春ですが、まだ花はひとつも咲きません。花はないけどもう春だといううれしさをいっぱいはき出すように土がしめって湯気《ゆげ》をたてています。

みなさんに、いちどおあいできたらとおもいますが、北海道《ほっかいどう》の炭坑《たんこう》に生まれて炭坑《たんこう》に育ったわたしは、一生北海道《ほっかいどう》で暮らすことでしょう。けれども、わたしは決してさびしくおもいません。父と母とがその一生を生きた山を愛し、何かしら山のためにささげられればとおもっております。では小さい子供さんたちひとりひとりによろしく、お元気でいらっしゃるように。

さようなら

よみおわると、その意味を、幼い子たちにもわかるように話してやった。そういう時《とき》の子どもたちの美しい瞳《ひとみ》のかがやきを見ると、葉子は、人間って、誰でも、きっと心の底に美しいものをもって生まれてくるのだとおもわずにいられない。

日がおちそうになった。葉子は、まさおばさんが帰ってくるまでに、お舟のそうじをしておこうと思って舟にのった。まだ、そこに、あの女学生たちの匂《にお》いがするようだった。その香《かお》りを心に味わいながら、葉子は、持ってきたほうきで舟の中をはこうとしてかがむと、何か白いものが舟の中にわたした木の下に見える。

葉子は、何だろうと手にとってみた。さっきの女学生がくずものをまとめてすてるためにおいたのだろうかと思ったが、あまりていねいに包んでしばってあるので、ひもをといてみて葉子は、あまりの思いがけなさに、あらッと声をたてた。

『美しい思いの記念として感謝とともに』と書かれた紙に葉子のひとみは吸《す》いつけられた。美しい思いの記念……、あたしこそ、……葉子はつぶやいた。

「まあ、このお花、ブローチ、あの人たちの胸についてたのよ！　そのほかのなにもかも、みんな、あの人たちが、こころをこめてのこしてくださったことがわかるわ」

見つめているうちに、ありありと、みんなの顔がうかび、あの歌声がひびいてくるようだった。

「ああ、あのひとたちは、どこの人だろう。せめて学校でもわかればいいのに」

葉子は、こんな美しい心の人たちがいることで、とても幸福なきもちがしていたが、このまま一生たっても、あの人たちがどこの誰だかわからないということを考えると、うれしい思いと同じぐらい、いらだたしい気がした。

金の蝶《ちょう》

「ひささん、これじゃおかしいかね。この黒紋《くろもん》つきの羽織《はおり》さ。これを着てったら、なにわぶしかたり*のようでおかしかろうかね」

まさおばさんは、久《ひさ》しぶりにきちんと髪をつかね、そのにぎりこぶしほどのたばね髪《がみ》を、むかしいちょうがえしにさしていたさんごの小さな玉かんざしで頭のてっぺん近くにとめ、白えりのじゅばんをそろえたつむぎ手おりの袷《あわせ》に、帯《おび》はとっておきのさらさをしめた。

そして両手で大きなあげは蝶《ちょう》の紋《もん》が三ついている黒木綿《くろもめん》の羽織《はおり》をひろげて、葉子《ようこ》の母に相談をしかけた。むっくり肥《ふと》った頰《ほお》はあかく上気《じょうき》して、子供のようにきらきらした眼《め》が、うれしいことを待ちもうけているようにかがやいている。

「おまささん、なにわぶしかたりのようじゃないけど、紋付《もんつき》着たら、正月のお年始みたいじゃないかしらね」

陽《ひ》のあたる店のそとの縁にすわっていた葉子の母は、ひょうきんにいった。

「羽織《はおり》はいらないかね」

「汗びっしょりよ。おまささん、もう一度ぬいで着なおさなきゃあ」

鶏《にわとり》たちが白い羽《はね》を昼すぎの陽《ひ》にふくらませて、土をつついている。うちの前の大きなアカシアの樹《き》のこずえから、ときどき花の匂《にお》いがむせるように流れてくる。この匂《にお》いをかぐと、お腹《なか》がくちくなるからふしぎだよ、といった康夫の言葉が、チクリと葉子《ようこ》の心のなかをはしった。

「なにね、西村《にしむら》さんからわざわざこの葉子のことで話があるから来てくれっていうのは、きっと葉子ちゃんの運のむいてくることにちがいないもの。お正月よりゃ、めでたいやね。それに、わたしゃ、この村に十何年も住んでいるが、助役《じょやく》さんのうちにお客によばれていくなんてこたあ、まだ身に覚えがないし、おもってもみやしなかったものな」

大きい三《み》つ紋《もん》の羽織《はおり》をはおりながらまさおばさんは、わくわくしたような声である。

葉子も、母のそばで英語の書取《かきとり》をしながら、胸さわぎをおさえかねていた。

「しかし、そりゃ、どんな話かわからないよ。おまささん」

「そりゃ話のうちまくは行って聞いてみなきゃわかりはしないが、いい話にちがいないよ。かねがね長子《ちょうこ》さんからの話でも、あそこの助役《じょやく》さんは、たいそう葉子を見込《みこ》んどられるそうだでな、あそこの離れを葉子に日曜学校をやるのにつかわせてくださってるくらいだものね」

葉子は、西村のじいやさんが使いにきたとき、自分に光明《こうみょう》のたよりがまぢかにせまった心のたかまりをおぼえた。しかし、また大きな不安がわきあがった。そんな虫のいいことを考えることを恥じた。

「もう、葉ざくらの陽気だから、おまささん、そのまわたのふいた黒紋付《くろもんつき》はよしなさいよ」

「だって、それだといって礼式《れいしき》の羽織《はおり》は正月に一ぺん着るくらいだもんでな。綿《わた》ののべてあるこれ一枚しかないものな」

「袷《あわせ》に帯《おび》でいいじゃありませんか、そんなに改まらんでもね」

「なにね、その帯《おび》がね、巾広《はばひろ》の帯なんかしめる時《とき》はないと思って、人にゆずって、半巾《はんはば》ばかりなんだよ」

葉子の母は、自分の子のために行ってくれるまさおばさんに気《き》の毒《どく》で、言葉もなかった。

葉子の母も、ほとんど着のみ着のままにまで売りつくして、ここに来たのである。

「いいよ、ちょっくら、一本松のおきよさんとこにかけてって借りてくるから」

まさおばさんは、土間《どま》の草履《ぞうり》をつっかけてもうかけ出していた。あわてて、紋付《もんつき》のはおりを着たままである。

「あら、おばさん、あんな綿《わた》のはいった羽織《はおり》着て、かけてって、どんなにあついでしょう」

もう、ぬぎなさいよと声をかけてもとどかないくらいの先を、まさおばさんは、ころがるように走っていくのだった。

しばらくして、

「あーあ、ひどいめにあった」

とふうふう大きい息をしながら、それでも、しゅすの帯をちゃんと結んでもらって帰ってきた。

「綿のふいた羽織《はおり》で汗だくでかけこんだら、おきよさんびっくりしてたわ。羽織《はおり》あずけてきたよ。ところで、西村さんへの土産《みやげ》ね、あのうなぎ、どうだろう。けさ、川上《かわかみ》の六蔵《ろくぞう》さんがくれたの、生きがいいから、あれがよかないかとおもうんだがね」

「何から何まで、しんぱいかけて、すみません」

葉子の母は、じぶんがかけてきたようにひいたの汗をふきながら礼をいった。

「何をいうのさ、こうしておたがいにたよりない身になった同志《どうし》がよりあってるんだもの。そんなに他人ぎょうぎにお礼などいうことがいるかね。それに葉子ちゃんの運がむいてくることしか、お互《たがい》のたのしみはないものね。ところで、うなぎを桶《おけ》から出して、籠《かご》に入れなきゃならないが、……葉子ちゃん、ちょっと、あみの口をひろげて、持っておくれよ」

「はい」

うなぎは、三匹、土間《どま》の桶《おけ》の水の中で輪になって動いていた。葉子があみの口のところをひらいて両手で持つと、おばさんは、たも(手網《てあみ》)でうなぎをしゃくってそこへうつそうとするけれど、なかなかうなぎは、たもに入ろうとしない。

「こんなの、手でつかみや、わけないいんだけど、わたしや、どうも長いもんはぶきみでねえ、あッまたすべった!」

何度もたもからぬるりとすべりおちるのを、ようやくしゃくって籠《かご》の口にうつそうとする時《とき》、うなぎは、すっとのびて、土間《どま》にはいだした。

「あれッ、ひささん、逃げたよッ、誰かつかまえておくれッ!」

誰かといっても、葉子と葉子の母だけである。葉子の母は足の関節《かんせつ》がいたくて、やっと歩ける身体《からだ》ではとてもうなぎとおっかけっこはできない。

葉子は、こわごわほうきをもっておいかけた。おさえたとおもうと、うなぎは、するりとぬけて右に左に身をゆりながら逃げていく。

「だめだよ、葉子ちゃん、手でなくっちゃつかまえられないよ」

といいながら、おばさん自身も手ぬぐいをもっておっかけながら
「葉子ちゃん、戸をおしめ、外へ出たら川へ帰っちまうよ」

暗くなった土間《どま》で、うなぎは、いっそう自由ににげまわる。

「止《や》めたらどう、……そっとしといて、六さんが来たらつかまえてもらったら」

葉子の母が、ひとり見物《けんぶつ》してるのをすまなそうにいう。

「だめよ、きっと、どこへもぐったかわからなくなってしまうから、……こんなことなら一匹《いっぴき》大きいのだけ籠《かご》にいれといてもらうんだった。ほい、こっちだ、葉子ちゃん、ほら、そっちへまがったよ、はやくおさえなよ……あっ、こっちへ来た、きゃあッ！」

おばさんは、悲鳴をあげていったんとびのいたが、勇気をふるって、顔をそむけ、眼《め》をつぶるようにして、さっと思いきって見当をつけて手ぬぐいをかぶせておさえつけた。

「とったよ！　さあ、籠《かご》！　口をあけて！」

といってる間《ま》に、うなぎは手ぬぐいからのび出して、つかんでる手をするするとぬけようとする。

「あっ、逃げるよ、早く籠《かご》をさ！」

といいながら、おばさんは、ぬけ出すうなぎを追って、両手でかわるがわるうなぎをもちかえるけれど、うなぎはずんずん宙《ちゅう》にのびてにげる。それをおばさんが両手でやっとつかみながら、早くさ籠《かご》だよ！　とどなる。

葉子が大きなざるをもってきて、おばさんの手ごと上からかぶせた。やっと、うなぎは、かごの下にふせられた。

「どこまでも、のぼっていくんだよ。つかんでもつかんでも、すりぬけてのしていくんだよ。ああたいへんだった。気味《きみ》わるいも何も忘れてしまったけど、手が、こんなにぬるぬるしたよ」

「おまささん、うなぎのぼりってまったくだね。宙《ちゅう》にまっすぐ棒《ぼう》のように立って、まるで空へのぼるようなかっこうでにげるものね」

「だから、えんぎがよかろうよ。うなぎのぼりまでためして土産《みやげ》にすればね」

大活躍《だいかつやく》でだいぶ弱ったらしいうなぎが、おばさんに遂《つい》に籠《かご》にいれられた時《とき》、おばさんのせっかくの帯《おび》はくたくたで、おたいこ＊はだらりと長くたれていた。

大さわぎの土産《みやげ》をたずさえて、まさおばさんは、それでも意気揚々《いきようよう》として出かけて行ったが、やがてあんがいに早く帰ってきたおばさんは、行きとはまるでちがって、顔色も青ざめ、力ない足どりで土間《どま》にはいってきた。葉子は土間《どま》のかまどに枯枝《かれえだ》をもして、おやつの茶をかけていた。今日もきのうも、子供たちがひとりも来ないのは、どうしたことかとおもいながら、ポキポキと枝をおった。

「お帰んなさい、おばさん、ずいぶん早かったのね」

葉子の母も土間《どま》につづいた板の間《ま》まで出てきて、

「お帰んなさい。ごくろうさんでした」

早く様子《ようす》をききたいのだった。

「とても、あついあつい」

おばさんは、なぜか二人のほうを見ないようにして、手拭《てぬぐい》をとって、しきりに顔や首の汗《あせ》をふいていたが、その手拭《てぬぐい》を、いきなり、おばさんは、くしゃくしゃにして握《にぎ》りしめたと思うと、両方の眼《め》をおしぬぐった。

「何ちゅうはや、ばかばかしいこったあね、まるではや、話にも何にもなりゃしねえや」

おばさんの眼《め》からは涙があふれ出ているのだった。くしゃくしゃにして握《にぎ》った手拭《てぬぐい》で、涙も汗《あせ》もいっしょこたに顔じゅうをこすって、水がめのところへ行って、ひしゃくでコップになみなみついだ水を二はいつづけざまにのみほすと、おばさんは、やっといくらか落ちついてきたようにあーあといって、あがりがまちにどかっと腰をかけた。

「どうしたの、おまささん、なにか途中《とちゅう》でまちがいでもあったんじゃないの?」

おばさんのふんがいのはげしさに、葉子の母は、ただ事《ごと》ならぬものを感じた。

「途中《とちゅう》どころじゃないいんだよ。先方《せんぽう》でいきなり大まちがいもとんだ大まちがいの話をはじめるのさ。わたしゃ、こんな無学な女だけど、あの、西村のおじさんが、あれほどのがんこものだとは知らなかった。まるで、頭でものを考えることのできる人間のいうことじゃないんだよ」

「それで、いったい、どうしたというんですの? 話の筋《すじ》は? わざわざよびに来たのは、何のためですの?」

「昨日今日、ここへ村の子供らがひとりも来ないだろう、そのことさ。あそこでは、ちゃんと町から女学校卒業生をやとってきて、託児所《たくじしょ》っていうんだか、幼稚園っていうんだかをはじめてるのさ。きのうからだといったっけ。コドモの家《いえ》と書いてあったよ。横の木戸に看板《かんばん》が出ていたがね。向《むこ》うのいうには、村の子供にまで、ダンスをさせるのを、わしは見ちゃいられん、あのあんたとこの東京《とうきょう》から来た娘は、たいへんまじめな娘だと思って信用をかけて、家《いえ》まで使わせてたが、利助《りすけ》の話では村のダンス組の連中《れんちゅう》と仲間《なかま》になっとるそうな。わしは、ダンスは、ぜったい反対ですぞッ、そのくらいのことは、あなたも知っていなさろう、って、あのおじいさん、髪の毛のない頭のてっぺんまで真赤《まっか》になって私にどなりかかるのよ」

「まあ、そんな話だったの？　それで、おまささん、何といって？」

「こっちが何といったって聞くもんかね。何も耳にはいらないほど、カンカンになってたわね。だから、またたく間《ま》に、用意した日曜学校へも町の教会から先生を迎《むか》えることにしたから、今後いっさい足ぶみしてもらうまいっていうのさ、村の若い者がどんなに、まじめにいい音楽をもとめていて、ダンスもよくなったかをいおうとしても、あんたがそんなだらしない気だから、あの子も、仕様《しよう》のない村の踊《おど》り仲間《なかま》に引きこまれたんだと、てんで、悪者のようにののしるんで、わたしゃ、もうくやしくなってしまって、いくら助役《じょやく》さんでも、村の家柄《いえがら》でも、そんなに頭からひとを悪い者にきめてかかる権利がありますか、とわたしもつい言い返したよ。すると、あんたに理《り》くつを聞くわけはない。悪いものは悪いんだ。これから、長子《ちょうこ》とも、決してつきあいしないようにしてもらう。村の子たちは、大切《たいせつ》なさきざきの村の柱になるんだから、いたずらおどりをおしえるような娘のところに近づかんように、そっこく、コドモの家《いえ》をつくったから、コドモの親たちもみなよく諒解《りょうかい》して、わしの方《ほう》であずかる話がすんだ。わしがあずかったからには、わしの大切《たいせつ》な子供たちに、けっして悪知恵《わるぢえ》つけてもらわんように、一切《いっさい》かかわってもらわんように、しっかと、あんたにいいわたしましたぞって、……あんなに、葉子ちゃんが、子供を可愛《かわい》がったのに、悪知恵《わるぢえ》とは何だろう、……わたしゃ、もう、それをきくと、何と叫《さけ》んでいいかわからんほど腹が立ったけど、あとあとで、葉ちゃんのめいわくになってもとおもってね。長子さんと顔合わすこともあろう、若いもの同志《どうし》は、またべつだからと、かんしゃくのわたしがやっと、胸をおさえてかえったのだよ」

たてつづけにはなすおばさんは、胸のどうきをまだしずめかねて、大きい呼吸であえいだ。

葉子は、胸につまるものがあり、言葉もなくただおばさんにお茶をすすめてうつむいていたが、ふしぎに怒《いか》りの感じは少しもおこらなかった。かえって、ひやりと胸をうたれる反省がつよかった。

「葉ちゃん、ごめん、あけすけに、おばさんはきいたことみんないってしまったよ。くやしいだろうけど、相手は、何でもできる村のお大尽《だいじん》だもの、まあ、あきらめるさね」

「おばさん、子供たちには、きっとその方《ほう》がいいのかもしれないわ。ちゃんとした人が、子供たちを責任もってあずからなくちゃ、あのままじゃ、とてもたいへんだし、もしもそうでもあるとたいへんだとおもってたの」

「それにしたって、しぜんにあつまってきた大勢《おおぜい》の子をあんなにかわいがったことをしって、感心していたものが、急に手のうら返す悪口雑言《あっこうぞうごん》だろう、あんなひとに、日曜学校やコドモの教育ができたらお目にかかりたいよ」

「だって、あたしだって、いいかげんでたらめだったし、手がとどかなくて悪いくせもうつりあうことがあって心配だったの。それに長子さんがいらっしゃるからきっとよくなるわ」

「まあ、何とか考えようをつけて胸をおさめるのさね、こうなりゃ、ほんとうのうなぎのぼりはこれからだ。おばさんが夜の目を寝んでも働いて、葉ちゃんを町の学校へあげて、さきざきは、大学まであげて、りっぱになってもらいますよ」

おばさんは、また、自分のことばに胸をつかれて目をぬぐった。葉子の母もそっと涙をふいて、

「わたしも、きっと丈夫《じょうぶ》になって、何とかします」

表には、舟に乗る人があつまっていた。葉子はすぐ舟を出さなくてはならない。岸の柳が美しくみどりの枝々をたれてゆれている。葉子は、さらさらと頬《ほお》にふれる柳の木の下をくぐり、舟にうつると心がすんでくる。あたしは、自分の身にその資格もないのに、ほんとに出すぎたことだったとおもう。こんなに言われこんなことになるのは当然のような気がする。でもダンスのことは、もっとほんとに考えてもらうことができなければ、村の青年や娘さんたちが気《き》の毒《どく》におもわれた。

向う岸に舟の客をおくって帰ってきて、葉子は、お風呂《ふろ》をたきつけ、鶏《にわとり》の小屋のそうじや、庭はきに、いそがしく働いた。

晩春《ばんしゅん》の日もようやくたそがれかけた。鶏《にわとり》たちを小屋に入れ、夕日の美しさをじっと見つめた。ここへ来てすぐ葉子がたねをまいたスイートピーが、鶏舎《けいしゃ》をかこんでいっぱい色とりどりの花をひらいて

いる。ピンクや紅《あか》や、白や、みんな花たちは希望そのもののように生き生きと明《あ》かるくさえて、ほのかな香《かお》りをただよわしている。

「葉子さん……」

スイートピーのかげから、そっとよぶ声がした。

「あら、長子さん」

ひやっとした。きょう、あんなにおじいさんが怒《おこ》ってらしったというのに、どうしたのだろう?

「長子さん、どうなすったの?」

「ごめんなさい、葉子さん、……あたし、あやまりにきたの。おじいさんたらだめなのよ。むちゃくちゃなこといって」

「長子さんに心配させて、わるかったわ……」

「あたし、おじいさんに、うんといったけど、ダンスがきらいだもんで、とてもだめなの。いくら葉子さんのほんとのこといっても、きかないんだもの。しまいには、おじいさん、どうかしてるとおもって、こっけいになっちゃったわ。だけど、悲しいわ。もう葉子さんに、うちに来ていただけないなんて、何てへんなことになったんでしょう」

長子は、姉のようにおもう葉子の肩に手をかけて、言葉をつづけた。

「長子のこと怒《おこ》らないでね、これ、葉子さんもってて。長子のいちばん好きなのだから」

長子は、自分の白いブラウスの襟《えり》から金いろをした蝶《ちょう》のブローチをとって、葉子の水いろの薄《うす》い毛糸の上衣《うわぎ》の胸にとまらせた。

「蝶《ちょう》でしょ、だから長子とおなじよ。またあたし、遊びにきてよ。きっとたびたび来てよ」

長子は、虹《にじ》のような色の格子じまになったスカートをひるがえして涙が出てこない間《ま》に、と自分に言いきかせながら飛んでいった。時々ふり返って手をあげる長子に、葉子は右手をあげてはこたえながら、いつまでも立っていた。その胸に夕陽《ゆうひ》をうけた蝶《ちょう》がまばゆい金色に光っていた。

ほんとうの心

「ひどいわ、ひどいわ、……こんなひどいことってないわ!」

かん高い声で口ばしりながらさかえは、足をふみならした。

紅《あか》い皮のノートが、きちんとテーブルの上にあり、寒《かん》バラのあとのつぼみが小さく咲きかけたままいじけている。康夫《やすお》の去ったあとの部屋は、急にさみしい広さを感じさせた。

紅いノートのページをめくってみた。けれども、その二冊のどっちにも、康夫の書きのこした言葉はなかった。

「きょう、教会へまわって、せんの牧師さんのところも聞いてきたわ。のばしのばししてたのはいけなかったけど、葉子《ようこ》ちゃんのあのすました冷たさが、あたしに、そんなことをさせたのかもしれない」

さかえは、いま帰ってきて、母から康夫の去ったことを、茶《ちゃ》の間《ま》にはいるなりきくと、さんざん怒《おこ》りたてた。

「そんなことするのならわたしも考えがあるわ」

と、おやつのココアもなかも見むきもせず、離れに突進《とっしん》したのだった。何か、嘘《うそ》のような気がする。そこに、まだ康夫がいるような気がするのだった。さかえは、洋間《ようま》の書棚《しょだな》にかかっているカーテンをあけてみたり、日本間《にほんま》の押入《おしい》れを、何べんもあけたりしめたりしながら、ひどいわひどいわ、とくりかえした。

さかえのあとから母も康夫のいなくなった部屋にはいったきた。

「さかえ、まったく、康夫さんも変《かわ》ったよ。あんなに陰気《いんき》じゃなかったのに、……母さんは、いきなり、きょう出てくださいなんていったんじゃないよ。ていねいに笠原《かさはら》さんの会社のほうへお世話するっていったんだよ。それは、せっかく出したご飯《はん》もたべずに行ってしまってさ。きょうまでいっしょにいたのに、何ていうことだろう」

母はこころの片《かた》すみには、あの時《とき》、さかえの帰らないうちに立ってほしい、という気もちがひらめいたことをひやりとおもい出しながらそういった。

「そりゃ、そんな話はじめれば、すぐにも出ていくのあたりまえよ。康夫兄さんが陰気《いんき》になったってそりゃ、あんな境遇《きょうぐう》になって、それで快活《かいかつ》でいられたらおかしいわ。狂気《きょうき》のさたよ。母さんは、何でもあたしの考えてること打《ぶ》ちこわすのね。こんなひどいことってない」

いまは、ハッキリ、どんなに自分が康夫を心のたよりにしていたかがわかる。富貴男《ふきお》たちと、あんなに遊んだのも、康夫がむっつりと打《う》ちとけてくれないことへの反動だったという気がする。

お兄さん、どこへ行ってしまったの……自分が、康夫を心の友、心の兄としてどんなになつかしみもとめているか、身にしみるとともに、わがままなさかえは、だまって行った康夫がむしょうに腹立たしくなるのだった。

「母さん、あっちへ行って！　母さんに、なにを話しても仕方《しかた》ないわ」

「何ですね。あなただって、康夫兄さんは、話せない、ちっとも仲間《なかま》入りしてくれないってふんがいしてたじゃないの。当然《とうぜん》去る人が去ったんじゃないかね。母さんは、そうおもうね。とうてい、親しくできっこないよ」

さかえの心には、それをうなずくおもいと、それでも康夫の世界とは、けっして自分の生きてゆく道は別々のものではないという気もちとがもつれて、さかえの心はいらだった。

「いいことよ。そんなこと、お母さんがきめてしまわなくたって」

さかえは、もうそのことは忘れたように寒《かん》バラのつぼみが、花瓶《かびん》のなかで小さく咲きかけて、そのままをしおれそうになっているのを見ていたが、それをつみとるとそこにあった日記の間《あいだ》にはさんで、バレエの白鳥の湖の音楽の一節のメロディーをはなやかにくちずさみながら、部屋を出ていった。

さかえは、それから、快活《かいかつ》な日と沈《しず》んだ日との差がはげしくなっていった。

学校を休んで、元気いっぱいで鎌倉《かまくら》の友だちの別荘に行ったり、劇団の人といっしょに名古屋《なごや》の公演に行ったりするかとおもうと、神妙《しんみょう》に部屋にこもって劇の本によみふけっている。

「あー何か、おもしろいことないかなあ、うんと面白いことないかなあ」

ときどき大きな声でそういうのが口ぐせだった。

富貴男たちはあいかわらず夜毎《よごと》のようにさかえの家《いえ》にあらわれた。さかえは、この頃《ごろ》めったにおどらない。みんながきてもひとり本を読んでいることがあるかと思うと、とつぜんのように面白《おもしろ》いことはないかなあといったりする。

「面白《おもしろ》いことをさがすまえに、さかえちゃんが何をおもしろいとおもってるかが問題だ」

「頭のよさそうで、じつはその反対のことというわね。なにも面白《おもしろ》いとおもってないから、なにか面白《おもしろ》いことないかなあって叫《さけ》びがでるんでしょ」

富貴男は、やっつけられても、けっして、不快《ふかい》など感じないふしぎな性格の持主《もちぬし》のように、いつも笑ってそれをじょうだんにしてしまう。

「だって、どんなことしてみたいとか、あんなことなら面白《おもしろ》そうだとかってことがあるだろうじゃないか」

「それがあれば、もんくはないけれど」

さかえは、立って、ひとりで、白鳥のおどりの形をしながら部屋をまわった。

富貴男は、ピアノをあけて、すぐその曲をひいた。富貴男のピアノはそうとう上手《じょうず》だったが、さかえはピアノなどは耳にはいらぬように、おどりをすぐやめて、富貴男のところへ行ってピアノのふたをした。富貴男は叱《しか》られたように首をすくめ、

「さて、今夜のお姫《ひめ》さまのプランは、……映画ですか。ダンスにあそばすか……それとも英語のレッスン？」

「何もかもあきあきよ。ただちょっとね、面白《おもしろ》そうなことがあるんだけど、ほんのちょっぴり」

「少しだって、面白《おもしろ》いことならたいしたもんよ。何ですその面白《おもしろ》いことってのは」

そういう早見《はやみ》レイ子《こ》につづいて、

「あたしたちも面白《おもしろ》いことにあいたいわね」

ツネ子《こ》が、やっと自分のいうことがみつかったように、ねむそうな声をだした。

さかえは、そんな言葉を聞かないもののように、何事《なにごと》かじっと考えていたが、大きな目でみんなを見まわし、

「今夜のことじゃないけど、ちょっと行ってみたいところがあるの。みんなも興味があれば、ちょっと遠いけど、日がえり旅行よ。こんどの日曜日にでも行ってもいいの」

うわあッ旅行！　すごいなあ、というような声をさかえは、ひややかに聞き流して、

「ちょっとおもしろい村らしいの。きのうの朝の新聞にあったでしょ。村の青年たちが野良着《のらぎ》すがたでダンスをやってる写真が出てたわ」

「ああ野良《のら》ダンスうつり変《かわ》りって題で、輪になっておどってたわね。ふたりで組んでる人もあり、ひとりでおどってるのもあり、おもしろいとおもったわ」

宮野多津子《みやのたづこ》が熱心にいった。

「なんだ、わざわざ田舎《いなか》のダンスを見に行くのかい、たいして気のきいたことでもないね」

「田舎もいいわ。春の村のダンスの野趣《やしゅ》もいいかもしれないわ」

それらの言葉を、さかえは、また聞き流して自分の眼《め》のまえから消えないあの新聞の写真をおもいうかべていた。その村のダンスの写真にはアコーディオンをひいている少女が横向きに立っているの

だが、さかえは、それを見たとき、おや？　とおもわず声をたてた。ズボンをはき、髪をおさげに後《うしろ》にたばねているそのほっそりした身体つきや、首をかしげるくせなど、葉子にそっくりだとおもったが、新聞の印刷はかすれていてかんじんの顔は眼鼻だちの正確さを失っているのだった。それでもそのためかえってかげ絵のように、鼻の形やあごのあたりが葉子にそっくりの線を見せているような気がした。

あの葉子が、ダンスの伴奏《ばんそう》をしていようとは、どうしても信じられない。けれども見ていると、しだいにそれは葉子の顔になってしまう。さかえは、その新聞をカバンに入れて学校にもって行った。写真のところを上にたたんで、時間中《ちゅう》に何度か出して見ずにいられなかった。葉子のクラスで葉子の親しかった人々に、葉子のことをそれとなく聞いてみたりしたが、だれも消息《しょうそく》をしらなかった。

その写真は、母にもいわなかった。

引越《ひっこ》したころは、葉子のことは忘れてしまおうとさえおもった。康夫のことを昔のままになつかしんでいながら、葉子を忘れようとする矛盾《むじゅん》に苦しめば苦しむほど、さかえは心の中で葉子にいじわるになっていった。

葉子は完全にもう自分から遠い存在になってしまったとおもうことで、心の平静をたもつのだった。康夫があらわれてから、また、葉子はぐっとさかえの心にちかくかえって来た。康夫が葉子の居所《いどころ》を知り、あの葉子の家《いえ》へ帰ったら、康夫とのこれからのつづきあいは、当然《とうぜん》絶《た》たれてしまう。それが、さかえの一番大きな不安だった。けれども、康夫が去ってしまい、その後《ご》一本のはがきさえ来ず、康夫との間《あいだ》がとつぜんにこうした悲しい結果になってしまったことは母の態度によるものだとおもうと、さかえの一切《いっさい》の不満はそっちのほうに向かい、葉子にいままで抱《いだ》いた感じは、彼女自身ふしぎに思うほどひっくりかえったものになってしまった。

いまは、自分と葉子とが、康夫を兄と思うことで同じ立場にあることをはっきり感じた。それが、今までどうして反対の感情で葉子に向かっていたのだが、自分でもがってんがいかないくらい葉子への反撥《はんぱつ》は消え、葉子の素直《すなお》なしずかな善良《ぜんりょう》さが霧《きり》がはれてうかぶ美しい風景のようにはっきり心にうつってきた。

葉子さんが、お兄さんお兄さんというのは当然《とうぜん》だわ、あたしは、いったい何を葉子さんにおこってたのかしらとおもう。自分がのけものにされるように感じ、葉子さんひとりの兄さんじゃないと反撥《はんぱつ》していったのは何とおろかなことだったのかしら、……とさかえは、自然にそれをさとった。

この写真が葉子さんじゃなくてもいい、行くだけはどうしても行って見よう。……それほど深い心になりながら、さかえは、やはり富貴男たちといっしょに行こうと誘《さそ》うのだった。ひとりっ子のさみしがりで、気のつよい明《あ》かるいことの好きなさかえは、ただにぎやかなだけの友だちだと承知《しょうち》しながら、そのにぎやかさを必要とし、そしてそのことのために、いっそう淋《さび》しさを得てしまうのだった。

「どうも、さかえさんは、変ったな。詩人だか、変人だかのお兄さんの影響がたぶんに現《あら》われて、ときどき、ひとりで考えこんでさ、さあ、行くなら行くときめよう」

笠原富貴男は、さかえの母から康夫のことを聞いていると見えて、康夫を軽くあしらったようないい方《かた》をした。

「富貴男さん、失礼なことをおっしゃると、あなたがいよいよ下品《げひん》に見えてよ」

「いよいよとは?」

さすがに富貴男も色をなしたが、さかえがいささかもたじろかず、その顔をきっと見返したので、富貴男は、ついに眼をそらし、

「おもしろくねえ話、よそうや」

とつぶやくようにいった。

「あらご自分がいい出したのよ」

多津子がツネ子と顔見あわせて笑った。

「行くわ。あたしは行くわ。明後日《あさって》の日曜日。Mデパートから出る電車で、あさ九時集合。二時間でつくのよ。それからバス」

もうさかえはきょう学校の帰りに、その村への順路を駅でしらべてきたのだった。さかえは、みんなにそれをいうというよりも、じぶん自身にはっきり決心をつけるようにいった。

「あたし、きょうは、ねむい。あさってまで元気を出すのに、もう、ねるから失礼させていただくわ。みなさんで英語のレッスンなさってね」

ほんとに顔色のよくないさかえをみると、みんな不安な顔になった。

「じゃ僕たちも退散《たいさん》しよう。レッスンは、二時間の車中会話をやって、今日のうめ合《あわ》せにするから、みなさん、そのつもりで、勉強しておいてください」

いつも、英語を名としてあつまるこのグループが、雑談《ざつだん》とダンスと街《まち》の散歩、喫茶《きっさ》などに過《す》ごす時《とき》の何十分《なんじゅうぶん》の一も英語の習得につかっていないのだった。そういうでたらめの状態をつくる張本人《ちょうほんにん》の富貴男が、しかつめらしいことをいったので、みんなふき出した。さかえは、だんだんそんな冗談や笑いが、おもしろくなくなったようにだまってよそをむいていた。

早くひとりになりたいと願ったさかえは、自分の部屋にはいると、新聞をひろげ、そこを切りぬいた。やっぱりそうだ、とおもってじっと見入《みい》ると、何ともいえないなつかしさがじんと身《み》うちをあつく走るのがわかる。アコーディオンをひくなんて、葉子さんだ。きっと。涙のうかぶ目でじっと見ているうちに、次第《しだい》しだいに、ちがうとおもえてくる。ちがうとおもうとさみしさがぐっと心にくらく

ひろがっていく。ああ、こんなにも、じぶんは葉子ちゃんを愛していたのか、とさかえはいまさらにおどろき、ぼんやりと写真を見つめていたが、涙があふれてポタリポタリと新聞におちた。

「葉子ちゃん、ごめんなさい。あたしは、あなたを憎んだわ。きらいになったとおもったわ。それはあなたがわたしの道について来なかったからなの。なまいきに、わたしを導《みちび》こうとしてるとおもったわ。お兄さんを、自分だけのものとして、わたしをいつも自分とお兄さんからはなしているとおもったの。みんなわたしの誤解かもしれないわ……」

川の名

日曜日の電車はこんでいたが、空は晴れてめずらしく風もなく、いいひよりだった。さくらのつぼみは枝々にぎっしりつやつやとひかり、美しい緊張《きんちょう》にみちていた。この清らかさにむかって、さかえは、眼《め》をかがやかせ、いままでにないはりつめた思いで、胸のなかに美しいリズムが鳴りひびくようだった。葉子ちゃんを可愛《かわい》いとおもうおもいをとりかえしたことは、こんなにも幸福なことだったのかと、さかえは心のふしぎにおどろいた。何もかもが春の光《ひか》りの中でよみがえってきたのだ。さかえの眼《め》にふれるものはみんなかがやいて見えた。

「ああ、すばらしい……」

声に出すのもおしい喜びだったが、さかえはおもわずあふれるようにつぶやいてしまった。

「まったくすてきだな。春の来るということが、こんなに人間に明《あ》かるいきもちをあたえるとは」

このごろ、富貴男《ふきお》が、ときどききわ立って文学的なものの言い方《かた》をするのが、かえって妙《みょう》にさかえの心をそむけさせることがある。

一行は、やはり笠原のほか矢川友一《やがわともいち》と多津子《たづこ》とレイ子《こ》とツネ子《こ》だった。ふたりの青年は、見るからに浮き浮きした色の背広《せびろ》、さかえは、灰色のズボンに淡《あわ》いピンクのもようあみ毛糸のカーディガン、えりもとに純白のブラウスがすがすがしい。グレイの地に小花をちらしたネッカチーフで可愛《かわい》く髪をつつんでいる。あと黄、朱《しゅ》、水色、あざやかな三人三色のワンピースが車内を明《あ》かるくして人目をひいた。

「会話のレッスンは?」

さかえは、まじめにきいた。富貴男は、あいかわらずのひょうきんさで、

「この満員じゃ、口は閉じて眼《め》だけを大きくあけ、窓外の風景におのおのの眼《め》をたのしませたほうが健康的であります。……いまの返事を英語でめいめい心のうちでこたえると、これが今日のレッスンのはじめであって終りであるのであります」

と、しかつめらしくこたえた。

みんなたのしい笑い声をあげた。さかえも笑った。そんなとき、反ぱつ的に苦《にが》い顔をしていたさかえが、いまはそんなに少しも気どりのない罪のない笑いを笑うことができるのは、さかえが葉子と親しくしていたあの幼い日の心をとりもどしていたからだった。

さかえの顔は、見ちがえるほどけわしさがとれて愛らしくなった。誰にでも親しさをそそぎたいほど、なにかしら新しい思いがけないすがすがしいきもちが、心の中にあふれていた。

童話的な伝説でしられたつつじの名所の館林《たてばやし》駅でおり、バスにのるとバスの走る道はしだいにゆったりした平野《へいや》へとつづいていた。

「きっと川があるのよ。ゆうゆうとした川のありそうな風景ね」

さかえが、そういうと、

「ええ、川あってよ。とっても大きいの」

という声がした。小さな女の子の声だった。

さかえは、びっくりして声のしたほうを見た。バスは押しあうほどではなかったが、立っている人も相当にあり、さかえは自分よりあとから乗った人たちをよく気をつけて見ることができなかった。その声は、さかえから入口のほうへ一人おいたとなりにかけている五つか六つくらいの女の子が答えたのだった。都会風に細い三《み》つあみを右左にたらし、紅《あか》いリボンを結んだ頭にし、そのふわふわした茶《ちゃ》いろに光る毛に似あう色白な眼《め》のくるりと大きいかわいい顔をのぞくようにして、さかえは笑いかけた。いまのとつぜんの返事がさかえにはとてもうれしかったのだ。

「おりこうさんね。その川の名、なんていいますの?」

「まだ知らない」

さかえとその子とのあいだの少女がクスクス笑ってその子の肩に手をかけ、

「だめ、久美《くみ》ちゃん、そんな言い方して」

とやさしくたしなめた。

「川も生まれた時《とき》、名をつけるの?」

「いやね、山にだって、川にだって、いつからかついてるのよ」

「だって、川なんて、ここで久美ちゃん、はじめてあったんだもの」

さかえのとなりの少女は、さかえと顔を見合わせて笑った。そして、説明するように、

「この子は、東京《とうきょう》で生まれたんですけど、長いことお母さんが弱くて、きっとどこへもつれてってもらわなかったんでしょう。わたしの姉の子なんですけど、……ついこの間《あいだ》からうちに来ていますの」

「お姉さんは?」

それは、さかえの口のうちで消えた。この幼い子のまえで聞いてはいけないことのような気がした

のだ。

「久美ちゃんのママ、もう病気しないところへ行ってるの。久美ちゃんが、いい子になるようにって、さきに神さまのところにいって、おいのりしてるの」

心からそれを信じきっていて、親しい知合《しりあ》いにつげずにいられないように、眼《め》をみはって、ゆっくりと力づよくいった。それがあまりにひたむきで愛らしかったので、さかえは、おもわず涙がこみあげた。

「ほんとに、なんておりこうさんなの！　あなたのママきっとおよろこびよ」

人がしだいに降りて、席が空《あ》いてきたので、さかえは、その子の向《む》うがわに行って、その子を抱《だ》きよせた。なんて可愛《かわい》い！　と心にくり返しつつ、抱《だ》いたままその子の小さな手を、両手にはさんで、

「お姉ちゃんに、いいお話《はなし》してくだすってありがとう。お姉ちゃんも、あなたみたいに、おりこうさんになりたいわ」

心から、涙がわきあふれてきた。それを、さかえは、指先でそっとぬぐって、その子の手をとった。

久美ちゃんは、つと身をそらして少女の耳に口をよせ、

「長子《ちょうこ》お姉ちゃん、このよそのお姉ちゃん、おりこうになりたいんだって。……ずいぶんりこうだのにさ。おりこうさんだから、もっとおりこうになりたいっておもうんだね」

そのませたささやきは、さかえの耳にもひびいた。まるで大人のようにものを追求《ついきゅう》していくその考え方《かた》にさかえはおどろき、こんな幼い子もあるのかと、生まれ来て、育っていくもののふしぎなはかりしれない個性におどろかされた。

「ほほほほほ。この子は、ずいぶんおしゃまさんですの。うちじゃ、これの若い叔父《おじ》たちが、理論家だの、哲学者だのってからかいますの」

さかえにも聞こえた幼いささやきについて、つきそっている長子お姉さんが弁解するようにいった。

「あたし、こんな嬢《じょう》ちゃん、はじめてですわ。これからお友だちになりたいわ」

「どうぞ」

久美ちゃんがすましていったので、両側で笑い声があがった。久美ちゃんは、にこりともせずすましている。

「A村へいらっしゃいますの」

「ええ」

「つまらないところですのに、ハイキングですか?」

「そればかりでもないんですけど」

「ずっとさきに行かないと、村には宿屋もご休息なさる店もありませんから、よろしかったら、わたしのうちにおよりになりません？」

　長子お姉さんのことばに、久美ちゃんは、眼《め》をかがやかせ、さかえを見あげて、

「それがいいわ。おじいちゃんちは、ひろいの。村長さんちより大きいわ。だから、幼稚園やってるわ。子供いっぱいよ」

「ほんとに、お知合《しりあ》いにでもいらっしゃるのでなかったら、お寄《よ》りになってお茶でもあがってくださいな」

　富貴男たちは、小さい美しい子を中心に、さかえと、も一人、こんなさみしい村にはおもいがけないほど高貴《こうき》な感じの少女とが話しているのを、さっきからたのしむように見ていた。

「もう着きますわ。お寄《よ》りくださいね。久美ちゃんが喜びますから。この子は東京《とうきょう》生まれですから、東京《とうきょう》の方《かた》をとてもなつかしがりますの。町に買物に行くっていえば大さわぎで、東京《とうきょう》に近いほうへいくんだってとびまわりますの。わたしの弟や妹より、この子がわたしにつきまとって……それでも、田舎《いなか》が大好きですけど、……それにおじいさん、……この子のひいおじいさんがまだ大学時代の東京の話をするのがじまんで、新しいことがすきなんですの」

　長子お姉さんの話をきいていて、久美ちゃんがすぐあとをつづけた。

「久美ちゃんのちおじいちゃん、新しくて古いんだって。ダンスが大きらいでしょ、だから、やっぱ

り古いって、正夫《まさお》おじちゃまいってたわよ」

「まあ、へんなこといって、東京《とうきょう》のお姉ちゃまに笑われてよ。……あ、あそこに、正夫おじちゃまいるわ。わたしの兄で大学に行ってますの。いま、春やすみですけど……」

もうさかえにすっかり親しみを感じているらしく、長子お姉さんはへだてなく話す。

「あのおじちゃん、このごろ村のダンスにはいるね。おじいちゃんにないしょね」

「まあ、しょうのない久美ちゃん、……ここの村のダンス、東京《とうきょう》の新聞にも出たそうですけど、変《か》わってますの。兄なんか、村の名物にするってりきんでますけど……」

さかえは、なぜか、おもいがけず話がそうなると、かえって、そのダンスのために来たとは、かるがるしくいえなかった。もっと深い問題がひそんでいたからである。

その時、バスがとまったと同時に、富貴男が、

「やあ、西村《にしむら》君、……君はここだったの」

と正夫に声をかけながら降りて握手《あくしゅ》した。西村正夫とは、大学の英語研究会での知合《しりあ》いだったので、つづいておりたみんなを紹介《しょうかい》して、ひとしきりにぎわった。

「正夫おじちゃま、久美ちゃんね、もうさっき、この東京《とうきょう》のお姉ちゃまとお友だちごっこしたのよ。だからおうちへ、このお姉ちゃまもいくのよ」

と、うれしそうに報告した。

「お友だちごっこか。ハハハハハ」

正夫は、まぶしいほどのみんなをみて、頬《ほお》を紅《あか》くして、

「このチビ坊主《ぼうず》にゃ、かなわない。天衣無縫《てんいむほう》、ひとりで天下わがものと活躍するからな。笠原君また、何でこんなところへきたの?」

「なにね、気ばらしの遠足かたがたこの村の名《めい》ダンスなるものを見学に参じたってわけさ」

「ほう、新聞に出たからね。あれについては、いろいろ珍談美談《ちんだんびだん》、といってもお説教《せっきょう》的じゃないほんとのうるわしい話があるんだ。まあ、うちへ行こう」

「うわーい、うわーい、おおぜい、おおぜい、東京《とうきょう》からきた、おきゃくさまだよ」

久美ちゃんは、はしゃいでかけまわった。

いちばんこわいひと

「いやあ、こりゃこりゃ、おそろいで、……はじめまして、わたしは、西村益三《にしむらますぞう》、この村のやかましや、お目つけ役、にくまれものじゃが、なかなか憎《にく》まれっ子世にはびこるで、いそがしくやってますわい」

とても七十いくつとは見えないしっかりした身体《からだ》に、声も朗々《ろうろう》として、そのりっぱな顔だちは長子《ちょうこ》に似かよったところがあった。

「ぼくは笠原富貴男《かさはらふきお》、……正夫《まさお》君とよく学校で顔を合わせますが、こんどは、ふしぎなご縁《えん》で」

三人の少女たちは、そろいのかざりもののようにかしこまっている。さかえは、久美《くみ》ちゃんにとりつかれて、久美ちゃんから、そっとおじいちゃまだのその他《ほか》のこの家《うち》の人々についての説明を聞かされている。

「おじいちゃまはね、頭がはげるのがとてもこわいのよ。だから、そっと、いいバタを頭につけるの。誰かにそうするといいっていてきいたんですって。ところが、もうあんなにハゲでしょ、だから、ネコが、おつむのバタをなめにくるの。おじいちゃまがねてるときよ。だから、久美ちゃん、ときどき、番をしてあげるの。でも、久美ちゃん、いつか、うちで生まれた小っちゃいネコつれて来てなめさせてみたことがあるの」

「ほほほほほほ、おいたの久美ちゃんね。どんなにしかられて?」

「ううん、ちっともしかられないわよ。君《きみ》ちゃんや、八重《やえ》ちゃんや、カオルちゃんだとおいたしたら、とてもしかられるわ」

それは、長子の弟妹《ていまい》たちだろうとさかえは想像した。久美ちゃんを叱《しか》らないおじいさまの心をおもって、さかえは胸がつまった。どうして、このごろ、あたし、こんなに涙がすぐでるようになったのかしら、とさかえは、自分のこころの変化におどろくのだった。さかえは、小さい時《とき》からなかなか泣かないきかん坊《ぼう》だった。泣けば手のつけられないように泣き、火がついたような顔をしてわめいた。けれども、葉子がすぐ涙ぐみ、涙をこぼしたりするので、そんな時《とき》さかえは、あべこべにいっそうひょうきんになるのだった。

「でもね、うちでは、長子お姉ちゃまたちのとうちゃまがいちばんいばってるの。まちのぎんこうにいってるの。だれもこわくないけど、長子お姉ちゃまのおかあちゃまだけこわいんだって。同権《どうけん》になるとたすかるって、いつもおばんのおさけのあとでいうの。どうけんって、おくさんをこわがらなくなることでしょ」

久美ちゃんは、さかえの耳に口をつけて話すのだったが、だれの顔にもおさえきれぬ微笑《びしょう》があふれた。

「これこれ、久美子《くみこ》、おりこうでないことをいうと、東京へお帰りになって笑われますぞ」

「久美ちゃん、たぶん、おりこうのことといってるの」

とうとう、みんな、がまんできずに笑いをほとばしらせてしまった。

そこへ、久美ちゃんによって紹介《しょうかい》されたばかりの噂《うわさ》の主《ぬし》のこの家《いえ》の＊令夫人《れいふじん》がはいってきた。淡《うす》く化《け》粧《しょう》して、しずかに光るつむぎのしぶい袷《あわせ》に小花もようの帯《おび》、正夫や長子のような大きい子まであるとも見えぬ若々しい姿で三人の幼い子にまつわられ、茶器《ちゃき》をささげてきた。長子は上の子らしく、菓子《かし》器《き》を手に、そのあとにしたがった。面《おも》だちは、長子をさみしくしたようで、ここの老主人の姪《めい》である血はあらそわれず、ととのった美しいひとだった。

「さあ、みんな、お客さまに、ごあいさつよ」

ついて来た小さい三人にいった。

「いらっしゃいませ」

三人の幼い子は、口をそろえてていねいなあいさつをし、かわいく手をついた。

「これは、わが家《や》の＊賢夫人《けんぶじん》ですじゃ。しまさん、これらの方々《かたがた》は、とつぜんこの村へ見えたのだそうじゃが、ふしぎなごえんで、わざわざ家《うち》においでいただいたのじゃよ」

正夫が笠原との間柄《あいだがら》をまたくり返してつたえ、そして笠原がみんなを紹介《しょうかい》する。長子は、久美ちゃんとさかえとの親しみのいきさつを母に話す。久美ちゃんは、しま子《こ》夫人のまえでは、君ちゃんたちをそっと横目で見ならってきちんとしたおすましのまねをしている。

正夫、笠原、大石《おおいし》は青年同志の話がはずむ。そのうちに、いつのまにととのえられたのかと思うようなすがすがしい野趣《やしゅ》のあふれた料理のならんだ客膳《きゃくぜん》が、めいめいの前にすえられた。十五畳《じょう》の二階の広間《ひろま》の南縁《みなみえん》の障子《しょうじ》は開けはなされ、日がさんさんとさしこみ、高いさくらの梢《こずえ》の花は咲きかけている。膳《ぜん》の上にも春はにおい、川魚の焼いたののそばに菜の花のつぼみがそえられて、たのしい色をこぼれさせ、お汁《しる》には、すみれの葉がさみどりのハート形《がた》をしてうかび、つくしの濃《こ》い黄と玉子の黄とにはえてすがすがしかった。

みんなの満足をみて、老人も大《おお》にこにこだった。

「こんな料理を見ると、日本の春をつくづく感じますな」

富貴男は、今日ばかりはかしこまって坐《すわ》りながら、しみじみ食膳《しょくぜん》の上の春を眼《め》と口の両方で味わうようにいった。大いに文学的のつもりなのらしいとおもいながら、さかえは、富貴男がかしこまっているので少し同情したように笑ってレイ子たちと眼でささやきあう。久美ちゃんは、さかえにくっついて離れなかったので、おじいさまのとくべつのはからいで、小さい子たちの膳《ぜん》も出た。しま子夫人はお給仕《きゅうじ》し、長子はさかえのとなりの席につけるという親しみ深さである。

「父は、とくべつ子ぼんのうでございますの。それで、つい私どもで、コドモの家《いえ》というのをはじめてしまいまして、わたしは、即製《そくせい》の園長さんでございます。女学校の国文をちょっと教えていましたので、その方《ほう》の資格もすぐいただきましたが、うちの子だけでも幼稚園のようですのに、村の子がいまでは三十人ちかくもあつまります」

しま子夫人の話しぶりはしっかりとして落ちついている。

「いや、町からも若い娘さんをひとり頼みましたが、まったくこのしま子夫人のおかげで、もってい るわけでしてな。子供は大切《たいせつ》です。わが子、わが孫のいとしいにつれ、世間の大切《たいせつ》さがわかって来ましたじゃ。ことに、久美をこっちにつれて来ましてから、わたしは、子供ってものは、何という大人の思いおよばないおっかないもんかとおもいましてな」

「あらおじいちゃま、久美ちゃんがおっかないの？　なぜよ？　おじいちゃまは、死んだおばあちゃましか、おっかないひとないっていったでしょ」

「あはははは。こりゃ失言したかな。久美坊、おじいちゃまの死んだおばあちゃまはな、このおじいちゃまにとって一番大切《たいせつ》なひとで、りこうなえらい奥さんだった。だからおっかないのさ。おっかないってのはね、だいじで可愛《かわい》いことさ。久美ちゃんが、いまではその奥さんのかわりさ。君ちゃんも八重ちゃんもカオルもそうだよ。何人いても子供はお母ちゃまのおたからと同じだね。だが、久美ちゃんは、久美ちゃんのお母さんのかわりまで、このおじいちゃまがお宝にしてあげんといかんだろ」

三人の小さい姉弟《きょうだい》は、みんなおじいさまにうなずいてみせた。

「いいのよ。おじいちゃま。久美ちゃん、いまだって、久美ちゃん、ママのおたからよ、ママにお話するの、おいのりの時《とき》よ、それから、お手紙だって書くの。うたもいっしょにうたうの。ママは、久美ちゃんのお腹《なか》の中みたいなところにいていっしょにうたってくれるの。きっと、久美ちゃんが、ママのお腹《なか》にいたおかえしかもしれないとおもうの」

久美ちゃんの話はいかにもあどけないので、しみじみと胸うたれながら、みんなの頬《ほお》には笑いがただよう。こんなふしぎなほど清らかな話のうちに食事がおわり、お茶になった。

さかえは、久美ちゃんからのようにこんなに素直《すなお》に、おいのりや神さまや人間のたましいについての話をきいてうなずくことがあろうとはおもいがけなかった。

天と地との間《あいだ》の美しい生命《いのち》があつまってめぐんでこの小さな女の子になったもののように、久美ちゃんをながめて、心のあらたまるおもいだった。

「うちでは、日曜学校もやっていますのでね。これはこの村のほこりで、今に日本じゅうの村々に子供のあつまりが行なわれるように、わたしはこれからの一生をそのためにあげてつくすつもりですじゃ」

長子は、さっきから、何かいいたげにしていたが、さかえの方《ほう》にそっと身をよせて、

「おじいさまは、ごじぶんが、子供の仕事をはじめたようにおっしゃるけど、ほんとは、村の子が大《おお》ぜいわたしのお友だちのところにあつまってきて、しぜんに、そのお友だちがみんなを可愛《かわい》がって、じぶんもいそがしいのに、子供たちのお母さんやお姉さんにかわってお世話しましたの。それがはじ

まりなのよ。日曜学校もそのひとがはじめましたの」

「エイゴのオウタ、そのお姉ちゃんがみんなにおしえたのね。東京からきたお姉ちゃまね。ティンクル、ティンクル、リッツルスタア……久美ちゃん、ちょっと習ったけど、この頃《ごろ》あのお姉ちゃん来ないからつまんないわ」

それが葉子であろうかと八分どおりの確信でうなずき、さかえの胸は高鳴《たかな》った。

「その方《かた》、いまは？」

なにげなくきいたが、さかえは、じぶんの声がふるえているのがわかった。

「おじいちゃまが、ダンスしたからって怒《おこ》ったの、そうでしょ？　ね、長子お姉ちゃま」

さかえが長子にそっと問うのを、久美ちゃんが元気に返事した。

「ダンスの話かい？　どうもな、とんだことが新聞に出たらしくて、東京にいる旧友からけさ三十年ぶりのたよりをもらいましたよ。わざわざ速達でね。旧友のたよりはうれしいが、この村やこのわしがダンスのことで知られたのにはまいった」

「ダンスって、わるいの？」

久美ちゃんが、小さい心の疑問をとこうとするようにみんなをみまわした。

「この村のは、なかなかよくやってるようですよ。おじいさまは、だんぜん反対だけど」

正夫は、久美ちゃんにというより、笠原に説明をはじめた。

「だが、老人組の反対もなかなかさかんでね」

「何をいうか。あのかっこうは何《なん》じゃや、ああいう醜態《しゅうたい》を、神聖《しんせい》な農村にもちこむというのは、すでによい日本人の魂《たましい》を失《うしの》うた証拠《しょうこ》じゃや」

「醜態《しゅうたい》ではないですよ、おじいさん。西洋では正しい礼儀《れいぎ》ですからね」

正夫は、祖父の西村老人を少しもこわがっていないのでほがらかにいう。

「西洋は西洋、日本のこんな田舎に、いままで、あんな礼儀《れいぎ》があったかい」

「おじいさんは、教会もキリスト教も、もとはおきらいでしたっけ」

「それとこれとはちがう。いいものは、どしどしうけ入れにゃならん」

「そのとおり、まったくそうですよ」

「何がそのとおりじゃ、わしは、ダンスのことはいっとらんぞ」

正夫と西村老人との対談になって、さかえのもとめる話の先が切られた。そのとき、遠くからふしぎな合唱がひびいてきた。ゆるやかな品《ひん》のいいそのメロディー……こんなところで聞くとはおもいがけない名曲である。男声《だんせい》も女声《じょせい》もまじって美しくそろったそのコーラスはラジオではない。わりに近いところで合唱されているらしく、メンデルスゾーンの『歌の翼《つばさ》』の歌詞までもききとれるようだ。

「あれは?」

さかえが聞くのと、正夫が立って、北窓《きたまど》をあけにいくのと同時だった。

「あれは、いま話のでた村のダンス組のコーラスですよ」

西村老人は、不愉快《ふゆかい》そうに縁《えん》に出て、煙管《きせる》で昔ながらのたばこぼんの灰ふきをつよくたたいた。正夫はおかしそうに首をすくめながら笠原たちを北窓《きたまど》に招き、

「うまいでしょ。あんな連中《れんちゅう》ですよ。村の移動楽団《いどうがくだん》だからどこでもやります。今日はあの川の渡《わた》し舟が見えるでしょう。あそこの渡《わた》し守《もり》のうちにいる女の子が病気なので、あの川に向かった丘《おか》でやってるんですよ。昼に三、四十分やりますよ。この頃《ごろ》は、ダンスより、音楽に熱中してね」

「だれか教える人があるんだね。あれだけになるには」

「それが、その病気の娘さんが教えたのだが……ちょっと、物語的《ものがたりてき》な話じゃないですか」

日本語のがおわると、ドイツ語のコーラスがはじまった。みんなの顔にはおどろきが流れた。

「すごいんだな。……」

「その女の子っていくつ位《ぐらい》ですの?」

さかえが胸をはずませてきいた。

「十五かな十六かな? 長子」

「たしかあたしより三つ上の十七よ。でも身体がほそくて、きれいで、ズボンの時《とき》なんか十五、六くらいに見えるって」

「東京《とうきょう》から来て、この村に、ひとりでに大改革《だいかいかく》をおこした少女ですよ。妙《みょう》な流行歌のレコードでおどってたのが、すっかり変《かわ》っていい音楽しかやらないようになるし、ダンスの形式も、それにつれて、ふたりで組むあの社交《しゃこう》ダンスの形式からもっと共同的な、そして、郷土的な日本の盆《ぼん》おどり風《ふう》のものと、西洋のロンド（円舞《えんぶ》）やメニュエットやカドリイルのような形を上手《じょうず》にとりいれたんだな。音楽の感じからはいったらしいんですね。たしか、新聞にもその女の子がアコーディオンをひいてるところが出ていたが、ダンスなんかやったこともなかったその女の子の音楽のちからで、ダンスが変《かわ》っていったなんて、おもしろいとおもうな」

正夫は、祖父に聞こえるように、ここぞと力をこめて話すのだった。

「村の青年男女もすっきりした人物が多いんで、すぐいい音楽について行って、いまは、合唱もあの通りだけど、アコーディオン、ヴァイオリン、チェロなんかまで、どっからかもって来て、なかなか音楽部のほうは盛《さか》んですよ」

春陽をあびた丘《おか》の上の合唱がおわると、軽快《けいかい》なハーモニカの二重奏《にじゅうそう》がひびいてきた。それにつれて、コーラスの人々はゆるやかにほぐれ、青きダニューヴの曲につれて、美しいおどりの輪となった。輪のほかに、一人でおどるものも幾人《いくにん》かあり、山羊《やぎ》の前あしをとって踊《おど》るものもある。大きい樹が陽《ひ》をあびてきらめき、そのむこうに、川波はゆうゆうと青きダニューヴをおもわせて流れている。

「あらッ、山羊《やぎ》ちゃんとおどってる」

「うちのチロもおどれるわね」

「チロやマルやミミといっしょにやろうよ」

子供たちが歓声《かんせい》をあげて下へおりていった。

「これこれ、あれじゃからいかんのじゃ。しめなさい窓を」

しかりながら立ってきた祖父に近づいた正夫は、ユーモアと親愛のこもった様子《ようす》で、

「おじいさん、ちょっとまってください」

後《うしろ》から肩を両手をおき、あたたかい身体《からだ》のぬくもりをおしつけながら、祖父を窓にむいて立たせた。

その目のむこうにひらけた小さな丘《おか》は、さまざまな濃《こ》い淡《あわ》いみどりにふくらんで、陽《ひ》にかがやいている。昔から見なれたその木々から生まれて来たような生き生きとした若い息子娘が、すがすがしいひびきそのもののように、ほぐれつむすばれつしておどっている。両方の手をさしあげ身をそらせ、また傾《かたむ》けしして野の精のようにおどる姿のたのしそうなこと、まっしろな山羊《やぎ》のよちよちした足どりのおかしさ。

西村氏の、じっと丘にそそがれていた眼《め》はいつか細まり、口のあたりには、かすかな笑いのかげが流れた。しかし、老人は、何も見なかったかのように、つと窓のところに行き、首をつきだして空を仰《あお》ぎ、

「いい天気で、ひばりが、啼《な》きおる」

麦田《むぎた》は、青きダニューヴの曲といっしょに、緑の波をゆらめかせている。

「ま、ゆっくりしてくださいよ。わしは、ちょっとしらべものがあるので、失礼しますがな」

西村氏は、皆《みな》にちょっとてれたような笑顔をのこして階下《した》へおりていった。

幸福のかなしさ

「いまのようすはいうべき言葉なし、というところだな。だい一、今まで、見ようとしないんだから、とてつもなくがんこなのさ。きょうは、みなさんの手前、ちょっと気勢《きせい》をそがれて、おめおめ孫の手にかかったと、今ごろ下でくやしがって鼻をなでまわしてるかな」

正夫《まさお》は、愉快《ゆかい》そうにわらった。

「お兄さん、あの様子じゃ、いっぺんに降参《こうさん》というふうだったわ。これは、間接《かんせつ》にいって、葉子《ようこ》さんの勝利ね。おじいさまったら、葉子さんのおばさまをよびつけて、とてもひどいことをおっしゃった

のよ。あたし、となりの部屋にいたの。泣いておこったってたりないくらい口惜《くや》しかったわ。……その時《とき》、うなぎのおみやげいただいたのよ。大きなうなぎよ。おじいさまったら、晩《ばん》のお食事のとき、わしは、そのうなぎは食わんと、にがり切っていらっしゃるのよ。おじいさま、大のうなぎ党でしょ。あたし、ふき出しそうだったわ。おかしいやら口惜《くや》しいやら……」

「けっこう、村でもいろんなことがあるんだな」

「そうよ、それで、葉子さん、きっと病気になったのよ。葉子さんとこにあつまってた子どもたちのうちに、おじいさまったら、いちいちじいやをやって、村の子供のしつけがわるくなるから、一切《いっさい》よそから流れて来たもののところに子供をあそばせにやってはいけないなんていわせたの。まるで暴君《ぼうくん》ね」

「ほう、それはひどすぎる。それで病気はどうなんだい？　葉子さんの……」

つぶやくようにいう正夫の眼には、しんけんな不安のいろがながれていた。

「あたし、行きたいんだけど、おじいさまが、母さまにまで言いつけて足どめしてしまったの。でも、行ってもいいわね？」

「……いいさ。お友だちと信じたひとのためじゃないか」

「ええ、あんないい方《かた》ってこの世の中にそうはないわ。いつも葉子さんにあうと新しい心が生まれてくるようなの。あら、あたしたち、勝手なことばかりはなしててごめんなさいね」

さかえは、窓の向《む》こうをむいて一人で立ったまま、あふれる涙を指先でおさえていた。さかえが泣いているとはしらず、そのうしろ姿にちょっと眼《め》を走らせた長子《ちょうこ》は、

「お兄さん、みなさんをどっかご案内したら、どうかしら？　せっかくいらしったんだから」

「ああ、あの丘《おか》に行こうか。まだみんな踊《おど》るだろう」

さかえは、いっしょうけんめいで涙をおさめて、皆《みな》のほうへ来てすわった。

「あたし、もう、ここで村や、村のすばらしいものを見たり聞いたりしましたからたくさん。それにくたびれたようですし、もう、失礼しましょうね」

「村の音楽家たちと、ああしたおどりをおどるのも、のどかでいいがね。いって見ない？」

富貴男《ふきお》が好奇心をそそられたようにいいだした。

「笠原《かさはら》さんの柄《がら》じゃないようね。村の木や川や畑の麦《むぎ》と空の雲といっしょに生きてないと、ああはおどれないと思うわ」

「そうかな」

「よかったな。でも……どんな映画よりよかった」

友一《ともいち》も、いつもの態度とはまったくちがった真摯《しんし》さでいった。

「ほんと、農村って、なんだか、ここにあるものがみんな生きてるわね」

「あたし、いい空気のおいしさってこと、聞いてたけど、はじめてその味がわかってよ」

「食いしんぼのレイ子《こ》さんの、味覚の一大発達ね」

そんな意味のない笑いにもさかえはうなずきながら、心で葉子に語りかけていた。

葉子さん、……逢《あ》えないわ、どうしたって、あたし、あいに行けない！　行きたいけど、行けないほど貴女《あなた》のことでいっぱいよ。お兄さんが帰っていらっしゃるの、貴女《あなた》まだしらないんでしょう。わたしのせいだわ、……わたしとあなたと親しくさえしてたらこんなことにならなかったわ。わたしのわがままから、あなたを誤解してだんだんはなれていって、ごめんなさい。お兄さまがうちにいらしった間《あいだ》に、どうしてもっと早くあなたのところを必死になってしらべなかったかしら、……しらべても同じ結果としてもしらべるのをずるずるにのばしたわたしの心って悪魔《あくま》がいたのよ。あたしは、りくつをつけることのうまい悪魔《あくま》といっしょだったのよ。お兄さんは、どこにいらっしったのかしら……わたし、一生けんめい祈《いの》ってさがすわ。あたし、今こそ祈《いの》るってきもちもわかったわ。あなたとあたしとの二人のまごころで、お兄さまの幸福をいのって、さがしましょう。わたしの一生のいちばん大きな義務よ。お兄さんとあなたのために、あたしつぐないをしなければならないわ。あたしここへ来るときも、あなたのことをおもってかすかな光明《こうみょう》をもとめて来たんだけど、いまは、心にいっぱい貴女《あなた》をもって帰るの。これは幸福なことよ、あたしにとってね、悲しい幸福よ。さかえは、幸福ってものの悲しさをしりました。

さかえは、葉子のために、康夫《やすお》をさがし出してからあいに来ようと決心した。じぶんが、ほんとに誠実な心になったしるしをもって葉子にわびたいという決心をした。

「さかえさん、つかれたらしいね。そろそろひきあげるとしようか」

富貴男が何をいってもうわっちょうしにきこえる。それは、しだいにそうなったのだが、いまは、富貴男の心のからっぽなのがたまらなくなった。自分は、このひとにもいけないことをしていたのだと思った。

「わたしハッキリいおう。富貴男さんとは、これ以上つきあうことは、おたがいにいけないことだということを、富貴男さんにわからせよう。それが、せめてあの人への誠実《せいじつ》ではないかしら」

さかえの考えていることとはまるでちがったにぎやかな話がはずむ東京《とうきょう》への車中さかえは、ほとんどだまりつづけていた。

お兄さんの顔はこわい

「お兄さーん……」

康夫《やすお》は、はっとして立ちどまった。瞬間《しゅんかん》、葉子《ようこ》のおさない日の声が心を貫《つらぬ》いたのだ。坂道の上の林の中から、かん高い少女のその声はすきとおってひびいてくるのだった。あれは、寮《りょう》のママさんの二番娘の小学校二年か三年くらいの子が、その兄をよんでいるのだろう。坂の上はすぐ鉱山《こうざん》の寮《りょう》だった。

「お兄さん、母さんが、ふきのとう、めっけて来いって」

「きよちゃんがいいつかったんだろ。ぼくは、猫柳《ねこやなぎ》をいけるから、大きい枝を五、六本とってこいってたのまれたのさ。ふきのとうのほうは知らんぞ」

自分もよく、葉子に、あんなふうにいばって、心にもなく、葉子をじらしたものだった。

「だめよう、お兄さあん、ふきのとうっていじわるで、崖《がけ》っぷちにしかまだ出てないんだもの。とってえーあぶないからよう」

崖《がけ》っぷちは陽《ひ》がよくあたるからな、……康夫は、ふきのとうにふれてみたくなった。春は、あの苦さからくる。あのさみどりにさえたいろは、どうしたって早春の空気の中から生まれたものだった。

康夫は、さきまわりして崖《がけ》に出て、ぽつぽつ雪どけの黒土のなかに明かるいさみどりいろのかたまりとなっている小さなふきのとうを、次々とってポケットに入れた。康夫はじぶんの復員服《ふくいんふく》のポケットに、ふきのとうを入れた時《とき》、はじめて、日本の春をとらえたようにさわやかな感じをおぼえた。ああ、このポケットに、どんなにいろいろのものがはいったろう。

シベリアからの長い歴史、……それはみなこのポケットがしっている。ことに、東京《とうきょう》でのわずかな間《あいだ》のはげしい変化、恐《おそ》ろしい生活を思うと、じぶんの身にまとう古い服にも恥《は》じるおもいだった。それをきよめるように、康夫は、ふきのとうをとっては入れ、とっては入れした。清い春の香《かお》りをその中にみたそうとするように。

「いやだわ、お兄さん、ふきのとう、ひとがとっちゃった……早くとってくれないから」

寮《りょう》のきよちゃんは、康夫の顔をまだ見おぼえておらず、康夫も子供好きなのに、東京での荒々《あらあら》しい生活以来、子供をまともに見られない気がして、子供のそばをさっさと通りすぎるけれど、それだけに、いっそう印象はつよく、寮《りょう》の子たちを抱《だ》きあげてやりたいほどいつも可愛《かわい》くおもうのだった。

「きよちゃん、いいよ。ほかのところにもあるよ」

兄のほうがさけんだ。

「きよちゃん、ほうら……あげましょう」

康夫は、ポケットのふきのとうをつかんだ手を高くさしあげながら崖《がけ》からきよちゃんのところへもどってきて、

「さあ、あげよう」

みんな手にのせてさし出した。

「だって、おじちゃんが、とったんだもの」

「だから、あげるのさ、きよちゃんにあげようとおもってとったんだよ」

小さい子は、きよちゃんと自分の名をしってるのさえなっとくしないように、手をひっこめてあとずさりする。子供の顔を見ること……子供に顔を見られることが一番こわい、……自分のすさんだ心がきっと顔に出ているにちがいないと、眼《め》をあげていられないおもいだった。

「さあ、おとりなさい、あげようといったら、ちゃんと、もらうんです」

康夫は、しいて自分をはげまして、じっときよちゃんを見つめながらいった。自分のいじけている心が、きよちゃんにうつったらわるいとおもったのだ。

「ちがう、母ちゃんは、知らない人から何かもらっちゃいけないっていったわ」

というなり猫柳《ねこやなぎ》のしげみの中の兄のところまで、雪どけの泥《どろ》んこもかまわずとび込《こ》むようにかけていった。

「じゃね、ふきのとうは、寮《りょう》に僕もってって、お母さんにわたしといてあげますよ。これからね、僕たちの会があるので、そのごちそうにはいるんだろうから」

おだやかにいった。きよちゃんのいったことが正直でおもしろくおもえたからだった。自分の身体《からだ》にほろにがい匂《にお》いがまつわるのが快《こころよ》かった。

きよちゃんは、返事をしなかった。でもいいことをしたようなほがらかなきもちになって坂をあがっていくと、きよちゃんが兄に話す声がきこえた。

「ああこわかった。お兄ちゃん、あのおじさんこわい顔だね」

「こわかないじゃないか。色が白くてさ」

「ううん、白いからこわい。ヤマのおじちゃんの顔じゃないからこわい」

寮《りょう》の坂をのぼりながら、草むらのなかの兄妹《きょうだい》のささやきがおっかけて来るのを耳にした康夫は、心臓に弾丸《だんがん》を打ちこまれたように感じて、足がすくんだ。

リラの少女

ヤマのおじちゃんの顔じゃない、……ほんとにそうだ、自分はここでもにせものだ、……身をかき裂《さ》くような淋《さび》しさが全身をはしった。

こわい顔だなどと子供にいわれたのははじめてだった。自分がまったくべつの自分に変《かわ》りはててしまいでもしたように、身も心もかたくなって、じっと立ちすくんで康夫《やすお》のまえに、坂の上から飛ぶようにかけてきた少女がぶつかりそうなところまで来てひらりととまった。雪どけとともにたのしくもんぺをぬいだえんじのワンピース姿で、ふかふかとえび茶のセーターを着ていた。

「こんにちわ、……アラ、ちがう、こんばんわ、かしら。まだ、お客さまはどなたも見えてないわ」

寮《りょう》でよく会がある。そのたびに、いつも心をくばってくれるハツミだった。お酒のあまりのめない康夫から盃《さかずき》をほかへまわしたり、水をほしいと思う時さきに持ってきてくれたり、いつか酔《よ》いつぶれたときなど、眼《め》がさめてみると、広間《ひろま》にひとりひっくり返って誰もいないのに、ふと見ると、廊下《ろうか》の柱のところに寒いのもかまわず、そっと立ってハツミがこっちを心配そうに見ていた。何をしてくれるのでなくても、そんな心の中だけの幼い思いのあふれたいたわりは身にしみた。

「ぼく、きょうは委員なので早いのさ。……ハツミちゃんたち仕度《したく》でやっかいだね」

「ううん、板前さんがみんなやるもの、たいしたことないけど、猫柳《ねこやなぎ》いけるんだってママさんが、坊《ぼう》やにいいつけたけど、行ったきりの鉄砲丸《てっぽうだま》だからって、猫柳《ねこやなぎ》とりにきたの」

「僕とってあげようか」

「いいわ、それより、今夜は、いつかみたいによっぱらわないって約束なさいよ」

「わかった。よし、よし、やくそくした」

「それでいいわ。じゃ、あとで」

ハツミは草むらへとはいって行った。たのしそうなハツミの温《あたた》かいこころにふれ、こおりついた心もほぐれていくようだった。

「いい子だなあ」

そうおもうにつけ、葉子《ようこ》のことが気にかかる。もっと、東京にがんばって、葉子とおかあさんをさがすのがほんとうだった。それはしってたのに、またそうしたかったのに、さかえのところからのがれるために、こんなところへ来てしまった。……康夫はじぶんが、心にもない失策《しっさく》ばかりをしてるとおもった。

北海道《ほっかいどう》の山ふかいこのP鉱山《こうざん》の四月のおわりは、雪がまだ、木《こ》かげにあちこちまだらにのこっているのに、猫柳《ねこやなぎ》はもうふくふくとふくらんで銀いろに光っていた。リラの花のつぼみはまだかたい。

鉱山《こうざん》の坂ばかりでできたような小さな町のあちこちにかたまって建った舎宅《しゃたく》からは、もう宵のあかりがかがやいて、炊事《すいじ》の煙《けむり》が紫《むらさき》にのぼっている。ここまでくる途中《とちゅう》、交替《こうたい》で坑《あな》にはいる人たちが、すれちがうたびに康夫にていねいに礼をしていく。

康夫は、この鉱山にきてから一カ月ほどにしかならないのに、組合の委員にあげられ、みんなから信頼されることが、何だかそれらの人々をあざむいているようなさびしさだった。

康夫が鉱山《こうざん》の雑誌――といっても月に一回出る新聞四ページの鉱友《こうゆう》に組合についての感想文を出したのが、みんなの注目をひいたのだった。

「ぼくは、あの文で、ぼくの理想をのべはした。けれども、ぼくが、ああいうよい組合員である自信があるわけではない」

北海道《ほっかいどう》の春のさきがけのようにつやつやとした猫柳《ねこやなぎ》がひとかたまり銀いろにかがやいて、それに夕日をうつして虹《にじ》のような色にもえていた。そのいろを眼《め》にのこしてのぼっていく康夫は、子供のころ、父に負《お》われて野の道を、父の家《いえ》につれていかれた時《とき》のことを思いだす。神奈川《かながわ》の金沢文庫《かなざわぶんこ》のある近くであった。康夫は東京《とうきょう》で生まれたが、父は会社の休みには、よく自分の家《うち》へつれて行ってくれた。そこには祖母がいた。伯父伯母《おじおば》がいた。康夫は自分がそだったのは、そのころのゆたかな父の心のなかでだけだったとおもう。けれども、父が康夫の十五の時なくなって、祖母も父の兄の伯父《おじ》もこの世を去って、その家《うち》とは少しもゆききをすることがなくなった、生みの母は、顔さえもよく覚えない。いまの母を、実《じつ》の母と思うほどの気持もなく、さみしい少年時代を過ごしたが、おとなしい子として、いまの母は安心してくれていた。そこに、なにか物足りなさがあった。どうして、もっと母は、自分を叱《しか》ってくれないのかとおもう。小さい時《とき》からときどき、康夫は自分が、とんでもない間違《まちが》いをしそうで不安でならないことがあった。

学校でも模範《もはん》の優等生、総代《そうだい》、それから世間からも模範青年《もはんせいねん》、かつての軍隊でも模範兵《もはんへい》、そしてまたここで、模範坑員《もはんこういん》、……何かが自分を、むりにぎりぎりに模範《もはん》というわくのなかにしばりあげるような気がする。

「このぼくのどこが模範《もはん》だろう。こんな気の弱いいくじのない人間があるか。ぼくは模範《もはん》になるなんて大きらいだ」

半月ばかりまえに、坑内爆発《こうないばくはつ》がおころうとしたのを、偶然《ぐうぜん》康夫は大事《だいじ》にいたらないまえに防《ふせ》いだ。しかし、それは、ただ康夫がその適当《てきとう》の処置をする立場にいたというだけだ、と彼は思っている。しかし、それは、あんがいに大きな価値をもって評判されてしまった。表彰式《ひょうしょうしき》が行なわれ、所長みずから賞状を読み、賞金を授与《じゅよ》された。何ほどの勇気をもってしたことでもなかったのに、「この勇猛果敢《ゆうもうかかん》なる精神、機を得たる敏捷《びんしょう》なる行為は全坑員《ぜんこういん》の模範《もはん》として、心からこれを推賞《すいしょう》するもので……」などと読まれるのを聞くと、身のちぢむ思いをし、耳をふさぎたい気がして、康夫は、刑罰《けいばつ》をうける人のようにうなだれていた。

ことに、東京でさかえの家を出てからのことを思うと、身ぶるいするばかりであった。さかえの家《いえ》の生活の影響《えいきょう》などうけるものではないと思っていたのに、康夫は、あの空々《そらぞら》しい豪華《ごうか》さを知りつつ、それをきらいながら「お金もうけだよ、今は——何といっても、こんな時《とき》、それよりほかあるか」という友だちに、いつかひきいれられていた。というより、自分ですすんで、一番はげしい東京《とうきょう》の渦巻《うずまき》のどん底に突進《とっしん》して、何が手ごたえのあるものにつき当《あた》りたかった。それが善か悪かなど考えるゆとりもなかった。そうして康夫は、母や葉子をたずねようにもてだてのないさみしさをまぎらした。康夫は、ラジオのたずね人《ひと》*に母や葉子の名をよぶというような手段もあることも気づかないさきに、身を社会のどん底におとし、心を奈落の底につきおとした。生まれた家《うち》をもとめながら、それはどこにもないと思うほど、母が遠くの存在におもわれ、葉子さえもう自分とは兄妹《きょうだい》とよびあうことのできない世界に別れてしまったようなむなしい気持だった。

「もう、こうなってはひとりぼっちだ。人間のどんぞこで、味方なんぞもとめようなんて、そんなあまいことができるものか」

ヤミの仲間にひきこまれてもがいているうちに、自分では知らずに、もっと恐ろしい事柄のなかにひきいれられていた。お金のために人をだます仲間の手先にされていたのだ。社会の底の底までをしったとき、康夫は、はじめて、そのどん底からは、何ものもつかめないことをしった。それが、どん底でつかんだ唯一《ゆいいつ》のものだった。

それをつかんだ時、康夫は、生まれかわって見せる、と心にちかうことができた。

「葉子、兄さんは、いまはまだまだお前にあえないが、きっと待っててくれよ。もとよりも、もっともっとりっぱになって、シベリアから帰ったままとはまるでちがった人になってあうまで、お母さんもそれまでゆるしてください」

悪のどん底を見た康夫は、こんどは自分のほんとうにつよく生きる力のぎりぎりをためす一ばんきびしいところに身を置きたかった。

そしてこの鉱山《こうざん》にきた康夫にとっては、『鉱山《こうざん》こそ楽園《らくえん》』というモットーをかかげて生活を楽しもうとしている人々とちがって、いちばん困難なことにぶつかって行こうとしていた。もっともっと深く、坑内《こうない》の奥ふかくにもぐるように、人生のくるしみの坑道《こうどう》の中にふかく身を沈《しず》めて、ほんとの自分を掘《ほ》りだしたかった。

それなのに、わずかのことで、鉱山《こうざん》の人々に注目されることは、まるで、まだできあがっていない新しい自分をこわされるように不安だった。そんな中でハツミの素直《すなお》な親切だけが心をつよめてくれるのだった。

康夫は寮《りょう》にあがり、ママさんのいる茶《ちゃ》の間《ま》にはいると、ママさんは、じっと、康夫の顔をみつめた。

「どうかしましたか？　ぼくの顔、どうかなってるの？」

こわい顔ときよちゃんのいったことをおもいだした。

「中里《なかざと》さんたら、水の底にでも沈《しず》んでたような顔して、いったい、どうしたの。さあ、あっちでおこたにはいって、あったまりなさいよ」

「そんなにひどい顔してる？　でも寒かないですよ。ママさん、ぼくは、きょうはだいぶ元気がいいつもりだけど」

「寒いシベリアからまたこの寒い北海道《ほっかいどう》じゃ無理ないですよ。それに、なかなかあなたはえらい働きなさるんだもの」

それを聞くのはつらかった。むしろ腹だたしくなるのだ。どうして、自分のすることを、そっとしておいてくれないんだろう。自分はさらしものみたいになるのはいやだ。康夫は気をかえるように、ふきのとうをとり出した。

「おみやげです。……ママさん、これをね、きよちゃんが言いつかってとりにいってたでしょう。だから僕とってあげて、もっていきなさいといっても、どうしてもぼくの手から受けとらないんですよ。僕がこわい顔してるって」

それをいってしまうことで、そのことを冗談にして忘れたいのだった。

「まあきよ子《こ》ったら、何でしょう、中里さんの顔、こわいもんですか。もったいないほどりっぱできれいすぎるじゃありませんか」

「おだてても、おごるのは、にがいふきのとうしかない」

康夫は笑えないきもちなので、わざとじょうだんをいった。

ママさんにまできれいな心をもとめている自分をわかってくれというのはむりだ。

「葉子、いつも、ぼくの心を見てくれる葉子、心のなかの美しさを、みとめあうことができる人間は、そうめったにはいないのだ」

そこへハツミが猫柳《ねこやなぎ》をもってはいってきた。

「どこまで猫柳《ねこやなぎ》とりに行ったの？　猫柳《ねこやなぎ》のつぶつぶのふくらむのをでも待ってたみたいにひまがかかるんだね」

ママさんの小言《こごと》はユーモアがあって、だれでも笑わせられる。

「ママさん。猫柳《ねこやなぎ》は、さんざんでしたの。うちの前のは、坊《ぼっ》ちゃんがみんな短《みじ》かく折ってらしって、それで谷の向《む》こうまでかけてってきたんです」

「そうかい。まあそれは、たいした猫柳《ねこやなぎ》だよ。ところで、猫柳《ねこやなぎ》をたべるわけにいかないから、ごちそうのほうを見てくるよ」

ママさんは、料理場のようすを見に行った。

ハツミは、花を活けはじめた。

「中里さん、わたしうれしいことがあるの」

「いつも、うれしそうじゃないか、君は」

「だから、うれしいことがあとからあとからわいてくるのかしら。いいものを見せてあげましょうか。東京のお友だちからきた手紙」

「ひとの手紙みても仕方《しかた》がない」

「あら、……だってね。中里さん、この手紙は、ぜひみてもらいたいのよ。見せてあげたいのよ」

康夫は返事をしないで部屋を出ていった。ハツミがそんなに快活《かいかつ》なのが、きゅうに、康夫にはたまらなく圧迫《あっぱく》されるきもちがしてきたのだ。

「さかえにも、こんなところがあった。だから、にげだしたくなったのだ。女の子って、自分のきもちを相手におしつけてくるのがとても好きらしいが、ぼくにはたまらない」

康夫は、ハツミが、さかえとはまるでちがったのびのびとしたおだやかな子なのをしっていたが、自分に何でも強《し》いられることがいやな性分《しょうぶん》なので、すぐ、ぷんとしてしまうのだ。

ハツミには、康夫が、ある時は、親しみやすい温《あたた》かい人に見え、またある時《とき》は、沈《しず》んだ陰《いん》うつな近づきがたい人だった。

だれよりもその手紙は康夫に見せたくてたまらなかったのだが、仕方《しかた》なし、ハツミは引っこめてしまった。

P鉱山《こうざん》の大火災《だいかさい》のときにたくさんの慰問品《いもんひん》がとどいた中のひとりの少女にあてて、ハツミが、まだ見たこともない人に思いきって手紙を出したのは、その少女の名の中里葉子と記されてあったが、康夫とおなじ姓《せい》であることにふとつよい親しみを感じたためだった。

五月にはいるとまたたく間《ま》にいろいろの花が北海道《ほっかいどう》の野や山をかざる。若葉はもえる。康夫は、そのころP鉱山《こうざん》から、坑内爆発防止《こうないばくはつぼうし》の研究の目的で、東京の工業大学に入学するよう選抜《せんばつ》された。康夫にとって、これは意外であった。もっともっと、山の生活に徹底《てってい》したかったのだ。ここでほんとうに自分をきたえてみたかったのだ。しかし、たいせつな研究を命じられたことはうれしく、大きな責任にふるい立った。

猫柳《ねこやなぎ》をいけていた時から、康夫はハツミのすがたを見なかった。

鉱山《こうざん》を去るとなると、康夫は、ハツミのことがつよく心にかかった。

「どうしたかな。このごろ、ちっとも見《み》ないけど」

寮《りょう》にわかれにきた康夫は、いまさらに寮《りょう》をかこむ北海道《ほっかいどう》の山のみどりの美しさ、一時にあふれさいた花々の清らかさに眼《め》をみはった。一言《ひとこと》別れをいいたいと思うハツミが見えないので、ママさんにきくと、部屋でお腹《なか》をこわしてねているという。

「ママさん、ちょっと、おみまいながら、あいさつしてってもいいですか」

「さあさあ、どうぞ。……また山に帰ってくださるかしら。でもここにひきとめることはもったいないわ。あなたのような方《かた》は、いまに、外国へも研究に行かれるでしょう」

「さあ、ぼくは、ここにかえりますよ。まっててください」

ハツミの部屋をのぞくとハツミは、あわてて布団《ふとん》の上におきなおり、きちんと坐《すわ》って、

「おめでとうございます」

ていねいに、お祝いをいった。

「ありがとう、行ってきます。いろいろお世話になったな。早くなおるのですよ」

こんなやさしいハツミに、どうしてもっとあたたかくしてやらなかったかとおもう。

ハツミのしおれた姿《すがた》のいじらしさに、目をそらしてふと机の上を見た康夫は、そこに、意外なものに目をとらえられた。

「おお、あれは、葉子じゃないか、葉子だ！　たしかに、葉子の写真ではないか」

ズボンに白いブラウスを着て、すらりと見ちがえるほど丈《たけ》がのびているが、見まごうよしもない、たしかに葉子である。

康夫は、心のなかで、葉子だ、葉子だとさけびながら、ただ、じっと見つめたままだった。

「ああ、その写真、東京のあたしのお友だち……といっても逢《あ》ったことないの。この山の火事のとき、慰問品《いもんひん》がきたのよ。わたしのうち焼けだされてしまったし、母さんも亡くなったので、いちばん被害が大きかったからって、一番いい慰問品《いもんひん》あげるといって、庶務《しょむ》からまわってきたの。その中にあった手紙から、とうとうお友だちになったの。それからのちも、この間《あいだ》は、ひとからいただいた美しいお

くりもの、わたしひとりいただくのもったいないからって、チョコレートとハンカチを送ってくだすったわ。渡《わた》し舟の渡《わた》し守《もり》よ。こんなやさしくて可愛《かわい》い渡《わた》し守《もり》って絵のようね。わたし、きっときれいなやさしいひとだと思って写真たのんだのよ。*もうせん、手紙見せてあげるっていったでしょう」

「ああそうそうあの時《とき》！」

「だって、中里葉子さんていうんですもの」

康夫は、もう胸いっぱいで、なにもいえなくなった。これが妹だとは、すぐ口に出なかった。やっと、とどろく胸をしずめて、

「ところは、どこ？」

といった。いま、ハツミに、これが妹だということが、どうしていえないんだろうと、康夫は、じぶんのきもちがふしぎだった。

「お教えするわ。もし、たずねて行ってくだすったらうれしいわ。あたしはどうせ、東京《とうきょう》へなんか一生行けないんです。あたしのかわりに、この方《かた》に逢《あ》ってくださいね」

ハツミは、同じ東京《とうきょう》へ行けば、かんたんにたずねてくれるものと子供らしく思いこんでいる。まだ十八といっても年若《としわか》のこんな少女が、まもなく、ひとりの坑員《こういん》のお嫁《よめ》さんになるということを聞いていた。亡くなった父の目をかけた青年坑員《こういん》で、青年は、父からそういう約束をうけているといっ

て結婚を申し込《こ》んできたのだと、寮《りょう》のママさんがいっていた。ハツミが、しあわせなように、と康夫は心いっぱいにいのった。

「くわしく手紙をよこすからね。元気でね」

「何だか、たいへんうれしいことがおこりそうだわ。そのひと、きっと同じ名前でびっくりしてよ。中里さん同志《どうし》があって、わたしのこと話してくださるのね」

何かたのしい空想をするように目をとじた。その長いまつげに雫《しずく》が光っていた。

窓のそとのリラの花が、あまい匂《にお》いを部屋にそっとおくりながら、うすむらさきの夢のような花房《はなぶさ》をつつましくたれていた。山ふかい鉱山《こうざん》にしずかに匂《にお》うその花のようなハツミの眼《め》から花のしずくのような涙が、ほろり、ほろりとこぼれおちた。

みどりかがやく

「葉子《ようこ》お姉ちゃん……」

葉子は、しんぱいそうにそっとよぶ声に、病床《びょうしょう》のなかで首をもたげた。葉子は、軽い右の肋膜《ろくまく》*をわずらったあとで、もう熱もなかったが、まだ床《とこ》をはなれる力がなかった。葉子の母は、このごろは、畑の草とりぐらいできるようになった。まさおばさんは、渡《わた》し舟をいまこぎ出したばかりだった。

「葉子お姉ちゃん」

またべつの声がする。

「あがっていい?」

「リサちゃん、芳《よ》っちゃん大《だい》ちゃんでしょ」

葉子は、ひさしぶりに、こんな子供がきたのをふしぎにおもった。

「まだいるよ、みんな来るっていったんだけど、すこしだけ来たの。病気にわるいといけないから」

リサは、すみれの花をいっぱいつんでもっていた。

「おみまいよ。長子《ちょうこ》お姉ちゃんがこの花つんでくれて、もっていきなさいといったの。正夫《まさお》兄さんもつんでくれたよ。あたいだって来たいとおもったけど、母ちゃんや、役場のこわいおじいちゃんが……」

「いいのよ。みんないい子だったんでしょ。それならいいのよ」

「あそこの幼稚園おもしろくないよ。どうして、葉子お姉ちゃんとこで遊んじゃいけないっていうんだろうなあ」

「お姉ちゃんも知らないの。知らないことは、いまにわかってくるわ。だから、いつでも元気にいい子ちゃんして先生のいうこときくのよ」

「長子お姉ちゃんはいいよ。葉子お姉ちゃんのことを好きだから。……もう帰るよ、ここへ来たことわかって、長子お姉ちゃんが、おじいさんに叱《しか》られるといけないから」

みんなは飛んでいった。すみれの花が、葉子の枕もとにのこった。葉子は、その小さな花束《はなたば》をとりあげて、顔のところにもってきて、野の匂《にお》いをかいだ。

子供たちの生き生きした顔を見てかわいい心にふれて、きゅうに葉子は元気づけられたようだった。自分が病気になってからは、家の近くのあちこちに村の文化クラブの人たちが畑の休みにあつまっては、音楽を奏《そう》したり、コーラスをしたりして慰《なぐさ》めてくれる。

葉子は、こんな美しい人の心と、あの渡《わた》し舟の中にそっとおくりものをしていった少女たちのやさしい心とをおもうと、あたたかいものが胸にあふれて、そっと病床《びょうしょう》の中で、一つのものがたりを、心のなかでつづっていた。

小さい子のおくりもののすみれの花がしおれないうちに、少しずつ葉子は床《とこ》を出られるようになった。

葉子は、心の中のものがたりに、『みどりかがやく』という題をつけて、少しずつ筆《ふで》をとりはじめた。葉子は元気が出てきた。やさしいみんなの心への感謝と、兄への祈りをこめて、そしてさかえへの悲しみとせつない祈りをこめて、筆《ふで》をすすめた。時《とき》に自信を失って、とてもこんな長いお話はかけないと思ったが、ただ、せめて、あの舟の少女たちへの感謝だけでもいつまでもきえないようにのこしておきたいと、心をはげまして書きつづけた。

できあがった作品は貧《まず》しいものに思えて心をさびしくしたが、葉子は思いきってそれを令女《れいじょ》*の友《とも》に出した。もしも、あの少女たちの誰かの目にふれたなら、……あの人たちの所と名前をしることができたら、どんなにうれしいかしれないと、それのみをいのって。


まもなく、葉子は、また春の川波の上に舟をわたす元気が出てきた。

ある日、葉子が、舟からあがってくると、西村《にしむら》老人が、土間《どま》に立っていた。葉子は、何かしかられるのかしらと、どきっとして、すぐには言葉がでなかった。西村氏はていねいにおじぎをして、

「わしは、この年になって、はじめて、人にあやまらねばならんはめになりましたわい。葉子さん。きょうは、おまささんは畑かね」

「はい」

「このあいだは、おまささんを怒《おこ》らせてしまってな。わしは、少し思いちがいしてたのじゃ。かんべん、かんべん……わしは、一生、よいことをしようと思いつづけたつもりじゃったが、どうもこんどのことはあなたに負けたらしい。こりゃ、ひとつ、さっぱりあやまったほうがほんとうだと思ってな」

葉子は、あっけにとられてしまった。何もいえないでいる葉子は、西村氏はつづけて、

「あんたにあえて、直接あやまれたのはうれしい。またうちにきてください」

それだけいうと、西村氏はすぐもう向《む》こうへむいてすたすたと歩いていった。

葉子がおどろきとうれしさのなかで、ぼんやりとなっているとき、また、かさねて葉子におどろきとうれしさがやってきた。

康夫が東京《とうきょう》にある会社寮《りょう》につくとすぐ、葉子を訪《たず》ねたことはいうまでもない。

すっかり健康になった葉子は、渡《わた》し舟のそうじをしていたが、葉子、という声に、はっとして顔をあげると、そこに、すっかり面変《おもが》わりのした兄を見たのだった。

「葉子！　母さんは？」

すっかり顔もすがたも変っていたが、その声は、むかしの兄の声だった。

「あッ、兄さん……兄さん！」

葉子は、ただそれだけしか言えず、舟からかけあがって、兄にとりすがった。

「うれしいわ、兄さん、母さんは畑よ、さあ、いきましょう……」

兄妹《きょうだい》は手をとって麦畑《むぎばたけ》のあいだの道を走るようにいそいだ。ひばりが高い空で鳴きしきり、麦《むぎ》はみどりに輝《かがや》いてふたりの道の両方によろこびの波のようにゆれた。

新しいバラ

さかえが、演技者クラブの公演の中でバラの精《せい》の役をうけもって出ることを新聞で知った康夫は、見たいとおもう心と、それに反対の気もちとに迷《まよ》ったが、さわやかな喜びでいっぱいの康夫は、よそながらさかえを祝福したいきもちになり、見物《けんぶつ》に行った。

Mデパート劇場はいっぱいの人だった。

作者は、康夫の知らない新人だったが、作はおもしろく明かるさと夢とユーモアとにみちていた。

その中で、バラの精のさかえが、あの、康夫の旧作の詩をうたったのは、康夫をおどろかした。

わたしは風の中に手をさしのべ
その手を花のようにひらく
わたしの手は一りんの白いバラとなり
風の中ににおう

さかえは、じぶん自身が、ほんとうにけがれのないまっ白なバラの花となって咲きたいという祈りをこめてうたっていた。力づよい希望が黒々とかがやくその眼《め》のなかにもえていた。

さかえのうちのサロンできいた時とは全然《ぜんぜん》別のかんじだった。

その翌日、さかえは、楽屋《がくや》で、白と紅とのバラの花束《はなたば》をうけとった。それが誰の贈り物であるか、さかえはすぐにうなずけて、心からの明《あ》かるいよろこびがその頬に花のようにあふれた。

「康夫お兄さん、ありがとう。見てくだすったのね。ほんとうにありがとう!」

名前も所も何もついていなかったが、さかえは、康夫の心につよくふれたことで心から感謝した。


村はいっぱいにみどりにもえかがやく日、葉子は、あの七人の少女の訪問をうけた。

「あなたは、すてきな方法で私たちをここへよんでくだすったわね」

そういわれても、すぐには、葉子にはその意味がのみこめなかった。

「どうしてですの?」

「令女《れいじょ》の友《とも》を見て、とんできましたのよ。私たちだって、いつもあなたのことを話しあってたんだけど、あなたのあの文を見なかったら、あなたを思い出のなかでだけなつかしんでいることになったかもしれなかったわ」

葉子は、まだ、令女《れいじょ》の友《とも》をみていなかったが、あの作によってこんなよろこびを報《むく》いられたことに、

ものもいえないほど感激した。あの作品は、またもう一つの大きなはたらきをした。

さかえは、令女《れいじょ》の友《とも》で葉子のところを知り、その日至急《しきゅう》電報をうった。

アスユク　サカエ

「お母さん、……さかえさんは、たった四文字で心の全部をわからせるひとね。やっぱり、なんてすばらしいひとでしょう。でもどうしてこの所わかったのかしら?」

「あの御本《こ》かもしれないよ」

「ほんとね、あたしぼんやりね」

母にそういわれて、やっとうなずき、葉子は、自分のうかつさをわらった。

「ああ、わたしゃ世の中が明《あ》かるくなったようだよ……」

まさおばさんは、みどりの山や野をにこにこと見まわした。

「お母さん。兄さんもちょうどあしたは、寮《りょう》からいらっしゃるわ。みんなであえるんだわね、もとのように」

ひばりがしきりに青く高い空でよろこびの歌をうたいつづけている。

戸口には、まっ白いバラが新しい日のよろこびを高く高くかおらせて、大きくさきむれて……

紅ばらの夢（おわり）

「みどり輝く」のはじめに（『紅ばらの夢』初版まえがき）

山々はいっぱいの紅葉に燃えたった十月の半《なか》ばから、その鮮《あざや》かな彩《いろど》りが日毎夜《ひごと》ごとの深い霧《きり》に洗われてあせていく十一月の初めまで、軽井沢高原《かるいざわこうげん》の山峡《さんきょう》の家にひとりこもっていたその間《あいだ》にこの物語《がた》りは、私の心の中に生まれ、そして育ちました。

まだ筆をとらないうちから、小さな女主人公、葉子の悲しみは私の心をいため、葉子のしずかな嘆《なげ》きと忍耐《にんたい》とを思って、葉子の吐息《といき》を自分の胸の中に感じることもありました。

いよいよ東京《とうきょう》に帰り、十一月の末から十二月上旬いっぱいを費《ついや》して、一気に書きつづけていくうちに、意外なことに、葉子を悲しい目に合せた当の本人、いわば仇役《かたきやく》のさかえに、私はおもいがけない熱情を感じているのでした。

さかえが、どうして、姉妹よりも深く愛し合って来た親友をはなれていき、その友を裏切《うらぎ》るようなことになったか、そこに、私は、少女の世界といえども免《まぬ》かれることのできない人生のかなしく厳しい現実の在《あ》り方《かた》を見、人間のどうしようもない淋《さび》しさと、個性の独立とその主張とをかんじました。いわば作者は、憎《にく》まれ役としてあつかおうとした人物から、どのような人間の心にも必ずやどる切《せつ》ない訴《うった》えと、人各々《おのおの》やむにやまれない自己のゆくべき道のあるという人生の真実と真理とをつきつけられたのです。そのために、この作品は、少女の読物としては、相当の思考力をもとめるものになったとおもわれますが、方向をまちがえながらもつよく何ものかを求めていたさかえが作者の心にはたらきかけたはげしい訴《うった》えは、この作に一種の生々しい力をそえてくれたとおもいます。苦悩と分裂《ぶんれつ》に痛《いた》いほどの孤独《こどく》ののちによみがえって来た愛……火焔《かえん》の中に死んで一層《いっそう》つよく新しい生命をともなって復活する不死鳥《ふしちょう》のように、フレッシュな強靭《きょうじん》なきらめくような愛をさかえが抱《いだ》くことができたのに私は満足しております。さかえが、私をとおしてそうさせずにはおかなかったその強さに、私自身非常におどろき、大きな発見をしたとおもっております。私たちは、いわゆる善良さというものとは一見反対に見えるものに冷《ひや》やかな憎悪《ぞうお》をむける思い上りを、根抵《こんてい》から反省してみることも必要だと知りました。同時に善良ということについても正しい省察《しょうさつ》を加えてみることが本当に善良でつよい正しさを生むもとであると思いました。こんなところにこの作の意味があるとおもっております。

昭和二十四年を迎えて

横山美智子

（『紅ばらの夢』は、はじめ、『みどり輝く』のタイトルで刊行されました・編集部）

注　釈

唐沢俊一

七　**軽井沢の別荘**　もとは寂れた宿場だったが、一八八八年、英国の宣教師、A・C・ショーが別荘を建て、在日英国人のコミュニティが出来たことから別荘地として独自のイメージが確立。多くの少女小説の舞台となっている。

七　**シベリアから帰る**　終戦後、大陸の日本兵たちはソ連軍によって武装解除され、そのままシベリアの収容所に抑留され、強制労働につかせられた。その数は六十万人にのぼり、全捕虜が解放されたのは、昭和三一年、その間の死亡者は六万人にも上った。戦争の影は大きく少女小説にも落ちている。

二　**教会にもいっしょに行かなくなり〜やめてしまったことをおもうと**　少女小説の主人公の多くはキリスト教の信者である。日本におけるキリスト教の普及率が人口の一%だということを考えると、異常に多いように思える。

二　**外人教会**　軽井沢にはカトリック、プロテスタントの他、最初に住んだショーを記念する英国国教会(聖公会)の教会まである。

三　**玉子焼**　玉子焼きは戦前はごちそうの一つであった。

四　**宮様**　皇族の敬称。昭和三十年代ころまでは着かざった子供のことを「どこの宮様かと思った」という言い回しが残っていた。

六　**何て言ってて?**　いわゆる「ことのて」と称されるお嬢様ことばの言い回し。東京・山の手の良家のお嬢様が使っていたが、元型は江戸の芸者の言葉と言われている。
一八 **何だえ** 「え」は間助詞。近世の女性語で親しみを込めた呼びかけに使う。ここではお嬢様言葉より一世代古い、言葉使いとして、年令と、育ちの良さを表わしている。
一八 **兄はよく、菓子にもおとぎばなしをきかせてくれた** どうも優しいと言うよりは気味の悪い兄である。戦地に行ってどんな扱いをうけていたのだろうか?
二七 **荷物疎開** 空襲に備え、荷物のみを田舎に疎開させること。
三四 **忘れちまった** ちまう～「てしまう」の東京方言。
三七 **おちょく** 「おちょこ」の訛りかと思ったら「おちょく」の方が古い形で、「ちょこ」の方が訛りだそうな。漢字で書くと「御猪口」。
四〇 **～してよ** これもお嬢様語基本形のひとつ。
四一 **『主の讃歌』** 古今聖歌二〇九番「よろこびの日よ　ひかりの日よ」。
四五 **闇屋** 戦中、戦後の物資統制のスキを縫って商品のやりとりをする違法商人。違法ではあったが、物資不足の時代の必要悪でもあった。
四六 **錦紗** 西陣織の一種で、紗の地に金糸を織り込んで文様を表したもの。しぼり錦紗はしぼり染めの地に金糸を織ったものか。
四六 **ダアビン** アメリカの少女スター、ディアナ・ダービンのことか。「オーケストラの少女」（一九三七）などで、明るく、ほがらかに歌う姿が世界的に人気となった。
五〇 **カステラは、さかえが玉子や、さとうの分量をやかましくいって母につくらせたので** カステラは一般家庭で作るのはちょっと難しい。

五七　**八重洲口**　東京駅は長いこと丸の内口が中心で、八重洲口が発展しはじめたのは戦後の復興時からである。

五七　**店**　露店。戦後の名物でもあった。昭和二四年、GHQ命令により撤去。

七一　**きいたふう**　「利いた風」。いかにも物事に通じているように気取っていること。

七三　**汝右の手のなすことを左の手に知らしむるなかれ**　マタイ福音書第五章〜七章の「山上の垂訓」にある言葉。

九六　**そのかみ**　「其の上」。過ぎたその昔のこと。「上」は川の上流の意味で、過去をあらわす。

九七　**おぽんぽたいこ**　お腹がいっぱい、の幼児語。

一〇一　**ティンクル　ティンクル　リッツル　スタア〜**　「きらきら星」。フランス民謡に十九世紀初頭、イギリスの女流詩人ジューン・テイラーが詩をつけたもの。

一〇四　**トンコトンコぶし**　トンコ節。西条八十作詞、古賀政男作曲。お座敷歌謡の代表曲。昭和二六年に大ヒット。

一〇六　**『だれが風を見たでしょう』**　クリスティナ・ロセッティの詞を元にした童謡。「誰が風を見たでしょう」という訳は、「トンコ節」と同じ西条八十の訳詞である。

一〇六　**風は通りすぎてゆく……**　「誰が風を見たでしょう」の中の文句。

一〇九　**タカラクジ**　宝くじは戦後のインフレ対策として昭和二〇年、第一回発売された。これも戦後の重要風俗のひとつである。

一一四　**幼き日に、なんじの創り主をおぼえよ**　「伝道の書」十二章一節。

一二七　**アセチリン**　アセチレンの古い呼称。ドイツ語読み。カーバイトを水と反応させて出るガスに火を灯す。

夜店などでつい最近まで使用されていた。強いにんにくのような匂いが特徴。

一二九 **湯の町エレジイ** 古賀政男作曲、近江俊郎唄で昭和二三年大ヒットした。

一三八 **ベルギーの画家ブルウゲル** 実際はオランダの画家である。

一四〇 **衣こう** 衣桁。鳥居のような形をした着物をかけておく道具。

一四四 **F県の震災** 戦後三年目の一九四八年六月に起きた福井地震。震度7というランクが初めて設定された。

一七六 **ダンゼン** 女学生ことば。今でいう「チョー」のように、何の上にでもくっつける。映画「青い山脈」などで多用された。

一八四 **おなま** なまいきな子供を指す言葉。赤塚不二夫の初めての連載作品のタイトルが「ナマちゃん」(一九五九年)。

一八八 **そのころは、まだ、バナナは、絵で見るものになっていた** 昭和三十年代まで、バナナは高級品でめったに庶民の口に入らなかった。

一九四 **ひわいろ** 鳥のヒワ(鶸)の羽のような黄緑。

二一一 **内地** 北海道の人が本州のことを指して言う言葉。

二二三 **なにわぶしかたり** 女浪曲師は男ものの羽織を着て語るのが特徴だった。

二二九 **おたいこ** 帯の結び方のひとつ。かけを結び目の中に入れて太鼓の胴のようにまるく結ぶ。

二四三 **おしゃまさん** ませた女の子のこと。「おしゃまを言う」という風にも使う。

二四八 **令夫人** おくさま。「令」は他人の家族に対する尊敬語。

二四九 **賢夫人** 賢明な夫人、の意。自分の家の者を言うのには不適当だが、ここではおどけて言っている。

二七三 **ラジオのたずね人**　昭和二二年七月〜三九年四月まで、NHKラジオで放送されていた。主に戦争による行方不明者探しの番組。

二七九 **もうせん**　ずっと前、の意。「もう、今となっては先《せん》のこと」の短縮。

二八〇 **肋膜**　肋膜炎の略。結核等による肺の炎症。

二八三 **令女の友**　戦前からある少女向け文通誌の類によくあるタイプの誌名。

解説　弱さという強さ

唐沢　俊一

横山美智子という作家は、日本におけるアニメーション史の中で重要な位置を占めている。あの太平洋戦争の最中に作られた、珠玉のアニメ作品『くもとちゅうりっぷ』（一九四二）の原作者が、彼女なのである。てんとうむしの少女が、色男の蜘蛛に言い寄られるが、チューリップに助けられるというだけの他愛ない話だが、今現在の目で見ると、ふきすさぶ嵐があの戦争の比喩にも見え、その嵐が過ぎ去ったあとにまた響く、てんとうむしの楽しげな歌声が、戦後の解放感を暗示しているような、そんな予言的な内容とさえ思える作品である。アニメ作品を製作した正岡憲三には、横山美智子はその前年にも『かりた帽子』で原作を提供している。彼女と映画の結びつきは、一九二九年の『緑の地平線』（古賀政男作曲による〃なぜか忘れぬ人ゆえに……〃という主題歌が大ヒットした）以来のことであり、常にメディアの最前線にリンクしている流行作家としての面目躍如という感じさえする。

蜘蛛の〃ハンモックに乗って遊びましょう〃という誘惑にも、丁寧に、しかし断固として、

「ありがとう、でもたくさんよ」

と断りの言葉を発するてんとうむしの少女の姿は、横山美智子が世に送った多くの作品の中の、か弱い、しかし芯のしっかりした主人公たちの姿が重ね合わされるだろう。

この『紅ばらの夢』の主人公・葉子もまた、どこまでもか弱い存在でありながら、しかしその弱さが逆に強さに転化して、田舎の青年たちの間に一種のカリスマとして敬愛を受けるに至るという、少女小説の主人公の、一種の典型とも言えるキャラクターである。

葉子は純真で、思慮深く、また決して人を押しのけて前に出ようとしないつつしみ深い性格で、常に人のためを思い、信仰と奉仕に生きているという、まず現実にはいそうもないほどに理想化された少女に描かれている。

現代の小説に慣れた読者の目には、葉子像はあまりに優等生に作られすぎていて、人間的魅力を感じられない、という人もいるかもしれない。いや、作者の横山美智子本人さえ、この小説を執筆している最中、主人公は葉子でありながら、本来悪役であるはずの葉子の友人、さかえに思いがけないほどの熱情を感じた、と前書きで書いている。活発で、自己主張がはっきりとしており、偽善が嫌いで、享楽主義ではあるが、決して自堕落になることはなく、オトナになることを拒否しているさかえの性格づけは、まさに戦後という時代そのものを具象化したようなキャラクターである。率直であるが故に、逆に素直になれず、自分の好意をストレートに表現することで、かえって人に誤解を受けてしまうさかえの人間像は、二十一世紀のこんにちの目から見てさえ、現代的なのである。葉子と比べれば、どうしてもさかえの方が魅力的に見えるのは当然と言える。

だが、しかしさかえはあくまでもこの作品の中では脇役にすぎない。さかえが自分の魅力をふりまけばふりまくほど、それは葉子の存在を引き立てる役割となってしまうのだ。それは、作者が主人公である葉子にひいきをして筆を加えているためなどではない。

葉子のキャラクターは、リアルであるとか、描写が具体的であるとかという問題を超えて、日本人の中に古来存在する、〃少女神〃とでも言うべき存在の顕現だからである。

葉子は徹底して弱い存在として描かれる。おまけに引っ込み思案で、決断力がない。常に人の気持ちをおもんぱかり、自分を卑下するあまり、人の好意すら素直に受け入れられなくなっている。村の青年団のダンスグループの中心的存在となり、日曜学校で子供たちを教えるまでになっていく過程が作品の中で描かれるが、ダンスを毛嫌いする村の長老の西村老人の一喝で、村人たちとのつきあいを断たれたとき、むしろ、葉子はほっとしたような言を吐くのである。

「おばさん、子供たちには、きっとその方がいいのかもしれないわ。ちゃんとした人が、子供たちを責任もってあずからなくちゃ、あのままじゃとてもたいへんだし、もしもそうでもあるとたいへんだとおもってたの」

と。

さかえに言わせれば冷たくも聞こえる、この葉子の消極的な態度、自らの身に降りかかる不幸を黙って享受しようとするこの生き方こそが、葉子の最大の武器というか、強さなのである。社会的にも肉体的にも、何ひとつ強さらしいものをもたない、徹底した弱い存在であるところに、少女小説の主人公たちの持つ、徹底した〝強さ〟が隠されているのである。

「私は〝弱さ〟を〝強さ〟からの一方的な縮退だとか、尻尾をまいた敗走だとは思っていない。むしろ弱々しいことそれ自体の中に、なにか格別な、とうてい無視しがたい消息が隠れていると思っている」

(松岡正剛『フラジャイル』)

松岡正剛が〝フラジリティ〟と呼ぶ脆さ、弱さこそ、日本人の最も好むところの、主人公の性格ではなかったか。日本には不思議なことに、神話時代から、万能のスーパーヒーローというような存在はあまりいない。ヤマトタケルにしろ源九郎義経にしろ、そこに悲劇性を背負っていなければ、ヒーローの条件を満たさぬと思われている風がある。逆に言えば、悲劇性があるからこそ、彼らは普通の人間を超えた、カリスマとして歴史の中に屹立し得たのかもしれない。

多くの少女小説のヒロインは、父を亡くし、貧窮に耐え、無理解な周囲の人々の冷たい視線に耐え、理不尽とまで思える運命のいたずらに翻弄されて、まさに嵐の中の木の葉のようにふりまわされる。しかし、その運命を呪うことなく、全て受け入れ、その代償に、読者の胸に究極のけなげさというイメージを残す。聖書のヨブ記を連想させるような、この天の与える苦難こそが、神に選ばれたものとしての栄光を、最後にヒロインに与えるのだ。半可通の小説読みは、このようなストーリィを単なるお涙ものとして軽く扱う。無知をさらけだしているのはそちらの方だ。少女小説の作者が描き出しているのは実は人間ではない。意識的か無意識かは知らず、作者たちはそこに、無垢なる神の子の姿を描き出しているのである。

その運命は、多くの少女小説を世に送った横山美智子の上にも降りかかってきた。いわゆる〝まっとうな〟文学者たちは少女小説を軽んじ、その存在を出来れば抹殺したいとすら思っていたようだ。昭和十一年の『書窓』誌は、児童文学の大家、小川未明と、海外児童文学の翻訳で知られる村岡花子の論稿を掲載し、大衆文学の中の児童文学を厳しく指弾した。中でも村岡は、少女小説作家の中から、特に横山美智子を名指しで取り上げて、

「極めて安価なセンチメンタリズムの一言で尽きる」

「結局、少女の感情といふものを、安価にみくびつてゐる」

と断じ、挙げ句には
「『少女小説』といふ四文字を忘れた少女文学が生れなければ、いつまでも、少女小説は下らないものとして見下されてゐなければならないのでせう」
と、少女小説の撲滅まで言を及ぼしているのである。これも、大衆が受け入れるものはすべて低級なもの、とする高踏的な決めつけがなした、理不尽な非難のひとつだろう。横山がこれに反論したという資料は見あたらない。いや、そうしない方がはるかに横山らしいとさえ思える。
それは、戦後に彼女が書いた、この『紅ばらの夢』の主人公・葉子のように、ただひたすら、世の無理解な人々の攻撃に耐えつつ、自分の意志だけはしっかりとつらぬき通す、けなげな姿にそのまま重ね合わせられるからである。
確かに小説としての結構から考えれば、この作品はもろいものかも知れない。あまりにも理想化された田舎の人物描写、百姓のおばさんまでが
「いまの曲は、みんなが手をつないで輪になっておどったらやさしくて、みんなが、お月さまの輪か、川のながれみたいに、ひとつにつづいてきれいだろ（中略）あの音楽が輪になったみたいじゃないかね」
などという、リアリティのかけらもないセリフを語るような部分に顕著な不自然さ。しかし、その不自然さが、この小説世界全体を、誰のものでもない、横山美智子の世界にしていることも事実なの

である。まさしく、フラジリティが逆に強さにつながった例であろう。
横山美智子は一九八六年、九一歳の高齢で亡くなった。ついこのあいだまで、存命であったことに驚く。そして、彼女の言葉として残っている

「美はその人の中に在り」

が、葉子をはじめとする、彼女の作品中の登場人物たちにそっくり当てはまることに、かすかな感動を覚えるのである。

※付録としてこのシリーズには一編、少女小説の発展形としての少女漫画を載せている。今回の作品は、少女でなく、相手の少年の命が失われるという変則的な展開だが、フラジリティを付与する対象が、年代と共にどんどん広がっていくところを味わっていただきたい。作品選定は唐沢俊一、構成・解説（ツッコミ）は貸本漫画研究を長年続けているソルボンヌK子が担当した。

巻末
デラックスふろく

ソルボンヌK子の
貸本少女漫画劇場

ツッコミ担当
ソルボンヌK子
ゆまにくん

桜草《さくらそう》のメモワール
小原幸子

ゴ…ゴージャスな目です！

スカート、思いっきりまくれてます。

さあ 瑠子ちゃん きょうから ここが あなたの おへやよ
家族の一員 なんだから 遠りょなんか しないでね
ええ 伯母さま

後姿で言われても…

やあ 玲子《れいこ》ちゃん!
うわ〜 城みちるとあいざき進也が同時に出た!
彼《かれ》 島田浩《しまだこう》くん やはり両親《りょうしん》がいなくて もう十年位《じゅうねんぐらい》うちにいる
おとうさんが貿易商《ぼうえきしょう》だったので父《ちち》と親《した》しかったんだ………
←まつ毛がキュート
そしてこちらがいとこの玲子《れいこ》
←巨大化した伯母さま
おい どうしたんだ?
ガタッ
気《き》にすることはないよ あいつはひどい変《か》わり者《もの》なんだ………

早朝、浩は玲子を神社に呼び出し、指輪を見せた…
玲子《れいこ》さん
おぼえてませんか？その指輪《ゆびわ》を……
ある泥棒《どろぼう》がある夫人《ふじん》を殺《ころ》して…盗《ぬす》んだものです……
そんなに深い傷ではないような気が….
貿易商ではなかった…
言わなければそのまますんでしまうかも知れない……
何《なに》を言いたいの!?
よけいなことなら言《い》わないで!!
アゴが…首が…肩が….

どう見ても手が折れてますが…

こんな急斜面に階段？

きみは……
どこまであの子を……
いや……十年《ねん》前《まえ》のことは君《きみ》には関《かん》係《けい》ないことだ……
だからこそぼくは殺《さつ》人《じん》犯《はん》の子《こ》だとは言《い》わなかった……
それをきみは…
かたわになるかも知《し》れない……
責《せき》任《にん》はとります！
一生《いっしょう》でも……
そのつもりでひきとったくせに
一生《いっしょう》!?
一生《いっしょう》だって!?
あの子《こ》がかたわになろうとなるまいと
あの子《こ》の一生《いっしょう》はぼくがみる！
暗に「殺人犯の子の分際で」といって
君《きみ》はもっと自《じ》分《ぶん》の立《た》場《ば》を考《かんが》えたらどうなんだ!?
これ以上お世話にはなれません長いあいだすみません
日ペンで練習しました

やあ!すっかり元気《げんき》になったね
バタン
あ 祐司《ゆうじ》にいさん
ええ あと一週間《いっしゅうかん》もしたら退院《たいいん》だって…
✿病院で走るんじゃない!
浩《ひろし》…さん…
ああ…気《き》にすることはないよ
彼《かれ》はもう家にいないから…
そうよ 憎《にく》いあの人《ひと》に会《あ》うことは…
もう……ないんだわ……
きいておくれ
ぼくのうたを
小《ちい》さな路地《ろじ》で
ぼくがうたう
きょうも
あしたも
命《いのち》許《ゆる》される日《ひ》まで
ぼくはうたう
………
その日《ひ》まで……
◎トランペットは河原で吹きなさい!

けっこういい掛布団です

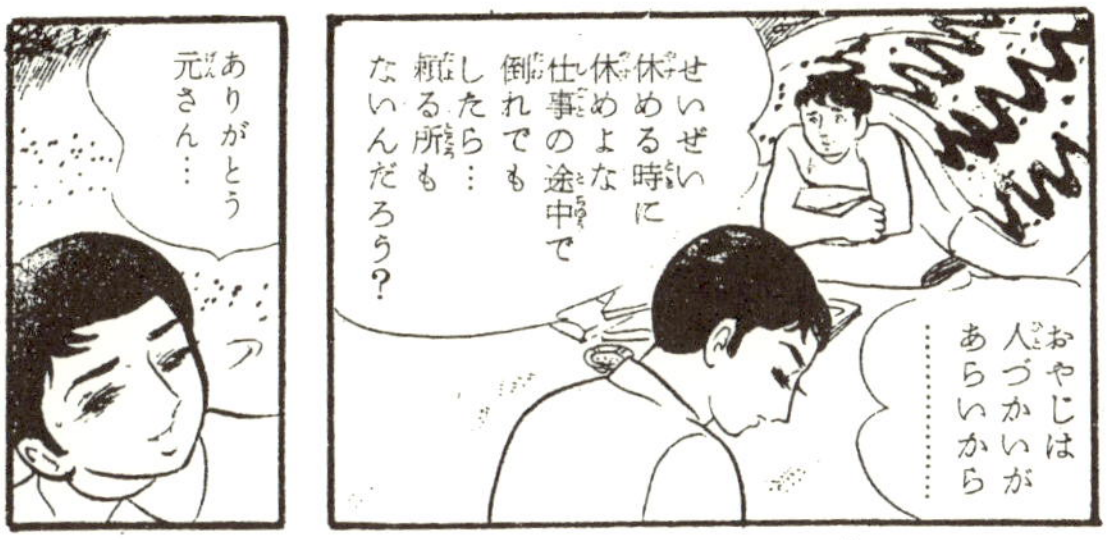

昭和42年だけどこの年で「元さん」はないでしょー

巨大お金持ちマクラ

唐突な展開!

ぼくの気持《きもち》が
こめられるのは
このトランペットだけ…
◎ストーカーと化す浩
好《す》きなんだ……
そうだ！
きみが 好《す》き……
大好《だいす》きなんだ！
✿トランペットは
下にむかって吹かないと思う
✿吹けてない
吹けてない
どうしたのかしら？
途中《とちゅう》で途切《とぎ》れて
しまう……
✿気になるよね、ヘタな音って
へいの外《そと》だわ
雨《あめ》が……
ひどい！
ひと言《こと》……
〃許《ゆる》す〃と……
玲子《れいこ》さん……！

恋が訪れた顔か？

頭部の腫瘍がおまけって…？

←小人の看護婦

しつこいんだよ!

松葉杖で走ってはまたころぶよ

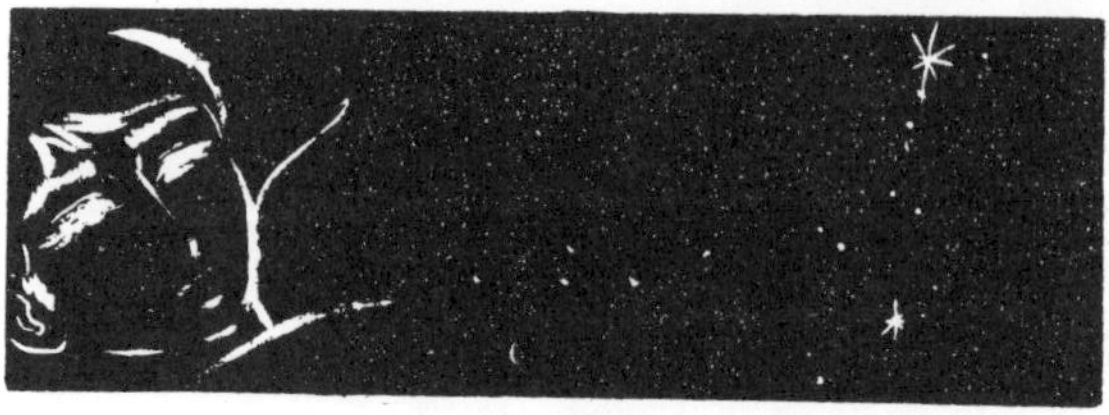

星になったのですね

◎この人は 誰の味方なのか

◎女の心理は複雑だ‥‥

トランペットは近所迷惑だと思う

衝撃のラスト!!
不覚にも泣いてしまいました…

刊行付記

・本書の底本は『紅ばらの夢』（昭和二九年　ポプラ社）を使用しました。

・『紅ばらの夢』は昭和二四年、『みどり輝く』の表題で文陽社より書きおろし刊行された作品です。ポプラ社版『紅ばらの夢』は、『みどり輝く』を加筆修正し、改題したものです。

・本文の校訂にあたっては、『みどり輝く』を参考にしました。

・本書のなかに、人権擁護の見地から、今日使用することが好ましくない表現がございますが、作品の書かれた時代背景に鑑み、そのままにしました。

・本書カバー絵・挿絵の山本サダ氏、ふろくまんが「桜草のメモワール」の作者小原幸子氏のご連絡先についてお心当たりの方は、ゆまに書房編集部までご一報いただければ幸甚です。

（ゆまに書房編集部）

監修者紹介

唐沢俊一（からさわ・しゅんいち）

1958年北海道札幌市生まれ。作家、大衆文化評論家。近年はテレビ番組『トリビアの泉』（フジテレビ系列）のスーパーバイザーも務める。著書に『脳天気教養図鑑』（幻冬社文庫、唐沢なをきとの共著）、『古本マニア雑学ノート』（ダイヤモンド社・幻冬社文庫）、『トンデモ一行知識の世界』（大和書房・ちくま文庫）、『すごいけど変な人×13』（サンマーク出版、ソルボンヌK子との共著）、『壁際の名言』（海拓社）、『裏モノ日記』（アスペクト）などがある。1995年に刊行された少女小説評論『美少女の逆襲』は、近々ちくま文庫より増補改訂版が刊行される予定。

紅《べに》ばらの夢《ゆめ》

少女小説傑作選
カラサワ・コレクション②

2003年 11月 1日　初版第一刷発行

著　者　横山美智子《よこやまみちこ》
監　修　唐沢俊一《からさわしゅんいち》
漫画監修　ソルボンヌK子

発行所　株式会社ゆまに書房
〒101-0047
東京都千代田区内神田2-7-6
電話　03(5296)0491(営業部)
　　　03(5296)0492(編集部)
FAX.　03(5296)0493

発行者　荒井秀夫

印刷
製本　第二整版印刷

ISBN4-8433-0735-1 C0393